Mörderspiele

Über den Autor

René Falk wurde 1955 geboren. Er ist ein echter Rheinländer und lebt in Troisdorf, einem Nachbarort von Köln. Schon sehr früh zeigte sich seine Neigung zum Schreiben von Kurzgeschichten, vor allem im Bereich SF und Fantasy. In späteren Jahren richtete sich sein Interesse mehr auf das Genre Krimis & Thriller und bald begann er selbst damit, Kriminalromane zu schreiben. Er legt großen Wert darauf, seine Leser zu unterhalten, und wenn ihm dies mit seinen Geschichten gelingt, hat er sein Ziel erreicht.

Mörderspiele

René Falk

Bibliografische Information der Deutschen Nationalbibliothek: Die Deutsche Nationalbibliothek verzeichnet diese Publikation in der Deutschen Nationalbibliografie; detaillierte bibliografische Daten sind im Internet über http://dnb.dnb.de abrufbar.

René Falk
Mörderspiele

Umschlaggestaltung: *Bryan Gehrke, Buchcovers.de*
Text und Innenillustrationen: *René Falk*

Herstellung und Verlag:
BoD - Books on Demand, Norderstedt

ISBN: 978-3-7543-3400-3

Inhaltsverzeichnis

Über dieses Buch

Kriminalhauptkommissar Tobias Heller erhält von einem anonymen Absender die Adresse einer Webseite mit der Aufforderung zugesandt, diese umgehend zu öffnen, sofern er das Leben einer unschuldigen Person retten wolle. Zusätzlich wird er auf eine nicht näher bezeichnete Maschinerie hingewiesen, die mit dem ersten Aufruf dieser Seite automatisch in Gang gesetzt würde.

Die Internetseite zeigt den Livestream einer unbekannten, an einen Stuhl gefesselten Frau in einem großen Raum. Es handelt sich offenbar um eine Art Lagerhalle, die jedoch unbenutzt zu sein scheint. Außerdem wird ein Countdown eingeblendet. Was geschieht, wenn die Zeit abgelaufen ist? Es bleiben nur wenige Stunden, diesen Ort zu finden und das Leben der jungen Frau zu retten.

In diesem vertrackten Fall ist erneut der Einfallsreichtum sämtlicher Ermittler in Donners Kommissariat gefordert, und obwohl alles nur Erdenkliche unternommen wird, diese Frau zu finden, scheint man keinen Schritt voranzukommen. Erste Stimmen werden laut, dass diese Szene bloß inszeniert war, doch Denise Malowski und Tobias Heller lassen nicht locker und ermitteln weiter. Dabei geraten sie nahezu unvorbereitet in einen gefährlichen Hinterhalt.

Kapitel 1

»Das sieht alles reichlich verwahrlost aus, Tobi!«, bemerkt Denise Malowski skeptisch. Sie schreitet an der Seite ihres Partners zügig aus, wobei sie sorgfältig darauf achtet, nicht in eins der zahlreichen Löcher zu treten. Ihr gemeinsames Ziel ist das von einer mannshohen Mauer umgebene Gelände, welches im Dämmerlicht des scheidenden Tages einsam und verlassen vor den Ermittlern liegt. Den einzigen Zugang in den Innenbereich stellt ein massiv wirkendes, doppelflügeliges Stahltor dar, das erwartungsgemäß geschlossen ist.

Ihren Dienstwagen haben sie zuvor notgedrungen einige Dutzend Meter entfernt auf der Straße abstellen müssen, da der ehemals sicherlich befahrbare Weg, der zu diesem Tor führt, von tiefen Schlaglöchern durchsetzt ist. Wo das nicht der Fall ist, wird er von dichtem Unkraut überwuchert, das sich sein vormals angestammtes Revier seit der Firmenaufgabe beständig zurückerobert hat. So wie es aussieht, liegt dies Jahre zurück.

»Die Stadt plant hier schon länger ein neues Einkaufszentrum«, weiß Tobias Heller zu berichten. »Offenbar fehlt es jedoch nach wie vor an finanzkräftigen Investoren, sodass dieses ehemalige Fabrikationsgelände langsam aber sicher verrottet und wohl eines schönen Tages von selbst in sich zusammenfällt. Dann hätte man zumindest die Abrisskosten gespart. In Sachen jahrzehntelanger Bauruinen kennt man sich in dieser Stadt ja bestens aus.« Er spielt auf das in den Siebzigerjahren des vergangenen Jahrhunderts begonnene und niemals fertiggestellte ›Airport-Hotel‹ an, das viele Jahre lang für Gespött in den Medien sorgte, bis es zu Beginn des neuen Jahrtausends endlich gesprengt wurde.

»Ich finde auf jeden Fall den Umstand, dass dieses Gelände unserem Kandidaten offenbar niemals gehört hat, einigermaßen merkwürdig«, wendet Denise stirnrunzelnd ein. »Dennoch führen sämtliche Spuren von ihm ohne jeden Zweifel hierher! Glaubst du, wir sind hier an der richtigen Stelle?«

»Ich bin davon überzeugt! Das Gebäude hat laut Lageplan genau die von uns angenommenen Maße und außerdem weisen die sonst noch in seiner Wohnung gefundenen Belege eindeutig auf diesen Ort hin. Denk bloß an die Fotos, die wir auf seinem Laptop fanden! Wie es scheint, wird dieses Gelände nicht überwacht, es war ihm also wahrscheinlich problemlos möglich, es für seine Zwecke zu benutzen. Ob er aber auch unser Mörder ist?«

»Es deutet einiges darauf hin, dass er zumindest an der Sache beteiligt war, und ein Bezug zum Mordopfer ist durch die gemeinsame Vorgeschichte ebenfalls vorhanden. Außerdem ist er offenbar seit Tagen untergetaucht, jedenfalls wurde er von den Nachbarn zuletzt am Samstag gesehen, und Arbeit hat er derzeit ja keine. Ich bin daher echt mal gespannt, was wir da drinnen vorfinden werden!«

»Wir werden es hoffentlich in wenigen Minuten wissen.« Tobias drückt probeweise die Klinke des stählernen Tores herunter. »Es ist nicht abgeschlossen«, verkündet er heiter, als sich der schwere Stahlflügel geräuschvoll in den verrosteten Angeln bewegt. »Ich darf dann die Dame bitten, als Erstes einzutreten«, weist er mit einer Verbeugung galant in das verwahrloste Innere des Geländes, nachdem er ›seine‹ Hälfte unter protestierendem Quietschen der Scharniere vollends geöffnet hat.

Denise rollt wegen seiner üblichen Albernheit mit den Augen. Dieser Kindskopf wird sich wohl niemals ändern, aber im Grunde ist sie solche Späße seit mehr als zehn Jahren ihrer erfolgreichen Zusammenarbeit von ihm ja gewohnt. Statt die maßlos übertriebene und sehr theatralisch vorgebrachte Einladung anzunehmen, macht sie es aus einer Laune heraus – und um ihn zu ärgern – auf ihrer Seite ebenso, sodass die Einfahrt nun auf einer Breite von etwa vier Metern offen vor ihnen liegt. Wenige Augenblicke später bedauert sie diese Entscheidung zutiefst.

Denn kaum, dass sie nichtsahnend einige Schritte ins Innere des Geländes gemacht haben, werden sie aus Richtung der schattenhaft in der Dämmerung liegenden Lagerhalle ohne jegliche Vorwarnung mit einem wahren Kugelhagel eingedeckt, wobei ihnen die Geschosse beidseitig nur so um die Ohren fliegen. Eine der Kugeln prallt mit einem hässlichen Geräusch von einem der Torflügel ab und schießt sirrend als Querschläger davon, womit die Gefährlichkeit der Situation ausreichend bewiesen ist. Platzpatronen sind hier definitiv nicht im Spiel!

Deckung ist nirgends vorhanden, der einzige Weg führt zurück in den Schutz der Mauer. Während Tobias auf der Flucht nach draußen von einem weiteren Querschläger getroffen wird und sofort blutend zu Boden geht, springt Denise geistesgegenwärtig aus der Schusslinie und bringt sich in Sicherheit. Hilflos muss sie mitansehen, wie der Kollege sich mit schmerzverzerrtem Gesicht mühsam auf die andere Seite der Umfriedung schleppt. Zwischen ihnen liegt das offene Tor mit mindestens einem überaus schießwütigen Heckenschützen dahinter, der wahrscheinlich nur darauf lauert, dass sie sich wieder blicken lassen!

* * *

»Bist du okay?«, ruft sie besorgt hinüber, nachdem sie die zu Beginn der Schießerei reflexartig gezogene Pistole zunächst ins Holster zurückgeschoben hat, um stattdessen das Diensthandy zur Hand zu nehmen. Oberstes Gebot ist es jetzt, Hilfe für den verwundeten Kollegen anzufordern und die Einsatzzentrale über den Vorfall zu informieren. In dieser Reihenfolge.

Tobias presst die rechte Hand auf seinen verletzten Oberarm, kann aber das Blut nur ungenügend zurückhalten, das immer noch zwischen seinen Fingern hindurchströmt. Sein Gesicht hat eine käsige Farbe angenommen. »Negativ!«, keucht er atemlos. »Eine bloße Fleischwunde ist das nicht, da ist wohl etwas mehr kaputtgegangen. Ich könnte jetzt die Pranken von unserem Riesenbaby gebrauchen, um die Blutung zu stillen!«

Immerhin ist er noch in der Lage, unpassende Witze über den Kollegen Müller zu reißen, versucht sich Denise zu beruhigen. *Aber das würde dieser verrückte Kerl vermutlich selbst dann tun, wenn er von Kugeln förmlich durchsiebt wäre!*

Dem Mann in der Notrufzentrale, den sie jetzt in der Leitung hat, gibt sie hastig ihren genauen Standort, sowie Name, Dienstgrad und Dienstnummer durch, damit zumindest der Notarzt auf den Weg gebracht werden kann, denn so wie es aussieht, blutet Tobias ungewöhnlich stark. Er verliert einfach zu viel Blut und wird es womöglich bis zum Eintreffen des Rettungswagens ohne eine umgehende Erstversorgung nicht schaffen! Abschließend weist sie den Mann am Telefon eindringlich auf die gefallenen Schüsse hin. Mit dieser äußerst wichtigen Information wird dieser hoffentlich zusätzlich einen Polizeiwagen mit auf den Weg bringen.

»Da ist bestimmt die Schlagader verletzt, der Arm muss sofort abgebunden werden!«, ruft sie ihm zu, nachdem sie das Handy eingesteckt hat. Die Nachricht an die Zentrale hat dann eben zu warten, denn die Hilfe für Tobias hat oberste Priorität und duldet nicht eine Sekunde Aufschub! Erst jetzt kommt ihr zu Bewusstsein, dass die Schüsse aufgehört haben, seit sie beide in Deckung gegangen sind. Sie greift wieder zur Pistole. »Ich versuche, zu dir zu kommen. Bist du einigermaßen in der Verfassung, mir Feuerschutz zu geben?«

»Keine Chance!« Seine Stimme klingt müde und er spricht schleppend und kaum noch verständlich, lange wird er nicht mehr durchhalten. »Sobald ich die Hand wegnehme, schießt es nur so aus mir heraus. Bleib, wo du bist, Partner! Es ist nicht nötig, dass du dich ebenfalls in Lebensgefahr begibst, der Notarzt wird doch sicher gleich hier sein!« Sein Kopf sinkt nach diesen letzten, fast nur noch gemurmelten Worten kraftlos auf die Brust.

Das kannst du voll vergessen, du Sturkopf! Denise schaut auf die Uhr. *Zwei Minuten sind seit den Schüssen vergangen*, stellt sie nüchtern fest. *Zehn Weitere wird es brauchen, bis der Rettungswagen da ist, das überlebt er nicht! Mist, warum musste ich den anderen Torflügel auch noch öffnen, das sind jetzt gut und gerne vier Meter ungeschütztes Gelände, das schafft vielleicht Lara Croft mit einem einhändigen Flickflack und gleichzeitigem beidhändigen herumballern, aber ich ganz sicher nicht!*

Da Tobias soeben das Bewusstsein verloren hat und somit als Schützenhilfe endgültig ausfällt, nimmt Denise die Sache kurz entschlossen selbst in die Hand. Hier ist jetzt schnelles und kompromissloses Handeln erforderlich! Sie gibt blindlings drei Schüsse in die vermutete Richtung des Heckenschützen im Inneren des ehemaligen Betriebshofes ab. Das wird ihn für ein paar Augenblicke beschäftigen und hoffentlich dazu bringen, den Kopf unten zu halten. Sofern es sich bloß um einen einzelnen Angreifer handelt, was ja auch nicht sicher ist!

Dann holt sie tief Luft und springt mit einem Riesensatz aus ihrem Versteck. Für die vier Meter bis zu Tobias benötigt sie kaum mehr als drei Sekunden, und dennoch reicht die Zeit nicht! Die tödliche Gefahr lauert nämlich unvermutet an gänzlich anderer Stelle: Zwei in schneller Folge abgegebene Schüsse treffen sie aus nächster Nähe in den Rücken, als sie gerade zum entscheidenden letzten Sprung ansetzen will, der sie in Sicherheit gebracht hätte. Ein zweiter Heckenschütze muss sich direkt hinter ihr, und zwar *vor* der Mauer befunden haben!

Ein scharfer Schmerz durchfährt ihren Körper und sie stolpert, von der Wucht der Geschosse und dem eigenen Schwung vorangetrieben, über die lang ausgestreckten Beine des bewusstlosen Partners, aus dessen Armwunde das Blut jetzt nur so herausschießt. Mit der Stirn knallt sie dabei direkt auf eine dicke, aus dem Boden ragende Baumwurzel. Dann ist nichts mehr.

Kapitel 2

Freitag, 8. Januar, 10:32 Uhr

»Das war es von meiner Seite auch schon«, nickt Donner der vollständig versammelten Mannschaft zufrieden zu, nachdem er die extrem kurze Agenda der heutigen Dienstbesprechung vorgetragen hat. »Wir haben es tatsächlich einmal geschafft, die komplette erste Woche des neuen Jahres ohne einen komplizierten Mordfall über die Bühne zu bringen. Vermisstenmeldungen gab es ebenfalls keine, oder nur welche, die sich von selbst erledigt haben. Wenn das so weitergeht, können wir unseren Laden bald dicht machen!«

»Das wird schon wieder, Chef«, tröstet Denise Malowski den Vorgesetzten lachend, während die ihr gegenübersitzende Christina ›Chrissie‹ Ohlsen schnell die Hand vor den Mund hält, um ihr breites Grinsen zu verbergen. Tobias Heller, Wolfgang Müller und Horst Weiland dagegen geben sich diesbezüglich keine besondere Mühe und zeigen offen ihre Belustigung. Donners unfreiwillig komische Einlage ist aber auch einfach zum Brüllen.

»Aufgrund der derzeitigen Situation haben es die bösen Buben eben etwas schwerer«, fährt die Hauptkommissarin mit einem Zwinkern zu den Kollegen fort. »Laut Statistik haben die Wohnungs-

15

einbrüche und Taschendiebstähle rasant abgenommen, was ja auch kein Wunder ist. Durch die momentanen Beschränkungen sind die Leute mehr und länger zu Hause als sonst üblich, und auf leeren Straßen klaut es sich halt nicht so gut.«

»Das sind alles Delikte, für die das Kommissariat 2 zuständig ist«, brummt Donner grantig. »Ist mir doch völlig egal, ob Melanies Leute Däumchen drehen oder nicht! Was sagt deine Frau überhaupt dazu, Tobias?«, wendet er sich aber trotzdem neugierig an den Kollegen Heller. Dieser ist immerhin mit der Leiterin besagter Dienstelle seit Jahren glücklich verheiratet.

Der Angesprochene öffnet zwar den Mund zu einer Antwort, aber Melanie Hellers Meinung zur aktuellen Verbrechensstatistik wird wohl für immer ungehört bleiben, da sein auf lautlos gestelltes Diensthandy in diesem Moment mit einem Summen eine eingehende Nachricht signalisiert. Dienstliche Mitteilungen müssen jederzeit umgehend gelesen werden, sofern es die Umstände zulassen. Für den Hauptkommissar ist es zudem eine willkommene Entschuldigung, die Aussage zur häuslichen Situation zu verweigern.

Seine eben noch ausgelassene Stimmung ist gleichsam von einem Augenblick auf den anderen wie weggefegt, und seine Stirn umwölkt sich beim Lesen der E-Mail besorgniserregend. Wenn der ansonsten in allen Lebenslagen ständig zu zugegebenermaßen meist total unpassenden Späßen aufgelegte Ermittler sich übergangslos dermaßen ernst verhält, ist etwas ganz und gar nicht in Ordnung.

»Stimmt was nicht?«, fragt Donner ihn daher besorgt. Er ist alarmiert. Ob ein neuer Fall hereingekommen ist? Aber wer sollte dann diese Mitteilung geschickt haben, wo doch alle Mitglieder seines Kommissariats mit hier am Tisch sitzen? Die übrigen Kollegen blicken ratlos zu ihrem Vorgesetzten, als hätte dieser die Antwort auf der Stirn stehen.

»Schaut es euch am besten selbst an«, gibt Tobias Heller mit belegter Stimme zurück, legt das Smartphone aus der Hand und greift stattdessen zu den Fernbedienungen für Leinwand und Beamer vor sich auf dem Tisch. In der Zeit, die beide Systeme bis zur Einsatzbereitschaft benötigen, meldet er sich auf dem mit der Videoanlage gekoppelten Computer in seinem dienstlichen Postfach an, um dort die soeben auf dem Handy empfangene Nachricht ebenfalls aufzurufen und auf diese Weise für alle sichtbar zu machen.

* * *

Hallo Großmaul!

Du prahlst doch ständig damit herum, selbst die kniffligsten Mordfälle in Rekordzeit zu lösen … Nun denn, ich habe mir da ein kleines Spiel für dich und deine absolut unfähige Partnerin ausgedacht, mit dem ihr beide mir euer ach so großartiges Können beweisen könnt. Ihr werdet begeistert sein!

Die Show beginnt, sobald der im Anhang genannte Link zu einer ganz speziellen Seite im Internet aufgerufen wird. Es ist jedoch eine gewisse Vorsicht angebracht: Einmal gestartet, werdet ihr den geplanten Ablauf nämlich nicht mehr stoppen können, bis das

Spiel zu Ende ist! Ich fürchte aber, es wird euch gar nichts anderes übrig bleiben, sofern ihr ein unschuldiges Menschenleben retten wollt …

Neugierig geworden? Einen Tipp habe ich noch: Ihr solltet euch auf jeden Fall etwas beeilen und nicht etwa wertvolle Zeit damit verschwenden, mich aufzuspüren versuchen, denn das wäre ohnehin zwecklos!

»Da scheint dich aber jemand verdammt gut zu kennen, Tobias!«, kommentiert Chrissie Ohlsen trocken die verstörende Botschaft auf der großen Leinwand, nachdem sie diese, ebenso wie ihre Kollegen, mehrfach konzentriert durchgelesen hat.

»Jetzt ist bestimmt nicht der rechte Zeitpunkt für faule Witze, junge Dame!«, weist Donner sie postwendend in strengem Tonfall zurecht. »Das da könnte zwar lediglich ein schlechter Scherz sein, aber ich fürchte, da steckt wesentlich mehr dahinter!«

»Nein, ehrlich«, verteidigt sich die Kommissarin. »Ich meine das vollkommen ernst! Irgendwie macht diese Botschaft auf mich den Eindruck, als habe der Absender es ganz speziell auf Tobias abgesehen. Und die Nachricht wurde ja auch gezielt an seine Adresse verschickt! Ich könnte mir vorstellen, dass es sich dabei um jemanden handelt, der noch eine alte Rechnung mit ihm offen hat!«

»Da ist was dran«, stimmt der Kommissariatsleiter ihr nach einiger Überlegung zu. »Wir dürfen es jedenfalls nicht gänzlich außer Acht lassen. Du hast auch etwas dazu beitragen?«, wendet er sich an Denise Malowski, die soeben ihre Hand erhoben hat.

»Wenn es sich so verhält, wie Chrissie es darlegte, betrifft es mich genauso, da ich ebenfalls ausdrücklich erwähnt werde. Was ich aber eigentlich sagen wollte: Wir müssen davon ausgehen, dass wahrscheinlich irgendeine Schweinerei beginnt, sobald dieser Link im Internet angeklickt wird«, kommt Denise pragmatisch zum Kern der Sache. »Im Zweifel ist also tatsächlich jemand in allergrößter Gefahr, dennoch sollten wir nichts überstürzen und mit Bedacht an die Angelegenheit herangehen. Hast du die Absenderadresse?«, wendet sie sich an Tobias. »Dann könnten wir vorab schon einmal Amara darauf ansetzen, das kostet uns selbst ja keine wertvolle Zeit, wie dieser Mensch es ausdrückt.«

»Ich würde sogar noch einen Schritt weiter gehen, und die IT-Spezialistin *sofort* hinzuziehen«, mischt sich Wolfgang Müller ein, ehe Tobias Heller dazu kommt, die Frage seiner Partnerin zu beantworten. »Und wir sollten das tun, *bevor* wir diesen Link aufrufen. Er kann alles Mögliche in Gang setzen, wenn wir den Worten des Verfassers dieser Nachricht Glauben schenken wollen! Ich fürchte nämlich, dass wir uns in dieser Angelegenheit nicht den kleinsten Fehler erlauben dürfen.«

»Und vergesst nicht, was da geschrieben steht«, meldet sich Horst Weiland erstmals zu Wort, wobei er mahnend auf die Leinwand mit der E-Mail zeigt. »Einmal in Gang gesetzt, kann der Ablauf einer uns leider unbekannten Handlung oder Prozedur offenbar nicht wieder gestoppt werden! Solange wir also nicht wissen, was dann passiert, sollten wir uns das mit dem Link gut überlegen!«

»Immer davon ausgehend, dass es sich hierbei nicht doch um ein Fake handelt«, wiegt Donner nachdenklich den Kopf. »Aber ihr habt natürlich alle recht, ich werde deshalb umgehend in der Forensik anrufen und Amara Jones hierherbitten. Es wird uns nämlich anscheinend in der Tat gar nichts anderes übrig bleiben, als der Aufforderung des Unbekannten kurzfristig Folge zu leisten! Es ist zudem aufgrund ähnlicher uns bekannter Vorfälle in der Vergangenheit nicht gerade unwahrscheinlich, dass wir einen Livestream oder etwas in der Art zu sehen bekommen werden, dann wäre es besser, wenn Amara von Anfang an dabei ist. Sie wird ganz sicher wissen, was in einem solchen Fall zu tun ist!«

* * *

Amara Jones klappert einige Sekunden auf der Tastatur ihres mitgebrachten Laptops herum und blickt die Ermittler dann der Reihe nach an. »Es war völlig korrekt, mich in dieser Angelegenheit sofort hinzuzuziehen«, gibt die junge Forensikerin mit ihrer tiefen, rauchigen Stimme kund, die so dunkel ist wie ihr Teint. Die Tochter nigerianischer Einwanderer wuchs in München auf, was ihren niedlichen bayrischen Akzent erklärt.

»Was ich euch jetzt schon sagen kann«, fährt sie fort, indem sie sich wieder ihrem Rechner zuwendet, »ist Folgendes: Die in dem Link aufgeführte Adresse gehört zu keiner eingetragenen Domain und ist somit dem sogenannten ›Deep Web‹ zuzuordnen, wo sich Millionen nicht indexierter Seiten tummeln, die man nur aufrufen kann, wenn man sie kennt, da sie von Suchmaschinen nicht gefunden werden. Anders als beim ›Darknet‹ benötigt man dazu aber keine spezielle Zugangssoftware.«

»Lässt sich der Standort des Servers, auf dem die Seite gehostet wird, irgendwie ermitteln?«, erkundigt sich Tobias Heller. »Ich denke, das sollten wir jetzt als Erstes in Angriff nehmen.«

»Ich werde es versuchen, will euch aber nicht verheimlichen, dass es höchstwahrscheinlich extrem schwierig sein wird. Und ob es mir in der vermutlich äußerst knappen Zeit überhaupt gelingt, ist sowieso fraglich. Der Absender sprach ja von einem Spiel, das er mit euch veranstalten will. Ich könnte mir aufgrund dieser Wortwahl lebhaft vorstellen, dass man es uns dabei nicht allzu einfach gemacht hat. Jedenfalls nicht, wenn er oder sie diesbezüglich etwas auf dem Kasten hat, wovon wir vorsorglich ausgehen müssen!«

»Ich kann mir nicht denken, dass irgendjemand da draußen mehr drauf hat als du! Was ist denn mit dem Absender dieser E-Mail? Kannst du den wenigstens auf die Schnelle herausbekommen?«

»Die Absenderadresse habe ich schon gecheckt. Es handelt sich um eine dieser anonymen Einmal-Adressen, die keinem Account zuzuordnen sind und nach der ersten Verwendung gleich wieder gelöscht werden. Bei den meisten Anbietern dieser Dienste, die in der Regel im nichteuropäischen Ausland angesiedelt sind, ist nicht einmal eine Anmeldung erforderlich, sodass eine Rückverfolgung oder gar eine Zuordnung zu einer realen Person nahezu unmöglich sein dürfte. Ich werde mit meinem Laptop am besten hier Quartier beziehen und es dennoch versuchen, während ihr euch ja schon mal diese Webseite anschauen könnt. Zuerst werde ich jedoch selbstverständlich wie gewünscht den Standort des Servers ermitteln, das müsste immerhin machbar sein.«

»Müssen wir beim Aufruf der Seite etwas beachten? Der Text der Mail lässt vermuten, dass dann irgendwas in Gang gesetzt wird.«

»Das könnt ihr sowieso nicht verhindern. Ich habe aber meinen Laptop mit eurem Rechner über eine spezielle Software gekoppelt, sodass alles, was ab jetzt darauf geschieht, von mir aufgezeichnet wird. Falls es sich tatsächlich um einen Videostream handelt, bekomme ich auf diese Weise einen kompletten Mitschnitt davon, den wir später auswerten können, wenn es sich als notwendig erweisen sollte.«

»Du hast wirklich an alles gedacht!«, lobt Donner das Engagement der jungen Frau. »Dann wollen wir mal schauen, was sich hinter dieser ominösen Webseite versteckt. Tobias?«, nickt er seinem dienstältesten Ermittler zu, der auf diese Aufforderung nur gewartet hat. Sein Zeigefinger hämmert geradezu auf die Maustaste und öffnet damit jetzt endlich den Link ins Internet, über dem der Mauszeiger schon die ganze Zeit zwar untätig, jedoch jederzeit einsatzbereit geschwebt hatte. Unwillkürlich halten sämtliche Ermittler den Atem an.

Nur Amara Jones lässt sich von der Dramatik des Augenblicks offenbar nicht sonderlich beeindrucken. Sie überwacht stattdessen stumm mit der von ihr gewohnten Konzentration und schnellen

Augenbewegungen irgendwelche Zahlenwerte auf ihrem Rechner, die wie in dem Film ›Matrix‹ in rascher Abfolge über den Bildschirm laufen und nur für sie einen Sinn ergeben. Die äußerst talentierte IT-Spezialistin stellt dabei einmal mehr ihre uneingeschränkte Fähigkeit zum Multitasking unter Beweis, indem sie mindestens drei Vorgänge gleichzeitig auf ihrem Computerbildschirm aufmerksam verfolgt.

Ihre Lippen formen lautlose Worte, während sie in einem anderen Programmfenster hektische Eingaben tätigt, wobei ihre Finger ein wildes Stakkato auf der Tastatur veranstalten. In einem dritten Fenster wird als Kopie die von Tobias Heller soeben geöffnete Webseite dargestellt. Dort und auf der Leinwand erscheint in diesem Moment eine Art animierter, leuchtend roter Vorhang, der sich nach wenigen Sekunden unter lauten Fanfarenklängen wie bei einem Theaterstück langsam öffnet. Beim Anblick der jetzt sichtbar werdenden Szene gefriert den Kommissaren schier das Blut in den Adern!

* * *

Die Ermittler blicken sozusagen durch das Objektiv einer für sie unsichtbaren Kamera in einen ziemlich großen, überwiegend leeren Raum. Den kahlen Wänden gemäß, die aus unverputztem Beton zu bestehen scheinen, ist es eine derzeit unbenutzte Lagerhalle oder etwas Ähnliches, da die Decke schätzungsweise mindestens vier Meter hoch ist. Umfangreiche Staubansammlungen und fette ›Wollmäuse‹ auf dem Fußboden sowie dicke Spinnweben in den Ecken zeugen gemeinsam mit einigem auf dem Boden verstreuten Unrat zudem einerseits von einer jahrelangen Nichtbenutzung, aber auch davon, dass sich hin und wieder Menschen dort aufgehalten haben müssen.

Eine künstliche Beleuchtung ist nicht zu sehen, obwohl es leidlich hell ist. Entweder befinden sich die Leuchtkörper außerhalb des sichtbaren Bereichs oder es gibt, wie es bei solchen Hallen oft der Fall ist, Lichteinlässe in der Decke. Wenn, dann sind diese jedoch anscheinend stark verschmutzt, da hier doch recht schummrige Verhältnisse herrschen, trotzdem draußen die Sonne scheint. Immer vorausgesetzt natürlich, es handelt sich tatsächlich um ein Livebild. Ein Lichteinfall von oben würde allerdings auch die fehlenden Schlagschatten erklären.

Tobias Heller, der über eine überaus hohe Wahrnehmungsfähigkeit selbst für winzigste Details verfügt, nimmt diese Informationen nahezu automatisch auf, obwohl sein Blick vom Geschehen im Hintergrund der Szene gebannt ist. Seinen Kollegen geht es nicht anders.

Dort, geschätzt etwa acht bis zehn Meter von der Kamera entfernt, befindet sich nämlich eine höchst verstörende Anordnung: An einem dicken Tau, welches über eine Umlenkrolle an der Decke geführt ist, hängt ein voluminöser Betonklotz. Das andere Ende des Seils ist an einer an der linken Wand und am Boden festgeschraubten, kompliziert wirkenden Apparatur befestigt, die offenbar zum Durchtrennen desselben dienen soll, denn sie besteht vornehmlich aus einer Art Kreissäge, die jedoch derzeit nicht in Betrieb ist.

Direkt unter dem sicherlich mehrere Zentner schweren Betonwürfel steht ein altertümlich aussehender hölzerner Stuhl mit Armlehnen, an den eine Frau mit dicken Stricken gefesselt ist. Ihr Kopf ist nach vorn auf die Brust gesunken und die langen, blonden Haare sind ihr ins Gesicht gefallen, was eine Identifizierung zunächst unmöglich macht. Auf Anhieb bekannt ist sie jedoch keinem der Anwesenden. Die Kamera ist so positioniert, dass der Bereich rechts daneben nicht mehr erfasst wird, wodurch exakte Schätzungen der Größe dieser Halle nicht möglich sind.

Die Szene wirkt auf die Betrachter, als wäre sie aus einem schlechten Horrorfilm herauskopiert worden. Sechs Personen starren das vollkommen unerwartete und zudem völlig absurde Geschehen auf der Leinwand mit vor Entsetzen weit aufgerissenen Augen unverwandt an. Denn dass es sich nicht um ein Standbild handelt, ist an den kaum wahrnehmbaren, auf die geschockten Zuschauer irgendwie lethargisch wirkenden Kopfbewegungen der Frau unzweifelhaft zu erkennen. Es ist daher nicht auszuschließen, dass sie zusätzlich unter Drogen gesetzt wurde.

Unvermittelt ertönt ein lauter Gong, der jeden Einzelnen im Raum synchron zusammenfahren lässt. Bis auf Amara Jones, die offenbar Nerven aus Stahl besitzt und ungerührt ihre Tastatur malträtiert. Unter dem Videobild, von dem spätestens jetzt alle hoffen, dass es sich um einen Livestream handelt und man somit noch einen Handlungsspielraum hat, wird ein Banner eingeblendet: *Das Spiel beginnt! Könnt ihr diese Frau retten? Die Zeit läuft!*

Gleichzeitig erscheint in der oberen rechten Ecke eine Anzeige: *03:00:00*, die aber gleich darauf auf *02:59:59* umspringt und zyklisch weiter heruntergezählt wird. Ein Countdown!

Nach endlosen Sekunden atemloser Stille reden plötzlich alle wie auf ein geheimes Kommando wild durcheinander. »... was ist das denn? ...« »... einfach unglaublich ...« »... wie in einem schlechten Horrorfilm ...« »... nur drei Stunden Zeit ...« »... weiß einer von euch, wo das sein könnte?«

»Ruhe, Leute!«, geht Donner ungehalten dazwischen. »Niemandem ist damit geholfen, wenn wir wie kopflose Hühner herumrennen! Ihr seht ja selbst, wie wenig Zeit uns zur Verfügung steht! Und was passiert, sobald die Uhr da auf der Leinwand auf null springt, also in knapp drei Stunden, muss ja sicher nicht ausgesprochen werden. Ich denke, diesbezüglich habt ihr alle selbst genügend Fantasie! Hat einer von euch irgendwelche konkrete Vorschläge, wie wir in der wenigen uns verbleibenden Zeit herausfinden, wo diese Frau gefangengehalten wird?«

»Wie sollen wir das denn anstellen, Chef?« Tobias Heller schüttelt ratlos den Kopf, nachdem er zunächst vorsorglich einen Timer mit der ihnen zur Verfügung stehenden Restzeit auf seiner Armbanduhr eingestellt hat. »Ihr solltet das auch tun, damit wir das Wesentliche nicht aus den Augen verlieren«, kommentiert er seine Handlung. »Zur Lokalität kann ich lediglich sagen, dass diese Halle, oder was das auch immer darstellt, dem Grad der Verschmutzung gemäß höchstwahrscheinlich seit geraumer Zeit nicht mehr bestimmungsgemäß genutzt wurde und dass sie recht groß ist, wenn wir die nicht sichtbare Breite mit der Länge in Relation setzen. Eine Garage oder einen Keller können wir daher wohl ausschließen. Da kommen trotzdem hunderte Gebäude infrage, auf die das zutrifft!«

»Außerdem könnte das sonst wann gefilmt worden sein!«, wagt Chrissie Ohlsen einen halbherzigen Einwand. »Im Grunde haben wir doch überhaupt keinen schlüssigen Beweis dafür, dass es sich tatsächlich um einen Livestream handelt!«

»Doch, haben wir!«, meldet sich jetzt unerwartet Amara Jones zu Wort. In der ganzen Aufregung war es niemandem aufgefallen, dass ihr wildes Tastaturgeklapper seit einigen Augenblicken nicht mehr zu hören ist. »Ich bin nämlich drin! Also in dem Server, der diese Webseite hostet, meine ich. Viel habe ich zwar noch nicht herausgefunden, aber dass diese Seite ihr Videobild von einem externen Gerät live empfängt, ist so gut wie gesichert!«

»Bist du in der Lage, den genauen Standort dieses Servers lokalisieren?«, will Denise Malowski wissen. Ein Blick auf die Leinwand zeigt ihr, dass nur noch wenig mehr als zweieinhalb Stunden auf dem Timer verbleiben. Die gefesselte Frau macht nach wie vor einen apathischen Eindruck und hat ihre Haltung in den vergangenen Minuten praktisch nicht verändert.

»Ist der Papst katholisch?«, grinst Jones, um gleich darauf wieder ernst zu werden. »Wobei ›Server‹ im Grunde aber reichlich übertrieben ist.

Wenn ich das richtig sehe, handelt es sich um einen sogenannten *Raspberry Pi*, einen Minicomputer von der Größe einer Zigarettenschachtel. Da er mit einem genügend leistungsstarken Akku stunden- oder sogar tagelang betrieben werden kann, muss er sich nicht einmal im Inneren eines Gebäudes befinden, worauf auch die Art der Internetanbindung hindeutet.«

»Und die wäre? Dazu fällt mir eigentlich außer WLAN nicht viel ein«, gesteht Donner schulterzuckend. »Aber was mich wesentlich mehr interessiert: Kann uns diese Anbindung helfen, den Standort zu bestimmen?«

»Ganz sicher sogar. Laut der öffentlichen IP-Adresse, die mit der Webseite korrespondiert, ist dieser Rechner in das Mobilfunknetz von *Vodafone*, einem der größten deutschen Mobilfunkanbieter eingewählt. Und das wiederum bedeutet, dass der eigentliche Computer an einen Router mit SIM-Karte angeschlossen sein muss, der aber mit einem Passwort geschützt ist. Sobald das geknackt ist, kann ich sehr wahrscheinlich alle Parameter auslesen, die wir benötigen. Auch den Standort der Funkzelle, über die er ins Internet geht und die Signalstärke!«

»Das sind ausgesprochen gute Nachrichten!«, freut sich Donner. »Dann mach dich umgehend ans Werk, die Zeit läuft uns langsam davon!«

»Bin schon dabei. Das Kennwort werde ich wie beim Server mit einer *Brute-Force-Attacke* zu knacken versuchen, je nach Komplexität dauert sowas zwischen fünf Minuten und einer Stunde. Ich weise aber vorsorglich darauf hin, dass wir dadurch noch lange nicht die Koordinaten der Kamera kennen, die ist nämlich ebenfalls über eine Internetverbindung angebunden. Das wäre jedoch absolut sinnlos, wenn sie sich am gleichen Ort wie der Server befände!«

»Dennoch wird uns das bestimmt irgendwie voranbringen«, beharrt der Kommissariatsleiter. »Entweder sitzt der Kerl, der uns das hier eingebrockt hat, direkt daneben oder er hat irgendwelche Spuren an der Hardware hinterlassen. Außerdem habe ich nicht den Hauch eines Zweifels, dass du die Kamera ebenfalls ausfindig machen wirst. Es muss nur sehr bald sein!«, fügt er mit einem Blick zur Leinwand leise hinzu.

Kapitel 3

Wolfgang Müller und Christina Ohlsen sind mit eingeschaltetem Blaulicht und in Begleitung zweier Streifenwagen mit Höchstgeschwindigkeit auf dem Weg zum mutmaßlichen Standort des als Internetserver fungierenden Kleincomputers, dessen ungefähre Koordinaten Amara Jones vor wenigen Minuten endlich verkündete.

Dies war vor etwa einer Viertelstunde, jetzt steht der Timer bei *01:32:58*, womit bereits knapp die Hälfte der insgesamt verfügbaren Zeit abgelaufen ist. Der Aufenthaltsort der, sollte man zu spät kommen, höchstwahrscheinlich dem Tode geweihten Frau ist jedoch nach wie vor unbekannt, obwohl Jones mit Hochdruck an der Entschlüsselung der offenbar extrem hochwertig gesicherten Netzwerkverbindung zur Kamera arbeitet. Erst, wenn ihr der Zugang gelungen ist, wird eine Standortbestimmung analog zu der des Servers möglich sein.

Aus Gründen der besseren Abstimmung untereinander haben die im Kommissariat verbliebenen Ermittler kurzerhand den Besprechungsraum zur Einsatzzentrale erklärt, wo die IT-Spezialistin seit Beginn des Countdowns ebenfalls ihre Zelte aufgeschlagen hat. Donner hat dabei freiwillig den Part übernommen, telefonisch etwaige weitere Einsatzkräfte zu mobilisieren, weswegen er seit mindestens einer halben Stunde Dauergespräche führt.

Horst Weiland ist bei Denise Malowski und Tobias Heller im Kommissariat geblieben, um im Erfolgsfall sofort losschlagen zu können.

Die Stimmung im Besprechungsraum ist spätestens seit der Bekanntgabe des Serverstandortes zum Zerreißen angespannt. Während die Kommissare literweise Kaffee konsumieren und sich in der Hoffnung, dadurch eventuell Hinweise auf die Identität des Verfassers der E-Mail zu erhalten, mit Recherchen zu früheren Fällen von Tobias und Denise beschäftigen, hämmert die IT-Spezialistin unermüdlich mit beeindruckender Geschwindigkeit auf ihrer Tastatur herum.

Mit einer baldigen Erfolgsmeldung bezüglich des Servers wird nicht gerechnet, da die ermittelte Funkzelle an einem spärlich besiedelten Stadtrand von Troisdorf liegt und einen Wirkungsradius von einem Kilometer aufweist, wovon der weitaus größte Teil auf unbebautes Gelände zeigt. Es kann leicht ausgerechnet werden, welche Fläche abgesucht werden muss, auch wenn diese durch die nun bekannte Signalstärke, die am Router anliegt, um einiges eingegrenzt werden kann.

Mitbringen werden die Kollegen ihren Fund im Erfolgsfall ohnehin vorerst nicht, da bei einem Wechsel in eine andere Funkzelle die Netzwerkverbindung zur Kamera abreißen oder zumindest mit geänderten Parametern neu etabliert werden könnte. Dies dürfe aber auf gar keinen Fall geschehen, schärfte Amara Jones ihnen vor Antritt der Fahrt ein, weil sie dann unweigerlich aus der Verbindung geworfen würde. Und ob sie danach in der Lage sei, diese in der verfügbaren Zeit erneut aufzubauen, sei mehr als fraglich. Vordringlich wird man deshalb am Fundort lediglich Wache halten und auf verdächtige Aktionen im Umfeld achten.

Im Besprechungsraum lauern daher alle insgeheim mit einem Ohr darauf, von Amara Jones endlich die heiß ersehnte Information zu bekommen, damit sie sich ins Auto setzen und diese arme Frau in dem Video befreien können. Das beständig unzufriedene, von einigen derb klingenden Flüchen in ihrer Muttersprache ›gewürzte‹ Brummen der Spezialistin lässt indes nicht hoffen, dass dies in absehbarer Zeit der Fall sein wird. Der Countdown auf der Leinwand läuft derweil zwar lautlos, aber nichtsdestotrotz unerbittlich weiter. Sekunde um Sekunde.

* * *

»Das liegt ja schon wieder mitten in der Walachei!«, schüttelt Chrissie Ohlsen den Kopf, als sie an ihrem vorläufigen Ziel angekommen sind und aus dem Wagen steigen. Neuerdings lässt sie ihre zu einem Fransenpony geschnittenen Haare wachsen, weshalb ihre widerspenstigen Locken durch die heftige Bewegung hin und her schwingen. Die vier mitgekommenen uniformierten Kollegen – zwei Polizeikommissare, eine Polizeioberkommissarin und eine Polizeihauptmeisterin – stehen schon neben ihren Einsatzfahrzeugen bereit und blicken ihnen gelassen entgegen.

Offenbar können *sie* dieser für sie ungewohnten Aktion durchaus etwas Positives abgewinnen, während es für Wolfgang Müller und seine Partnerin einmal mehr bedeutet, sich im wahrsten Sinne des

Wortes in die Büsche zu schlagen, da sie hier in der Tat fernab jeglicher Wohnbebauung sind. Die einzige Ausnahme bildet weit und breit das Restaurant ›Forsthaus Telegraf‹, auf dessen verwaistem Gästeparkplatz die sechs Polizisten nun stehen. Aufgrund der aktuellen Verordnungen ist es erwartungsgemäß geschlossen.

»Offenbar hat diese schöne Gegend der Wahner Heide einen besonderen Anreiz bei den Menschen, wenn es etwas zu verstecken oder zu verschleiern gilt«, brummt Wolfgang Müller, während er einer mitgebrachten Dokumentenmappe den Ausdruck einer speziellen Landkarte entnimmt und auf einem der leeren Tische des Restaurants ausbreitet, die für die Außenbewirtung vorgesehen sind. Mit einer Hand winkt er die vier uniformierten Kollegen zu einem kurzen Briefing zu sich, die sich ebenfalls interessiert über den Plan beugen.

»Dies ist ein Ausschnitt aus der Datenbank der Bundesnetzagentur«, erläutert er die auf den ersten Blick verwirrende Darstellung. »Überall dort, wo ein Dreieck mit einem ›i‹ abgebildet ist, gibt es eine Funkzelle. Wir befinden uns jetzt genau hier«, zeigt er auf das Zentrum eines nachträglich eingezeichneten Kreises, wo ebenfalls eine solche Markierung erkennbar ist. »Diese Zelle ist direkt auf dem Dach des Restaurants angebracht, vor dem wir stehen. Wenn ihr ein paar Schritte zurücktretet, könnt ihr sie sogar sehen. Da das Zielobjekt laut unserer IT-Spezialistin momentan in dieser Funkzelle angemeldet ist, muss es sich definitiv irgendwo hier innerhalb dieses Kreises befinden, der die maximale Reichweite beziehungsweise die gesamte Funkabdeckung dieser Zelle markiert!«

»Das sieht ziemlich weiträumig aus«, mokiert sich die Polizeioberkommissarin, eine stämmige Frau in den Vierzigern, mit säuerlicher Miene. »Was ist das denn für ein Maßstab?«

»Der Kreis hat einen Radius von einem Kilometer und somit eine Fläche von etwa drei Quadratkilometern. Aber wir müssen gar nicht das gesamte Gebiet absuchen«, fügt Wolfgang Müller schnell hinzu und holt sein Mobiltelefon hervor. »Wir haben nämlich ein wenig technische Unterstützung an die Hand bekommen, und die wird euch jetzt meine Kollegin erläutern!«

»Auf dem Handy wurde von unserer IT-Spezialistin eine App installiert, mit der man die Signalstärke einer Funkzelle äußerst exakt messen kann«, übernimmt Chrissie Ohlsen die weitere Erklärung. »Da wir die an der SIM-Karte des gesuchten Gerätes anliegende Stärke des Funksignals kennen, müssen wir uns lediglich in gerader Linie von hier aus in Richtung Peripherie dieses gedachten Kreises bewegen, um den Radius zu bestimmen, auf dem es vermutlich versteckt ist. Das wird unser Suchgebiet extrem eingrenzen!«

Da für diese Aktion nicht alle Kräfte erforderlich sind und man ohnehin hierher zurückkehren wird, gehen die beiden Kriminalisten alleine los, wobei sie die Anzeige auf dem Handy keine Sekunde aus den Augen lassen. Schon nach ungefähr vierhundert Metern ist die von Amara Jones ermittelte Empfangsstärke erreicht und sie machen sich unverzüglich auf den Rückweg, nachdem die exakte Entfernung zur Funkzelle sorgfältig notiert wurde. Sie werden von den Kollegen bereits voller Ungeduld erwartet.

Chrissie entnimmt Wolfgangs Dokumentenmappe ein Lineal und einen Zirkel und zieht um den Mittelpunkt herum einen weiteren, deutlich kleineren Kreis, dessen Radius exakt der soeben gemessenen Strecke entspricht. Dann kommt noch je einer in zwanzig Metern Abstand sowohl innen als auch außen hinzu. Den so entstandenen Kreisring färbt sie anschließend sorgfältig mit einem Textmarker ein.

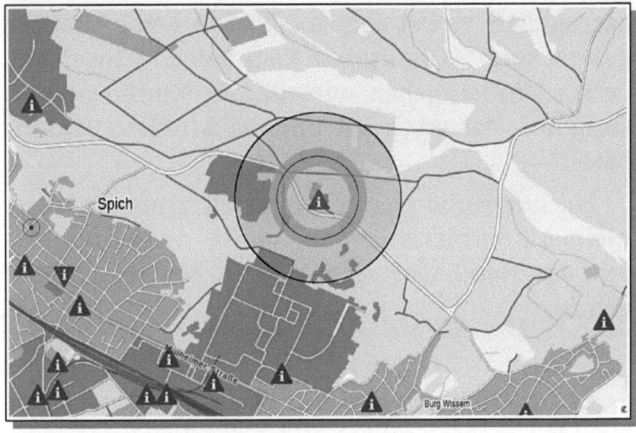

»Wir haben jetzt ein Gelände von zweieinhalb Kilometern Länge und vierzig Metern Breite übrig behalten, in dem unser Zielobjekt zu finden sein dürfte«, erklärt sie den Kollegen. »Das ist zwar immer noch ein recht großes Gebiet, aber wir müssen uns dabei ja auch nur auf die Stellen konzentrieren, die nicht mit einem Blick einsehbar sind, wie Büsche oder Erdlöcher. Wir bilden dazu am besten eine auseinandergezogene Reihe und schreiten die Strecke gemeinsam zügig ab, so hat jeder ein Areal von sieben bis acht Metern Breite und zweieinhalb Kilometern Länge zu untersuchen.«

»Wonach genau suchen wir überhaupt?«, will die Oberkommissarin wissen, die sich ihnen mit dem Namen Claudia Richter vorgestellt hatte. Offenbar hat sie das Kommando über die kleine Gruppe. »Ist darüber etwas bekannt?«

»Leider nicht. Laut unserer Spezialistin handelt es sich dabei höchstwahrscheinlich um einen Gegenstand von mindestens dem Volumen einer Zigarrenkiste, wobei aber nach oben keine Grenzen gesetzt sind. Da eine große Kiste jedoch schwerer zu verstecken ist, gehen wir von der Minimalabmessung aus, das erscheint uns realistischer. Seid ihr bereit?«

Nachdem die Kommissarin als Antwort allgemeines Kopfnicken erntet, winkt sie auffordernd mit der Hand und setzt sich in Bewegung. »Los geht's!«

* * *

Es ist still im Besprechungsraum geworden. Die einzige Geräuschkulisse bildet das Tastaturgeklapper Amara Jones', die nach wie vor verbissen versucht, die Verbindung zur Kamera zu knacken und deren Standort zu ermitteln. Derweil läuft die Schicksalsuhr auf dem Videobild unerbittlich ab und nähert sich langsam aber sicher der Nullmarke. Fast scheint es, der Countdown beschleunige sich jedes Mal, wenn einer der Kommissare nervös auf die Anzeige schaut, was jedoch eine subjektive Wahrnehmung ist, wie Tobias Heller mit einem Vergleich seines eigenen Timers beruhigt feststellt.

Nichtsdestotrotz zerrinnt ihnen die Zeit förmlich zwischen den Fingern. Der Countdown zeigt jetzt den Wert *00:32:34* an, womit kaum mehr als eine halbe Stunde verbleibt, den exakten Standort der Kamera und damit auch den der Gefangenen herauszufinden, mit einem der Situation angemessen Aufgebot an Einsatzkräften dorthin zu fahren und die Todesmaschinerie zu stoppen, bevor diese in Gang gesetzt wird! Wolfgang Müller und Christina Ohlsen haben noch nichts von sich hören lassen, sodass davon auszugehen ist, dass sie den Server bislang nicht gefunden haben.

Donner hat seine mitunter lautstark geführten Gespräche mittlerweile eingestellt und beugt sich nun neugierig über die Schulter Denise Malowskis. Sie und ihre beiden Kollegen sind immer noch auf der Suche nach Anhaltspunkten, die zum Täter führen, weswegen die drei seit beinahe zwei Stunden mittels ihrer Laptops in Ermittlungsakten alter Fälle stöbern, in denen die Hauptkommissare involviert waren. Da deren Zusammenarbeit bereits mehr als ein Jahrzehnt währt, sind das naturgemäß nicht gerade wenige.

»Wie schaut's bei euch aus? Habt ihr schon etwas zu unserem offenbar geistig gestörten ›Spielleiter‹ herausgefunden?«, erkundigt sich der Kommissariatsleiter bei Denise in gedämpftem Tonfall, um die Konzentration der Forensikerin nicht mehr als unbedingt notwendig zu stören, wobei diese aber in den vergangenen zweieinhalb Stunden hinlänglich bewiesen hat, dass man sie gar nicht so leicht aus der Ruhe bringen kann.

»Tobias und ich bekamen es in der ganzen Zeit unserer Zusammenarbeit mit einer Reihe merkwürdiger Typen zu tun, Chef!«, entgegnet Denise halblaut. »Die Liste ist verdammt lang, und wir werden uns damit erst richtig befassen können, wenn das hier ausgestanden ist. Unsere Hoffnung liegt dabei auf Spuren, die dieser Mensch möglicherweise hinterlassen hat, entweder an dem elektronischen Gerät, das hoffentlich gefunden wird, oder an diesem Ort«, zeigt sie auf die Leinwand.

Donner folgt ihrem Blick zum Videostream, wo die Frau nach vorheriger stundenlanger Lethargie jetzt unvermittelt hektisch an ihren Fesseln zu zerren beginnt, als ahne sie, dass ihre Zeit bald abläuft. Ihr Gesicht ist aber, obwohl sie dabei den immer noch gesenkten Kopf heftig hin und her bewegt, für eine Identitätsüberprüfung nach wie vor nicht ausreichend gut zu erkennen.

»Ich habe ihn!«, ruft in diesem Moment Amara Jones. Triumph schwingt in ihrer Stimme mit und sie reißt vor Erleichterung beide Arme in die Luft. Lange genug gedauert hat es ja. »Ich weiß jetzt, wo wir das andere System finden! Es besteht erwartungsgemäß aus den gleichen Komponenten wie der Server plus Kamera und ist in einer Funkzelle angemeldet, die sich einige Kilometer südlich der zuerst ermittelten Position befindet. Ich schicke euch sofort die Koordinaten des Sendemastes und die gemessene Signalstärke auf eure ...«

Den Rest ihrer Rede bekommt außer dem Kommissariatsleiter schon gar keiner mehr mit, weil Denise Malowski, Tobias Heller und Horst Weiland bereits bei den ersten Worten der Spezialistin synchron aufgesprungen sind und nun nacheinander aus dem Raum stürmen.

»... auf eure Handys«, beendet Amara Jones den Satz grinsend und widmet sich dann kopfschüttelnd wieder ihrem Laptop. Erst jetzt sieht sie, wie viel Zeit bereits vergangen ist und wird blass, was sich bei ihr eher als Grauton zeigt. »Das wird knapp, nicht wahr?«, bemerkt sie heiser, an Donner gewandt.

»Ja«, gibt dieser leise zurück. »Verdammt knapp sogar!«

Allein für den Weg zum Einsatzgebiet werden seine Leute im günstigsten Fall, also bei leergefegten Straßen und maximal vertretbarer Höchstgeschwindigkeit, mindestens zehn Minuten benötigen. Dort angekommen, müssen sie sich zudem erst noch orientieren und das eigentliche Ziel durch Messung der Signalstärke an mehreren Punkten triangulieren. Zwanzig Minuten, wenn alles wie am Schnürchen läuft und die Halle schon von weitem als Einsatzziel zu erkennen ist. Viel Luft bleibt da nicht!

»Falls du ein gutes Gebet kennst, wäre jetzt der rechte Zeitpunkt, es zu sprechen«, schlägt er der jungen Frau vor und verlässt mit hängenden Schultern den Raum. An Tagen wie diesem lastet die Verantwortung nahezu tonnenschwer auf dem Kommissariatsleiter. Bei einem gefundenen Mordopfer gibt es nur eine einzige Option: den Mörder zu ermitteln. Etwas völlig anderes ist es dagegen, ein vermisstes Kind zu suchen oder – wie im vorliegenden Fall – ein Entführungsopfer und nicht zu wissen, ob man es rechtzeitig finden wird.

Meine Leute bilden das beste Ermittlerteam, das ich kenne, sie werden nicht versagen, redet er sich auf dem Weg in sein Büro immer wieder wie ein Mantra ein. *Das dynamische Duo wird es auch dieses Mal schaffen!* Allerdings wird heute dazu ein mittleres Wunder vonnöten sein, wie er im Grunde sehr wohl weiß. Aber hatten sie nicht schon oft gedacht, es ginge nichts mehr? Und gab es dann nicht doch schließlich immer eine Lösung?

Kapitel 4

Es ist selbstverständlich absolut illusorisch, an einem frühen Freitagnachmittag von leeren Straßen in der Innenstadt auszugehen! Es gibt zwar Umgehungsstraßen zum Troisdorfer Industriegebiet, in dem die von Amara Jones ermittelten Koordinaten liegen, aber diese sind um diese Uhrzeit ebenso stark frequentiert wie die Verkehrswege ins Zentrum, in das jetzt alles zu streben scheint, was Räder hat.

Donner hatte in weiser Voraussicht außer dem SEK, welches auf dem Parkplatz des Kripogebäudes schon auf sie gewartet hatte, auch zwei Streifenwagen abgestellt, die jetzt mit eingeschalteten Blaulichtern und Martinshörnern vor ihnen herfahren und den Weg freizumachen versuchen. Dahinter folgt der Dienstwagen mit Denise Malowski, Horst Weiland und Tobias Heller, der auch am Steuer sitzt. Das Schlusslicht bildet der Mannschaftswagen des bis an die Zähne bewaffneten Einsatzkommandos.

Denise hat ihr Handy für alle gut sichtbar in die Freisprecheinrichtung geklemmt. Auf dem Display ist die Webseite mit der Hallenszene zu sehen, wo die Frau offenbar ihre verzweifelten Bemühungen, sich zu befreien, endgültig aufgegeben hat und nun wieder apathisch in sich zusammengesunken ist. Der Countdown liegt jetzt bei *00:16:38*, und sie haben nicht einmal die Hälfte der Strecke zurückgelegt! »Das schaffen wir nicht, Tobi!«, stößt sie zwischen den Zähnen hervor. »Verdammt, warum muss immer alles dermaßen knapp sein?«

»Bei diesem Tempo sind wir in zehn Minuten am Ziel«, versucht Tobias, die Sache zu beschönigen. »Dann hätten wir noch weitere sechs, diese Halle zu finden, die Tür aufzubrechen und die Frau zu befreien. Aber du hast recht, das wird verflucht eng!«

»So viele Lagerhallen in der angenommenen Größe gibt es in dieser Gegend nicht«, lässt sich Horst vom Rücksitz vernehmen. »Wie ihr wisst, wohne ich dort in der Nähe, da sind meist nur Garagen und kleinere Fertigungshallen angesiedelt. Wenn wir Glück haben, springt uns das fragliche Gebäude direkt in die Augen und wir müssen vielleicht gar nicht erst lange mit der App, die uns Amara zur Verfügung gestellt hat, das Signal triangulieren. Das würde uns mindestens fünf Minuten mehr Zeit verschaffen!«

Im nächsten Augenblick werden er und Denise unvorbereitet in die Sicherheitsgurte gepresst, weil Tobias lauthals fluchend eine Vollbremsung hinlegt und das Auto nur einen Meter hinter dem Streifenwagen vor ihnen zum Stehen bringt. Grund ist ein riesiger Lastzug, der in voller Länge die Straße auf beiden Spuren blockiert. Offensichtlich hatte der Fahrer, aus einer Seitenstraße kommend, den Kurvenradius seines Gefährts falsch eingeschätzt und nun geht es für ihn auf der engen Kreuzung nur noch zentimeterweise vor und zurück. An ein Durchkommen ist in den nächsten Minuten nicht zu denken!

* * *

Derweil hat die Truppe um Wolfgang Müller und Christina Ohlsen den infrage kommenden Bereich fast komplett abgesucht. Da sie dabei entgegen dem Uhrzeigersinn vorgegangen sind, liegt das Zentrum mit der Funkzelle links von Chrissie, die ebenso wie ihr Partner einen der beiden sensiblen Außenposten besetzt hat. Obwohl die sechs Polizisten auf ihrem Weg sorgfältig alle möglichen Verstecke untersucht haben, ist ihnen ein Erfolg bislang versagt geblieben. Dementsprechend gedrückt ist die Stimmung zu diesem Zeitpunkt, da der Startpunkt und damit auch das Ende ihrer Exkursion schon in Sichtweite gerückt ist.

Chrissie hält unvermittelt in ihrem Schritt inne, als ihr einige Dutzend Meter jenseits der von ihr selbst definierten Grenze ein ungewöhnlich symmetrischer Steinhaufen auffällt, der fast wie eine Pyramide geformt ist. »Kommt ihr mal hierher zu mir?«, beordert sie heftig winkend den Rest der Suchmannschaft zu sich. »Ich habe da etwas entdeckt«, zeigt sie auf das verdächtige Gebilde direkt neben einem großen Ginsterstrauch, der aber zu dieser Jahreszeit naturgemäß keine Blüten trägt. »Seht ihr?«

»Das liegt mindestens zwanzig Meter außerhalb unseres Suchradius«, schüttelt Wolfgang Müller den Kopf, nachdem er mit den vier Kollegen herangetreten ist. »Es ist sowieso ein Wunder, dass du den auf diese Entfernung neben dem Strauch überhaupt gesehen hast!« Allerdings ist die Kommissarin für ihr ›Adlerauge‹ im ganzen Kommissariat bestens bekannt und hat schon so manche Kleinigkeit auf Anhieb bemerkt, die ihm zunächst entgangen war, obwohl er durchaus ebenfalls über ein scharfes Auge verfügt.

»Das Funksignal könnte im Inneren der Steine mehr als von mir erwartet abgeschwächt werden«, widerspricht sie. »In diesem Fall hätte ich den Radius falsch berechnet und nachschauen kostet schließlich nichts, oder?« Schon ist sie mit weiten Sätzen dorthin gelaufen und beginnt sofort damit, die obersten Brocken der einen halben Meter hohen Pyramide abzutragen.

»Bingo!«, ruft sie den näher kommenden Kollegen zu und hält triumphierend einen schwarzen Kasten in der Größe eines Schuhkartons hoch. »Na, was sagt ihr jetzt?«

»Was ich sage?«, brummt Wolfgang Müller ungehalten. »Erinnere dich daran, dass Amara uns ausdrücklich geraten hat, das Teil vor dem Ende des Countdowns auf keinen Fall anzufassen! Leg es bitte sofort dorthin zurück, wo du es hergenommen hast! Wer weiß denn, ob da drin nicht irgendein teuflischer Mechanismus auf die Verlagerung reagiert und dadurch zum Beispiel der Ablauf der Ereignisse beschleunigt wird?«

Das übermütige Lachen gefriert ihr förmlich im Gesicht, während sie seiner Order leichenblass nachkommt. *Daran* hatte sie in ihrem Übereifer mal wieder nicht gedacht, hoffentlich ist es nicht schon zu spät! Ein Blick auf die Uhr zeigt ihr den aktuellen Timerstand an, der sich rasend schnell der Nullmarke nähert!

* * *

Die Kolonne der Einsatzfahrzeuge ist seit einigen Minuten wieder unterwegs, dieses Mal mit dem Audi der Kriminalpolizei an der Spitze. Tobias Heller hatte an der durch den LKW blockierten Kreuzung kurzerhand das eigene Martinshorn aktiviert und den Dienstwagen an den Streifenwagen vorbei auf den Gehweg gelenkt. Dass er bei dieser von purer Verzweiflung diktierten Aktion zwei unvorsichtigerweise nur von Rasenkantensteinen umfasste Vorgärten verwüstete, war ihm in dieser Situation vollkommen gleichgültig. Einen Gartenzwerg ereilte das Schicksal beim Holzhacken und einem anderen wurde das Rauchen einer Pfeife zum Verhängnis.

Die Fahrer der drei Begleitfahrzeuge machten es ihm unverzüglich nach, sodass sie nun in leicht geänderter Reihenfolge auf dem Weg zu ihrem Einsatzort sind, der nur noch knapp vier Kilometer entfernt ist. Durch den erzwungenen Aufenthalt haben sie allerdings wertvolle Zeit eingebüßt, die es schnellstmöglich aufzuholen gilt. Der Countdown zeigt jetzt beängstigende *00:06:12* an und sie werden mindestens noch weitere drei Minuten benötigen, um auch nur in die Nähe ihres Ziels zu gelangen!

Wenige hundert Meter vom Standort des von Amara Jones ermittelten Funkmastes entfernt gibt Denise Malowski unvermittelt einen erstickten Laut von sich. Sie stößt ihren Partner, der sich vollständig auf die Straße konzentriert, an und zeigt panisch auf das Handydisplay. Dort wurde die Anzeige der Webseite mit der gefangenen Frau jetzt durch den lapidaren Hinweis ersetzt, dass die aufgerufene Seite nicht mehr verfügbar sei!

»Der Videostream!«, ruft sie verstört aus. »Er ist weg, Tobi! Einfach von einem Augenblick auf den anderen verschwunden!«

»Waaas?« Tobias Heller wagt nun ebenfalls einen kurzen Blick. »Scheiße! Wieso denn das? Weißt du, was der Timer zuletzt angezeigt hat?«

»D...drei Minuten, glaube ich«, stottert sie verwirrt. »Ich hab nur mal für einen Moment nicht hingeschaut, ehrlich!«

In diesem Augenblick klingelt ihr Telefon und sie nimmt es mit gefurchter Stirn aus der Halterung. »Amara?«, meldet sie sich, da sie die Nummer der Forensikerin erkannt hat. Nach wenigen Sekunden legt sie das Handy aus der Hand, ohne auch nur einen weiteren Ton gesagt zu haben. »Amara hat soeben die Verbindung zur Kamera verloren!«, gibt sie mit Grabesstimme bekannt.

»Die wird im Grunde sowieso gar nicht mehr benötigt«, knurrt Tobias nach einer Schrecksekunde. »Wir haben schließlich die gemessene Signalstärke! Für eine umständliche Triangulation haben wir aber jetzt keine Zeit ... Schnell, Horst! Du kennst dich doch von uns allen hier am besten aus! Wo könnte die gesuchte Halle stehen? Nicht lange nachdenken! Sag einfach, was dir in den Sinn kommt, vertraue deiner viel gerühmten Intuition!«

»Wir müssen uns auf jeden Fall hier vorne rechts halten«, nickt Weiland selbstbewusst. Er hat auf seinem eigenen Handy bei den ersten Worten des

Hauptkommissars geistesgegenwärtig sofort die App zur Messung des Funksignals aufgerufen. »Die Funkzelle ist momentan links von uns, wo es aber meines Wissens ausschließlich Wohnhäuser gibt. Ein Funktionsgebäude, wie das von uns gesuchte, werden wir daher dort mit ziemlicher Sicherheit nicht finden und ich habe hier immer noch ein wesentlich stärkeres Signal als das von Amara vorhin an der Kamera gemessene! Da diese in der vergangenen halben Stunde nicht bewegt wurde, ist das auf jeden Fall die richtige Richtung!«

Heller reißt sofort das Steuer herum und folgt vertrauensvoll der technisch unterstützten Eingebung des Kollegen, der ihm hastig noch einige weitere Richtungsänderungen diktiert. Die Begleitfahrzeuge kleben förmlich an ihrer Stoßstange, etwas anderes bleibt ihnen in der knappen Zeit auch gar nicht übrig. Entweder diese Geschichte geht gut aus, oder …

»Hier!«, ruft Weiland plötzlich aus und zeigt hektisch auf eine Ansammlung von Garagen hundert Meter voraus, die ein etwas größeres, ebenfalls fensterloses Gebäude flankieren. »Das da vorne könnte sie sein, das Signal stimmt jedenfalls mit dem uns bekannten Wert überein und das ist die einzige Halle, die aufgrund ihrer Größe infrage kommt!«

Heller bringt den Wagen mit protestierend quietschenden Reifen und ersterbender Sirene vor dem besagten Gebäude zum Stehen. Wohltuende Ruhe setzt ein, als die Fahrer der anderen Fahrzeuge es ihm gleichtun und ebenfalls ihre Martinshörner abschalten. Nur Augenblicke später werden sämtliche Türen am Transporter des SEK aufgerissen, um im Sekundentakt acht schwer gepanzerte Bewaffnete auszuspucken. Zwei von ihnen schleppen mit beeindruckender Geschwindigkeit eine sicherlich nicht gerade leichte Ramme im Laufschritt an den Einsatzort.

Keine halbe Minute später fliegt die in das vier Meter breite, stählerne Tor eingelassene Eingangstür unter den wuchtigen Schlägen des massiven Rammbocks aus den Angeln und kracht scheppernd nach innen. Auf Tobias' Uhr zeigt der zu Beginn der Aktion eingestellte Timer eine Restzeit von achtunddreißig Sekunden an, als er in Begleitung seiner Kollegen mit gezogener Waffe völlig regelwidrig hinter den Spezialisten in die Halle stürmt.

Dass keiner von ihnen eine Schutzweste trägt, wird den drei ›Zivilisten‹ im Eifer des Gefechts überhaupt nicht bewusst. Wobei aber zu ihrer Ehrenrettung gesagt werden muss, dass im Grunde niemand in dieser Situation mit einem bewaffneten Konflikt rechtet. Ihr ungestümes Vorpreschen findet jedoch schon nach wenigen Metern ein abruptes Ende, als sie unvorbereitet gegen eine Wand aus den verwundert stehen gebliebenen Männern der Spezialeinheit prallen.

Mit offenen Mündern starren sie ebenso wie diese entgeistert auf das Szenario vor ihnen. Alles hätten sie zu sehen erwartet: Eine in Todesgefahr schwebende, in heller Panik schreiende und an einen Stuhl gefesselte Frau, einen unter einem riesigen Betonblock zerschmetterten Körper, aber das ...?

***

Nahezu der gesamte Innenraum von schätzungsweise zweihundert Quadratmetern Grundfläche ist mit Paletten voller unterschiedlich großer Kartons vollgestellt, die bis unter die hohe Decke gestapelt sind und offensichtlich Haushaltsgeräte enthalten. Da gibt es ganze Blöcke mit Kühlschränken, Waschmaschinen, Fernsehgeräten und ähnlich hochwertigen Erzeugnissen. Auch etliche Paletten mit Computern sind zu sehen. Insgesamt dürfte der Wert der hier gelagerten Geräte im siebenstelligen Bereich liegen. Dazwischen wurden Gassen freigelassen, die gerade breit genug sind, um mit dem Gabelstapler befahren werden zu können, der innen neben dem Tor geparkt ist.

Von der in dem noch vor wenigen Minuten live mitangesehenen Video gezeigten Todesmaschinerie ist jedoch nirgends etwas zu sehen, es wäre zudem auch gar kein Platz dafür vorhanden. Eine Kamera gibt es ebenfalls nicht, lässt man die Überwachungsgeräte an der hohen Decke einmal außer Acht, die jetzt hektisch zu blinken beginnen. Offenbar wurde durch ihr Eindringen ein Alarm ausgelöst.

»Wie es aussieht, sind Sie bezüglich der Lokalität unseres Einsatzes einem Irrtum aufgesessen, Herr Hauptkommissar«, wendet sich Ulf Meyer, der Kommandant der SEK-Einheit an Tobias Heller. Mit dem durch seine stämmige Gestalt und dem kantigen Schädel mit Bürstenhaarschnitt Respekt einflößenden Polizeihauptkommissar hatte man es in der

Vergangenheit schon einige Male zu tun. Die Worte verlassen seinen Mund dabei vollkommen neutral und ohne jede Spur von unangebrachtem Spott.

»Es kommt aber nur diese Halle in Betracht!«, meldet sich Horst Weiland hinter Tobias Heller und Denise Malowski atemlos zu Wort. Er hatte die Situation gleich beim Betreten des Gebäudes blitzartig analysiert und war sofort wieder nach draußen geeilt. Jetzt schwenkt er demonstrativ das Handy mit der App zur Messung von Funksignalpegeln.

»Ich habe den uns bekannten Empfangspegel der mit einer Funkeinrichtung gekoppelten Videokamera an verschiedenen Stellen verglichen«, berichtet er, nachdem er einmal tief durchgeatmet hat. »Überall im Umkreis von etwa achtzig Metern ist er entweder viel stärker oder wesentlich schwächer. Hier aber stimmt der Wert exakt, was unzweifelhaft belegt, dass wir uns an der richtigen Stelle befinden!«

»Der Kommandant hat recht, Horst!«, lässt sich Denise vernehmen. »Wir wurden anscheinend nach Strich und Faden verarscht! Wenn aber die Kamera oder zumindest eine entsprechende Sendeeinrichtung sich tatsächlich hier befindet, wo ist sie dann? Es war definitiv keine Zeit mehr, sie vor unserem Eintreffen fortzuschaffen, da sie drei Minuten zuvor noch gesendet hat. Allerdings nicht dieses Bild hier, das will ich gerne zugeben!«

»Sie könnte hier irgendwo zwischen den Kisten versteckt sein«, beharrt Weiland auf seiner Einschätzung. »Wir müssen eben alles gründlich danach absuchen, da sich Spuren des Eigentümers daran befinden könnten! Oder wollt ihr den Witzbold, der uns hier klassisch vorgeführt hat, straflos davonkommen lassen? Außerdem brauchen wir absolute Gewissheit darüber, tatsächlich am richtigen Ort zu sein, und die bekommen wir nur, wenn wir das Teil finden! Sollten wir nämlich trotz allem hier falsch sein, bedeutet das in letzter Konsequenz, dass anderswo soeben ein Mensch getötet wurde, da die Frist längst abgelaufen ist!«

»Okay!« Polizeihauptkommissar Meyer klatscht auffordernd in die Hände. »Ihr sucht den Raum nach einer Einheit, einer Kiste oder was auch immer ab, die nicht zu dem übrigen Kram hier passt!«, instruiert er seine Leute. »Ich habe aber eine andere Idee, die uns eventuell eher weiterbringen könnte. Eine Fremdeinheit im Inneren der Halle bedeutet letztendlich, dass derjenige, der sie dort deponierte, einen Schlüssel hatte, was jedoch nicht zwangsläufig der Fall sein muss. Kommen Sie!«, fordert er die Ermittler mit einem Kopfnicken auf, ihm nach draußen zu folgen.

* * *

Wieder an der frischen Luft, begibt sich Denise Malowski zuallererst zu den wartenden Streifenwagen und weist einen der Fahrer vorsorglich an, die Zentrale anzufunken und bezüglich des ausgelösten Alarms Entwarnung zu geben. Ein Aufruhr wäre so ziemlich das Letzte, was sie jetzt gebrauchen können, es ist sowieso schon ein mittleres Wunder, dass sich noch keine Schaulustigen eingefunden haben.

Bei diesem Gedanken fällt ihr Blick zufällig auf eine Häuserzeile auf der anderen Straßenseite, wo an der ungefähr fünfzig Meter entfernten Straßenkreuzung zwei Personen einträchtig nebeneinander auf dem Gehweg stehen und aufmerksam herüberzuschauen scheinen. Soweit sie es sehen kann, handelt es sich um eine hochgewachsene, wasserstoffblonde Frau und einen untersetzten, korpulenten Kerl mit einer Kamera. Die zwei kommen ihr zwar extrem bekannt vor, sind aber auf diese Entfernung nicht eindeutig zu erkennen.

Sind das nicht ...? Sie blinzelt überrascht und schaut dann ein zweites Mal hin. *Jetzt sind sie weg. Ich habe mich wohl geirrt, wie sollen die auch so schnell Wind von der Sache bekommen haben?* Denise zuckt mit den Schultern und begibt sich zu ihren Kollegen. Wären die beiden noch dort gewesen, hätte sie sich ihrer natürlich sofort angenommen, aber so?

Vor der Halle verfolgen Tobias Heller und Horst Weiland soeben fasziniert, wie die Kameradrohne von Ulf Meyer mit routinierten Steuerbefehlen in die Luft gebracht und in zehn Metern Höhe über dem Dach der Lagerhalle positioniert wird. Zu hören ist fast nichts, da die schwere Drohne aus dem Fundus der SEK-Einheit speziell für nächtliche Erkundungseinsätze konzipiert wurde und aus diesem Grund mit extrem leisen Elektromotoren ausgestattet ist.

Schon nach wenigen Augenblicken ist auf dem kleinen Bildschirm der Steuereinheit ein rechteckig geformter Gegenstand exakt in der Mitte des Daches zu erkennen, akkurat ausgerichtet im Schnittpunkt der vier Lichteinlässe, über die das Gebäude verfügt. »Ich denke, wir haben gefunden, was Sie suchen«, kommentiert der Kommandant das positive Ergebnis seiner Bemühungen mit zufriedener Miene, während er die Drohne langsam nach unten sinken lässt, bis deutlich ein schwarzer Kasten in der Größe eines Schuhkartons erkennbar wird. Die Kamera befindet sich jetzt nur noch einen Meter über dem verdächtigen Gegenstand.

»Ist Ihr Fluggerät in der Lage, dieses Teil für uns zu bergen?«, erkundigt sich Denise Malowski pragmatisch. Andernfalls müsste man wohl einen Leiterwagen der Feuerwehr hierher beordern.

»Klar, kein Problem! Die Drohne kann Lasten bis zu einer Seitenlänge von vierzig Zentimetern und einem Gewicht von zehn Kilogramm heben und transportieren«, erwidert Meyer stolz, als habe er persönlich an der Entwicklung mitgewirkt. »Ich muss sie dazu nur kurz zurückbeordern und mit dem entsprechenden Greifer ausstatten!«

Wenige Minuten später kommt die Drohne von ihrem zweiten Ausflug auf das Hallendach zurück und dieses Mal hält sie den zuvor per Kamerabild übermittelten Gegenstand in ihren stählernen Klauen. Sanft, wie es nur eine Maschine vermag, setzt sie ihre Last vor den staunenden Ermittlern auf dem Boden ab, bevor sie sich erneut fast geräuschlos in die Luft erhebt, um einige Meter abseits endgültig zu landen und den Motor abzuschalten.

Denise greift in die Tasche und holt ihre Einmalhandschuhe hervor, streift sie hastig über die Hände und stürzt sich sofort mit Feuereifer auf den offenbar aus Metall bestehenden Kasten, um diesen unverzüglich einer ersten oberflächlichen Untersuchung zu unterziehen.

»Autsch!« Mehr aus Überraschung als vor Schmerz lässt sie ihn sofort wieder los. »Das Teil ist verdammt heiß!«, erklärt sie den anderen verblüfft und zeigt ihnen ihre Hände. Sämtliche Fingerkuppen ihrer dünnen Latexhandschuhe sind durchgeschmort und lassen nackte Haut erkennen, die sich jetzt langsam zu röten beginnt. »Seht ihr?«

»Das könnte der Grund dafür sein, dass die Kamera vor der Zeit ihren Geist aufgegeben hat«, vermutet Horst Weiland. »Die Elektronik muss sich irgendwie überhitzt haben.«

»Ach, und wie erklärst du dir dann die Tatsache, dass die Kiste auf dem Dach der Halle lag und nicht innen drin, wie es auf dem Videobild zu sehen war?«, schüttelt Tobias Heller den Kopf. »Und ist euch eigentlich schon aufgefallen, dass es in dem Gehäuse gar kein Loch für das Objektiv gibt? Um es mit den Worten unseres Chefs zu sagen: Hier stinkt es ganz gewaltig, Leute!«

Kapitel 5

Behördlicher Vandalismus?

Troisdorf. Sämtliche Anwohner einer Siedlung am Rande des Troisdorfer Industriegebietes wurden am frühen Freitagnachmittag aufgeschreckt, als ein Riesenaufgebot der Polizei mit kreischenden Bremsen vorfuhr und sich unverzüglich mit schwerem Gerät gewaltsam Zugang zu einer Lagerhalle für harmlose Haushaltsgeräte verschaffte. Wenige Minuten später war der ganze Spuk aber schon wieder vorbei und das bis an die Zähne bewaffnete Einsatzkommando rückte unverrichteter Dinge ab, wobei sie die zuvor zertrümmerte Eingangstür jedoch ungesichert zurückließen. War man einem Irrtum unterlegen oder handelte es sich dabei schlichtweg um reine Polizeiwillkür? Lesen Sie unseren ausführlichen Bericht auf Seite 3! (*lei*)

Tobias Heller pfeffert die heutige Ausgabe vom *Rhein-Sieg-Echo* voller Zorn mit Schwung auf seinen Schreibtisch, sodass die zum Glück leere Kaffeetasse von ihrem angestammten Platz hinweggefegt wird und über die Tischplatte kullert. Geistesgegenwärtig greift er zu und kann gerade noch verhindern, dass sie zu Boden fällt.

»Sind wir heute eventuell ein wenig ungestüm?«, tadelt Denise Malowski ihn mit hochgezogenen Augenbrauen, ohne allerdings ihren Blick länger als eine Sekunde von ihrem Computerbildschirm abzuwenden. Tastaturgeräusche sind von ihrer Seite jedoch nicht zu hören, offenbar ist dort etwas Interessantes zu sehen, das keine Eingaben erfordert. Tobias vermutet daher, dass sie sich das angebliche Onlinevideo von Freitag vor der Dienstbesprechung noch einmal in aller Ruhe anschaut, was er sich für heute ebenfalls vorgenommen hat.

»Es ist einfach unglaublich, was diese Schnepfe wieder für einen Müll über uns ausgekippt hat!«, entrüstet er sich. »Dieses Mal hat sie sich aber selbst übertroffen! Hier!« Er schiebt die Zeitung zu ihr hinüber.

»Die Leitner?«, erkundigt sich seine Partnerin voller böser Vorahnungen, während sie das Käseblatt aufschlägt. Ihr kommt sofort wieder die Begebenheit von Freitag an der Halle in den Sinn. »Dann waren die das also doch ... Ich wusste es! Da waren nämlich bei unserem Einsatz ganz kurz eine Frau und ein Mann auf der anderen Straßenseite zu sehen, die aussahen wie diese Mistmade und ihr Fotograf. Ich glaubte aber, mich geirrt zu haben. Ich meine, wie hätten die denn davon wissen können?«

»Schau dir bitte die Bilder auf Seite drei genau an! Die waren nicht zufällig da, Denise! Die haben im Gegenteil dort auf uns gewartet! Fällt dir nichts auf? Die haben nicht nur sämtliche Aktionen fotografisch festgehalten, sondern sogar unsere Ankunft! Wenn du mich fragst, ist da etwas ganz und gar oberfaul!«

»Die müssen demnach einen Tipp bekommen haben!« Denise legt entgeistert die Zeitung ab. »Anders kann es gar nicht sein, und in Verbindung mit diesem ominösen Spiel fällt mir dazu eigentlich nur ein, dass wir hier nach Strich und Faden ...«

»… verarscht wurden!«, ergänzt Tobias ihren begonnenen Satz mit einem unheilvollen Glitzern in den Augen. »Aber nicht mit mir, sage ich dir! Den Kerl kaufen wir uns!«

»Da ist noch was anderes. Es gibt ein Video auf *YouTube*, das auf der Fahrt zum Einsatzort aufgenommen wurde und deine Aktion bei diesem LKW zeigt. Du weißt schon, da wo du durch die Vorgärten gebrettert bist. Chrissie hatte es am Wochenende zufällig entdeckt und ich habe es mir gerade angeschaut. Ganz deutlich ist darauf zu sehen, wie du brutal zwei vollkommen unschuldige Gartenzwerge ermordet hast«, grinst sie ihn an.

»Du kannst davon ausgehen, dass überall, wo was los ist, einer dieser Idioten herumläuft und es mit seinem Handy filmt!«, schimpft Tobias lauthals. »Zum Mitschreiben: Ich bin nicht *gebrettert*, sondern im Schritttempo über die Grundstücke gefahren! Und außerdem hat der Chef den Vorfall bereits mit den Hauseigentümern geklärt und die Angelegenheit der Versicherung übergeben. Zudem hat die Leitner in mindestens *einem* Punkt gelogen: Wir haben die Halle nicht ungesichert zurückgelassen, sondern im Gegenteil einen Streifenwagen zur Bewachung abgestellt, bis der von uns benachrichtigte Eigentümer aufgetaucht und sich selbst darum kümmerte!«

* * *

»Den Bericht in der heutigen Ausgabe vom *Rhein-Sieg-Echo* habt ihr ja sicher alle gelesen«, zeigt Donner mit finsterer Miene auf die Magnettafel, an der er den Zeitungsartikel mit sämtlichen

Bildern gut sichtbar an exponierter Stelle angebracht hat. »Kann mir bitte mal jemand erklären,
wie die Presse an derart detaillierte Informationen
gekommen ist?«

»Womit wir beim Thema wären«, ergreift Denise
das Wort. »Wir sind uns wohl alle darüber einig,
dass dieses Video ein Fake war und das ganze
Drumherum nur dazu diente, uns – und damit meine ich speziell Tobias und mich – in Misskredit zu
bringen! Wie kann es sonst sein, dass die Presse uns
bereits am Einsatzort erwartete? Es muss demzufolge einen Informanten geben, und der ist identisch mit dem Clown, der das Ganze offenbar extra
für uns inszeniert hat! Bin ich die Einzige, die ihn
dafür zur Verantwortung ziehen will?«

»Selbstverständlich werden wir der Sache nachgehen, Denise!«, beschwichtigt Donner seine aufge-
brachte Mitarbeiterin. »Schon allein wegen des dadurch verursachten finanziellen Aufwandes! Wer
fahrlässig oder vorsätzlich einen unnötigen Einsatz
der Polizei und anderer Ordnungskräfte provoziert,
muss die entstandenen Kosten ersetzen, so steht es
in den Vorschriften. Und das wird garantiert nicht
billig, das sage ich euch! Außerdem lassen wir uns
nicht von jedem dahergelaufenen Witzbold verar-
schen, das nehme ich sehr persönlich! Habt ihr
denn in der Zwischenzeit einen Hinweis auf den
Urheber dieser Aktion gefunden?«

»Wir hatten ja schon am Freitag aufgrund der
Wortwahl der E-Mail vermutet, dass es sich bei dem
Verfasser um jemanden handeln könnte, dem wir
in der Vergangenheit mal auf die Füße getreten
sind«, hebt Tobias Heller die Schultern. »Da Denise

und ich seit über einem Jahrzehnt als Partner zusammenarbeiten, ist die Liste ziemlich lang, wie du dir sicher denken kannst!«

»Außerdem handelte es sich bei den von uns aufgeklärten Verbrechen überwiegend um Morde und ähnliche Kapitaldelikte mit Haftstrafen von mindestens zehn Jahren oder lebenslang«, fährt Denise Malowski fort. »Das bedeutet, dass die meisten noch einsitzen. Die paar Knackis, die mittlerweile wieder draußen sind, werden wir überprüfen. Ich glaube aber nicht, dass da viel bei herauskommt. Irgendwie passt keiner von denen so recht ins Profil.«

»Ich habe mich gedanklich mal etwas mit diesem Kamerateil beschäftigt«, meldet sich Wolfgang Müller zu Wort. »Ihr habt es doch mittels einer ferngesteuerten Drohne vom vier Meter hohen Flachdach der Halle geborgen, richtig? Wie aber ist der Kasten dahin gekommen? Ich kann mir nicht vorstellen, dass man einfach so mit einer dermaßen langen Leiter dorthin spazieren kann, um etwas da oben zu platzieren, ohne das es jemandem auffällt. Wir sollten uns daher mal ein wenig in der Nachbarschaft umhören!«

»Und was ist, wenn dieser Mensch ebenfalls eine solche Drohne benutzt hat?«, widerspricht Chrissie Ohlsen ihrem Partner. »Dafür würde auch sprechen, dass die Kiste mitten auf dem Dach gelegen hat, denn mit einer Leiter hätte man sie doch eher am Rand abgestellt. Ich habe mich informiert: Diese Drohnen haben oftmals eine Reichweite von mehreren Kilometern, das kann von überall im Stadtgebiet gemacht worden sein!«

»Das ist in meinen Augen alles etwas sehr viel Aufwand für einen simplen Scherz!«, knurrt Donner angriffslustig. »Wenn ihr mich fragt, steckt da erheblich mehr dahinter! Irgendwas stinkt hier ganz gewaltig, und ich will wissen, was das ist! Vorausgesetzt natürlich, dass die an der Halle geborgene Kiste überhaupt von demselben Kerl zusammengezimmert wurde, der auch das Servergehäuse an diesem Forsthaus in der Wahner Heide deponierte, und es sich nicht einfach bloß um einen grandiosen Zufall handelt!«

»Dazu kann ich etwas beitragen!«, erhebt Amara Jones erstmals ihre kräftige Stimme, nachdem sie dem Wortgefecht der Kommissare bisher stumm, aber mit großem Interesse gefolgt war. Nun ist es ihrer Meinung nach endlich an der Zeit, die eigenen Ergebnisse zu präsentieren. Immerhin hatte sie sich dafür das halbe Wochenende um die Ohren geschlagen, wobei sie die Gehäuse und deren Innereien sorgfältig in ihre Bestandteile zerlegt und nebenbei auch gewissenhaft auf etwaige forensische Spuren untersucht hatte.

»Ich habe beide Fundstücke einer gründlichen Prüfung unterzogen«, fährt sie fort, als sie die Aufmerksamkeit aller Anwesenden auf sich gerichtet sieht. »Das von der Halle wurde zwar einer recht großen Hitze ausgesetzt, wie ihr ja bereits aus eigener schmerzvoller Erfahrung festgestellt habt«, erläutert sie mit einem wissenden Blick zu Denise Malowski, »aber ich konnte dennoch aus den zerschmolzenen Überresten unmissverständlich ableiten, dass es sich in beiden Fällen um absolut identische Komponenten handelt. Es wäre daher ein höchst unwahrscheinlicher Zufall, wenn das zwei verschiedene Leute zusammengebaut hätten!«

»Sie wurden demnach von ein und derselben Person zusammengestellt?«, hakt Tobias Heller an dieser Stelle sofort nach.

»Definitiv, da gibt es nicht den Hauch eines Zweifels! Und die hat sich hervorragend mit der Materie ausgekannt. Ich selbst hätte es nicht besser hinbekommen!«

»Gibt es Hinweise darauf, was zu der Überhitzung dieses zweiten Gerätes geführt haben könnte? War es ein Kurzschluss? Oder lag es vielleicht doch daran, dass ich den Server in die Hand genommen und somit bewegt habe, als wir ihn fanden? Du hattest ja ausdrücklich davor gewarnt und es muss etwa zeitgleich mit dem Erlöschen des Kamerasignals gewesen sein.«

»Diesbezüglich kann ich dich beruhigen«, lächelt Amara in Chrissies Richtung. »Es war nichts dergleichen. Ich habe die Überreste eines Brandsatzes darin gefunden, der offenbar mit einem mechanischen Zeitzünder versehen war. Zumindest gab es in den Programmstrukturen keinen Hinweis auf eine solche Vorrichtung in elektronischer Form, als das Teil noch online war.«

»Es ist ganz bestimmt kein Zufall, dass das Signal kurz vor Ende des Countdowns ausfiel!«, überlegt Wolfgang Müller. »Der Zünder muss daher mit dem Video synchronisiert worden sein, damit die Ereignisse perfekt aufeinander abgestimmt waren.«

»Er wurde wahrscheinlich mit demselben Impuls initialisiert, der den Videostream startete. Selbstverständlich ist auch eine Fernzündung denkbar, was jedoch zu bezweifeln ist. Ich gehe daher davon aus, dass dies alles minutiös geplant gewesen ist, zumal spätestens seit der Bergung dieser Einheit klar sein dürfte, dass wir zuvor eine Aufzeichnung zu sehen bekommen haben müssen. Die zweifellos vorhandene Kamera hat nämlich definitiv kein Bild aus dem allseits geschlossenen Gehäuse übermitteln können!«

»Ich wundere mich sowieso, wie das Funksignal überhaupt aus einem Metallgehäuse hinausgelangen konnte«, wendet Horst Weiland ein. »Solch ein Kasten wirkt ja im Grunde wie ein faradayscher Käfig. Und es handelte sich eindeutig um einen Livestream, das hast du selbst gesagt!«

»Es war auch einer! Was wir auf der Webseite zu sehen bekamen, wurde tatsächlich von der Kamera ›live‹ übertragen, nur dass die Bilder von dieser nicht zeitgleich aufgenommen wurden, sondern von einem zweifellos darin befindlichen Speicherchip kamen. Der aber ist leider ebenso wie der Rest nur noch ein einziger verschmorter Klumpen, sodass es eine unbewiesene Vermutung bleibt. Und was die Antenne betrifft, war sie in Form einer dünnen Folie außen auf das Gehäuse geklebt. Bei dem Pendant aus der Wahner Heide war das übrigens ebenso der Fall.«

»Fassen wir also das soeben gehörte einmal zusammen«, ergreift der Kommissariatsleiter das Wort. »Die ganze Aktion wurde offenbar mit sehr viel Sachverstand und mit einem enorm hohen

Aufwand an Zeit und Material vorbereitet, was – wie ich schon erwähnte – weit über einen simplen Scherz hinausgeht. Solche Leute stellen immer eine Gefahr dar und müssen deshalb aus dem Verkehr gezogen werden. Wir bleiben daher auf jeden Fall an der Sache dran!«

»Wir dürfen aber etwas anderes ebenfalls nicht völlig außer Acht lassen, Chef«, merkt Wolfgang Müller in seinem typischen, unaufgeregten Tonfall an. »Es ist nämlich durchaus möglich, dass die Frau aus dem Video echt war und nur eben anderswo festgehalten, und womöglich auch getötet wurde. Die Tatsache, dass wir eine Aufzeichnung zu sehen bekamen, besagt gar nichts! In diesem Fall suchen wir nicht einfach nur einen Verrückten, sondern einen Mörder!«

»Möglicherweise ist der unbekannte Drahtzieher sogar beides, was ihn umso gefährlicher machen würde«, ergänzt Donner die Einschätzung seines Mitarbeiters grimmig. »Zudem ist er in Sachen Computer aller Wahrscheinlichkeit nach ein absoluter Profi. Dies und die Tatsache, dass es einen direkten Bezug zu unserem Kommissariat, beziehungsweise zweier meiner Leute zu geben scheint, sollte uns doch irgendwie zu ihm führen!«

»*Das* und das Haar, welches ich in dem zuerst sichergestellten Gehäuse fand!«, grinst die Forensikerin in die Runde. Donner stößt hörbar die Luft aus seinen Lungen. Was ist das nur für eine Marotte, die diese Wissenschaftler kollektiv dazu veranlasst, die brisantesten Erkenntnisse jedes Mal bis zum Schluss zurückzuhalten?

»Befindet sich wenigstens menschliche DNA daran?«, fragt er mühsam beherrscht bei der IT-Spezialistin nach, die heute stellvertretend für die gesamte Forensik an der Besprechung teilnimmt. Die Frage ist durchaus berechtigt, da Haare für sich allein keine genetischen Informationen enthalten, sondern nur die manchmal haftengebliebene Haarwurzel, was jedoch bei von selbst ausgefallenen oder abgebrochenen Kopfhaaren meist nicht der Fall ist.

»Das Haar war zum Glück vollständig, also mit Wurzel. Deren Zellen dürften für eine Analyse ausreichen«, nickt Amara Jones. »Mein Chef hat es gleich am Freitag persönlich in die Humangenetik nach Bonn gebracht. Das Ergebnis könnte schon morgen oder übermorgen vorliegen, soll ich euch ausrichten. Er kennt da jemanden, der ihm noch einen Gefallen schuldet.«

»Super!« Donner klatscht einmal kräftig in die Hände. »Das wär's in dieser Sache zunächst. Weiter geht es, sobald die DNA-Analyse vorliegt. Denise und Tobias: Ihr nehmt euch gleich anschließend die infrage kommenden Kandidaten für einen eventuellen Rachefeldzug vor. Horst, du schaust dir die Aufzeichnung des Videos an. Such nach allen Hinweisen, die zur Identität dieser Frau führen, oder noch besser: finde heraus, wo die Aufnahme gemacht wurde! Dass es nicht die von uns gestürmte Lagerhalle war, dürfte ja wohl mittlerweile jedem klar sein!«

»Wolfgang und ich könnten uns in der Zwischenzeit doch die Vermisstenmeldungen vornehmen«, bietet sich Chrissie Ohlsen stellvertretend für ihren Partner an, da sie anscheinend beide von ihrem Vorgesetzten bei der Aufgabenverteilung übergangen wurden. »Vielleicht findet sich bezüglich der unbekannten Frau ja dort etwas.«

»Das habe ich bereits selbst recherchiert. Wir haben in den letzten Wochen kaum Meldungen hereinbekommen, und von denen passt keine einzige auf die Frau in dem Video. Ihr beide werdet aber trotzdem in dieser Angelegenheit tätig sein. Da ein aktueller Fall derzeit nicht auf dem Tisch liegt, ist das *die* Gelegenheit, sämtliche verfügbaren Kräfte für die Operation ›Mörderspiel‹ einzusetzen. Wer weiß, wie lange diese trügerische Ruhe noch anhält!«

Die Kommissarin beugt sich interessiert vor, ihre Augen funkeln unternehmungslustig. »Ach, und was genau schwebt dir da vor?«

»Fahrt noch einmal zu der Lagerhalle und befragt dort die Anwohner nach eventuellen Besonderheiten an den Tagen zuvor. Falls tatsächlich eine Drohne verwendet wurde, ist das sicher jemandem aufgefallen und auch der Einsatz einer vier Meter langen Leiter bleibt normalerweise nicht verborgen! Ich selbst werde mich mit dem Chefredakteur vom *Rhein-Sieg-Echo* auseinandersetzen. Ich habe zwar nicht allzu viel Hoffnung, aber vielleicht gelingt es mir ja doch, den Namen seines geheimnisvollen Informanten aus ihm herauszukitzeln!«

* * *

Trotzdem der Bereich vor der Lagerhalle auch heute wie leergefegt ist, parkt Wolfgang Müller den Dienstwagen aus einem Bauchgefühl heraus nicht dort, sondern rechts daneben. Keine Menschenseele lässt sich sehen, um die Ankömmlinge zu begrüßen, selbst die Straße ist bis auf einen einsamen Mann mit Hund auf dem Gehweg gegenüber verwaist. Auch er trottet gleichmütig hinter seinem Haustier her, ohne das fremde Fahrzeug eines Blickes zu würdigen.

Die vom SEK am Freitag geschrottete Tür wurde zwar mittlerweile ersetzt, dennoch wird hier momentan nicht gearbeitet. Der Grund dafür wird wohl sein, dass die meisten der von hier aus mit Ware zu beliefernden Läden derzeit wegen der Pandemie geschlossen sind. In der Lücke zwischen der Halle und einer LKW-Garage, die vermutlich zum selben Betrieb gehört, ist genügend Platz für den Audi und er steht einigermaßen geschützt, sodass die Kommissare ihn sicherlich einige Stunden dort unbewacht stehenlassen können.

»An der frischen Luft zu ermitteln ist tausendmal besser, als in verstaubten Akten herumzuwühlen oder sich stundenlang eine langweilige Videoaufnahme anzuschauen«, bemerkt Christina Ohlsen heiter, während sie schwungvoll aussteigt.

Wesentlich langsamer folgt Wolfgang Müller ihr nach draußen und streckt neben dem Wagen erleichtert sein Rückgrat. Das Auto, das für seinen massigen Körper geeignet ist, muss erst noch erfunden werden. Chrissie hingegen hat in Fahrzeugen aller Art niemals Platzprobleme, sie würde sich selbst in einem dieser neumodischen Elektro-Kabinenroller wohlfühlen. Sie schaut den komisch anmutenden Bemühungen ihres schwergewichtigen

Partners eine Weile belustigt zu, verliert dann aber das Interesse und scannt stattdessen gewohnheitsmäßig ihre unmittelbare Umgebung.

»Wir beginnen am besten dort vorne an der Kreuzung und arbeiten uns Haus für Haus die Straße hinauf«, kommt Wolfgang nach einer letzten Dehnübung umgehend zum Kern der Sache. »Wir werden damit sicher den ganzen Tag zu tun haben, daher sollten wir lieber sofort mit der Befragungsaktion anfangen, sonst wird es Nacht, bis wir fertig sind! Hörst du mir überhaupt zu?«, fügt er genervt hinzu, weil Chrissie seit Beginn seiner Rede angestrengt in die entgegengesetzte Richtung blickt.

»Klar doch! Du meintest gerade, wir sollen besser bis zur Nacht warten«, gibt sie geistesabwesend zur Antwort. »Sag mal ... War eigentlich die Spurensicherung nach dem Einsatz noch hier?«, wechselt sie scheinbar unmotiviert das Thema, wobei sie ihm weiterhin ihre Kehrseite zuwendet und stattdessen konzentriert einen dunklen Fleck fixiert, der sich einige Meter von ihnen entfernt nahe der hinteren Gebäudeecke auf dem Betonboden abzeichnet.

»Ein paar von Jürgens Leuten haben sich laut Tobias Freitagabend gründlich hier umgesehen, haben aber nichts von Bedeutung gefunden. Das hätte mich ehrlich gesagt auch gewundert, schließlich ist hier alles aus Beton. Darauf bleiben ohnehin kaum Spuren zurück und in der Halle waren ja nur unsere eigenen Leute. Trotzdem haben sie sich selbstverständlich dort ausgetobt, ebenfalls ohne Ergebnis. Warum fragst du? Stimmt was nicht?«

»Das sage ich dir, nachdem wir uns das da hinten näher angesehen haben!«, murmelt sie und setzt sich unverzüglich in Bewegung. Wolfgang kann sich zwar nicht so recht vorstellen, was an einem harmlosen Ölfleck dermaßen verdächtig sein soll, aber Chrissies Intuition grenzt hin und wieder schon fast an Hellseherei. Er zuckt daher ergeben mit den Schultern und folgt ihr etwas bedächtiger.

* * *

Horst Weiland sitzt seit einer Stunde in angespannter Haltung vor seinem Computerbildschirm, auf dem die schon vom Livestream am Freitag sattsam bekannte Szene zu sehen ist. *Irgendwas stört mich daran ... Aber was stimmt hier nicht? Ich könnte jetzt ehrlich gesagt eine Abwechslung vertragen, bei dem Film schläft man ja ein, da tut sich rein gar nichts!*

Er hält die Wiedergabe an, um sich einmal richtig zu strecken. Sein Nacken ist total verspannt und er reibt sich die vom pausenlosen konzentrierten Starren brennenden Augen. *Da tut sich überhaupt nichts*, stellt er frustriert fest. *Nicht ein einziges Mal hebt diese Frau den Kopf, um in die Kamera zu schauen! Und die Umgebung? Außer einem dunklen Fleck links an der Wand sehe ich keine Besonderheiten, dieses Gebäude kann überall stehen!*

Kopfschüttelnd lässt er das Video weiterlaufen, mit dem er sich noch eine Weile zu beschäftigen hat, da die Gesamtdauer bekanntlich exakt drei Stunden beträgt, abzüglich der paar Minuten, die die Übertragung vor Ablauf des Countdowns abgebrochen wurde. Dieses Mal lehnt er sich entspannt in seinem Drehstuhl zurück, um zumindest körperlich Abstand zu gewinnen, wenn schon nicht mental.

Eine weitere halbe Stunde vergeht nahezu ereignislos, aber dann kommt mit einem Mal Bewegung ins Spiel, als die Frau sich heftig in ihren Fesseln windet. Fast sieht es so aus, als habe sie erst jetzt ihre Lage begriffen und wolle sich befreien. Ihr Gesicht ist dabei nach wie vor nicht zu erkennen, aber etwas anderes erregt die Aufmerksamkeit des einsamen Zuschauers, eine nur Bruchteile einer Sekunde dauernde Unregelmäßigkeit. Weiland ist sofort hellwach und hält das Video hastig an, um es zu der Stelle zurückzuspulen.

Aber auch der zweite Durchgang lässt nur ganz kurz einen dunklen Fleck in ihrem Nacken erahnen, als sie in Panik ihren Kopf heftig hin und her bewegt. Beim dritten Versuch arbeitet er sich deshalb im Einzelbildmodus bis zu der verdächtigen Stelle vor, die er nach wenigen Sekunden erreicht.

Das kann natürlich auch bloß ein Schatten sein, überlegt er mit schief gelegtem Kopf. *Damit gehe ich am besten zu Amara, die mir dieses Bild hoffentlich etwas schärfer zaubern kann!* Hastig notiert er sich den Timecode und eilt unverzüglich in die Forensik. Das Video dürfte ja noch auf dem Laptop der IT-Spezialistin gespeichert sein.

* * *

»Und was ist jetzt an diesem ollen Ölfleck so wahnsinnig interessant?«, will Wolfgang Müller von Chrissie Ohlsen wissen, die versonnen eine ölig glänzende Stelle zu ihren Füßen begutachtet. Es ist für ihn schon ein kleines Wunder, dass sie den Fleck von der Größe einer Handfläche auf die Entfernung von immerhin fast zehn Metern überhaupt sehen konnte. Aber dass seine Freundin über das Sehvermögen eines Adlers verfügt, hatte sie ja schon mehr als einmal unter Beweis gestellt.

»Der Fleck sieht relativ frisch aus, Wolfie. Ich wette, die Jungs von der KTU werden uns nachher bestätigen, dass er am Freitag noch nicht vorhanden war!«

»Und wenn schon! Da hat eben ein Fahrzeug gestanden. Ich habe unseren Wagen schließlich auch hier geparkt!«

»Das hast du bloß getan, weil du verhindern wolltest, dass sich gelangweilte Kids daran zu schaffen machen und die Felgen klauen, wenn wir stundenlang unterwegs sind«, zeigt Chrissie, dass sie ihren Partner sehr gut kennt. »Dieser Wagen hier wurde aber so weit hinten abgestellt, dass man ihn von der Straße vermutlich gar nicht mehr sehen konnte. Vielleicht war es sogar schon dunkel! Und schau mal: Das sind von hier etwa vier Meter bis zur Mauerecke. Wenn das Auto einen Frontantrieb hatte, könnte es mit dem Heck bis dorthin gereicht haben. Hervorragend geeignet, unbeobachtet etwas auszuladen und hinter das Gebäude zu schleppen, wo einen keiner mehr sehen kann!«

»Du hast wirklich eine äußerst lebhafte Fantasie!«, schüttelt Wolfgang den Kopf. »Du meinst also, da hat jemand am Wochenende eine große Leiter angeschleppt, um auf das Dach zu kraxeln. Aber weshalb hätte derjenige das machen sollen?«

»Vielleicht wusste er nicht mit Sicherheit, ob Denise und Tobias das Teil am Freitag mitgenommen haben!«

»Und du glaubst ernsthaft, er kam am Wochenende hierher, um es abzuholen? Das Teil war doch Schrott!«

»Nein, das denke ich nicht. Wenn er nicht wollte, dass es gefunden wird, würde er es sicher besser versteckt haben. Das Signal war ja schon vor dem Eintreffen unserer Leute weg, wir hätten das Teil in diesem Fall also niemals entdeckt. Ich glaube daher eher, wir *sollten* es finden und er hat sich vergewissern wollen, dass wir es auch wirklich haben! Und was ist mit dem Server? Warum enthielt der keinen Brandsatz? Das muss ebenfalls einen Grund haben!«

»Dann wäre das Spiel deiner Meinung nach noch gar nicht zu Ende? Meinst du nicht, dass das eine reichlich gewagte These ist? Und alles nur wegen eines Ölflecks!«

»Es ist ja nicht nur deswegen, es sind die ganzen Umstände! Wenn meine Vermutung stimmt, hat dieses ›Spiel‹ im Gegenteil gerade erst begonnen, fürchte ich. Aber du hast natürlich recht, das hier kann auch einfach nur ein oller Ölfleck sein, der rein gar nichts bedeutet«, hebt Chrissie die Schultern.

Wolfgang rollt mit den Augen. Seiner Meinung nach ist ihre gesamte ›Beweiskette‹, die sich ja ausschließlich auf einen wahrscheinlich total harmlosen Ölfleck stützt, völlig an den Haaren herbeigezogen. Im Grunde spricht sie jedoch nur aus, was ohnehin alle im Kommissariat denken: Niemand treibt einen solchen Aufwand für nichts. Es ist also durchaus zu befürchten, dass diese Aktion lediglich der Auftakt zu etwas Größerem war und das dicke Ende erst noch kommt!

»Lass uns endlich mit der Befragung anfangen«, drängt er sie dennoch voller Ungeduld. »Sonst wird es nämlich tatsächlich Nacht, bis wir hier fertig sind. Und vielleicht hat einer der Anwohner ja doch etwas gesehen, das deine Theorie bestätigt!«

Kapitel 6

Unmittelbar im Fahrwasser von Horst Weiland, der als letzter Teilnehmer den Besprechungsraum betritt und zügig seinen Platz neben Wolfgang Müller einnimmt, erscheint eine hochgewachsene, extrem knöchern wirkende Frau mittleren Alters in der Türöffnung. Dort verharrt die in einen mausgrauen Hosenanzug gekleidete Person kurz, um die Anwesenden der Reihe nach einer strengen Musterung zu unterziehen.

Zwei, nein drei auffällige Merkmale fallen den ungeniert zurückstarrenden Kommissaren sofort an der ihnen unbekannten Frau auf: Die eng beieinanderstehenden Raubvogelaugen, die lange, spitze Nase und die altmodische Aktentasche, die sie förmlich an sich presst, als hüte sie einen extrem wertvollen Schatz darin.

Donner legt seufzend die bereits gewohnheitsmäßig zur Hand genommenen Marker für das Whiteboard auf die Ablage zurück und wendet sich genervt der ungebetenen Besucherin zu: »Soweit ich mich erinnere, war unser Termin in einer Stunde! Aus welchem Grund platzen Sie dann also jetzt in eine interne Dienstbesprechung?«

»Ich war mit meinem letzten Fall etwas früher fertig«, entgegnet die Frau mit einer rauen, kratzigen Stimme, die wohl von einem starken Nikotinkonsum herrührt. »Und da dachte ich …«

»Da haben Sie falsch gedacht!«, fällt ihr der Kommissariatsleiter grob ins Wort. »Sie werden sich in dieser Angelegenheit wohl eine Weile gedulden müssen, denn *hier* haben Sie definitiv weder etwas zu suchen noch sonst irgendwelche Befugnisse! Ich darf Sie also darum bitten, diesen Raum umgehend wieder zu verlassen, damit wir endlich anfangen können. Vielen Dank!«

»Das wird ein Nachspiel für Sie haben, Herr Erster Hauptkommissar!«, zischt sie aufgebracht zwischen den Zähnen hindurch und dreht sich brüsk um. Sekunden später fällt die Tür hinter ihr lautstark ins Schloss. »Was für ein ungehobelter Klotz!«, hört man sie auf dem Flur noch lauthals schimpfen, dann ist Ruhe.

»Was war denn *das*?«, wundert sich Denise Malowski mit hochgezogenen Augenbrauen, wobei sie zufällig die Kollegin ihr gegenüber anschaut. Chrissie Ohlsen fühlt sich jedoch angesprochen und hebt ratlos die Schultern. Wolfgang Müller schaut indes Horst Weiland fragend an, der aber nur den Kopf schüttelt.

»Also, für mich sah es beinahe nach einem menschlichen Wesen aus«, grinst Tobias Heller. »Jedenfalls hat es gesprochen!«

»Das Lachen wird euch schon noch vergehen!«, prophezeit Donner und nimmt die Farbstifte wieder zur Hand. »Das war Laura Specht von der internen Ermittlung, sie wird uns nachher einzeln zu dem Vorfall am Freitag befragen. Nehmt euch also für heute am besten nichts Wichtiges vor, das könnte den ganzen Tag dauern!«

»Was wollen die von der ›internen‹ denn von uns, Chef?«, fragt Tobias. »Ich gestehe ja den Mord an zwei unschuldigen Gartenzwergen freiwillig, aber das war mehr oder weniger ein Kollateralschaden!«

»Deinen filmreifen Auftritt in *YouTube* haben die offenbar noch gar nicht mitgekriegt. Das hat wohl eher etwas mit dem Bericht im *Rhein-Sieg-Echo* zu tun, der uns alle reichlich dämlich dastehen lässt. Jetzt wird geprüft, ob die Aktion am Freitag verhältnismäßig war. Insbesondere geht es um ›Verschwendung von Steuergeldern und vermeidbare schwere Sachbeschädigung in Verbindung mit einem ungerechtfertigten Einsatz einer Spezialeinheit‹, wie es in der Anklageschrift heißt.«

»Na, wenn die nichts Besseres zu tun haben, als sich ungefragt in unsere Ermittlungen einzumischen ...«, schüttelt Horst Weiland missbilligend den Kopf. »Wahrscheinlich hätten wir das Video einer Frau in scheinbarer Lebensgefahr erst zur Begutachtung freigeben und einen Antrag in fünffacher Ausfertigung einreichen sollen! Haben diese Schreibtischtäter überhaupt schon mal was von ›Gefahr im Verzug‹ gehört? Selbst, wenn der Einsatz im Nachhinein durchaus fragwürdig erscheint, hatten wir zu diesem Zeitpunkt gar keine andere Wahl!«

»Ich habe in dieser Angelegenheit gleich heute Morgen mit Kriminaldirektor Albrecht gesprochen«, berichtet Donner. »Ich soll euch von ihm ausrichten, dass er in dieser Sache selbstverständlich voll hinter uns steht und unsere Vorgehensweise im Nachhinein billigt. Die Untersuchung durch die ›interne‹ konnte er jedoch nicht verhindern, da diese Behörde eine übergeordnete Einheit darstellt und daher unabhängig agiert. Kommen wir aber jetzt endlich zur Tagesordnung. Ihr hattet seit gestern genügend Zeit, was also habt ihr bezüglich des Urhebers dieses sogenannten Spiels herausgefunden?«

»Das kann man mit einem einzigen Wort beantworten, Chef!«, knurrt Tobias Heller, dem die ganze Angelegenheit ziemlich an die Nieren geht. »Nichts! Wenn die DNA dieses Haares, das wir in dem von Wolfgang und Chrissie in der Wahner Heide geborgenen Servergehäuse fanden, nicht in der Datenbank ist, stehen wir mit leeren Händen da!«

»Wir hatten zunächst zwei Kandidaten aus der Vielzahl von schweren Jungs aussortieren können, die Tobias und ich in den vergangenen Jahren in den Knast gebracht haben«, berichtet Denise Malowski. »Der Rest sitzt entweder noch ein oder kommt aus diversen anderen Gründen nicht in Betracht. Einer ist sogar mittlerweile verstorben. Die beiden zuerst erwähnten sind derzeit nicht erreichbar, weil außer Landes. Sie kämen jedoch aus diesem Grund sowieso nicht infrage.«

»Und was ist mit dem, der verstorben ist?«, will Donner wissen. »Hatte der Angehörige? In dem Fall hätte einer von denen doch ein starkes Motiv!«

»Du meinst, weil wir seinem Vater, Bruder oder was auch immer sozusagen die letzten Lebensjahre

›gestohlen‹ haben? Daran haben wir ebenfalls schon gedacht, ist aber leider Fehlanzeige! Der hinterlässt nur eine zweiundachtzigjährige, an Altersdemenz erkrankte Mutter. Und die wird es ja wohl kaum gewesen sein!«

»Unsere gestrige Anwohnerbefragung hat nichts weiter gebracht, als dass wir uns die Schuhsohlen abgelaufen haben«, fügt Wolfgang Müller hinzu. »Niemand von denen will etwas gesehen haben, was auch nur im Entferntesten einen Hinweis darauf gibt, wann diese Kiste auf dem Dach der Halle abgelegt wurde. Und dabei sind viele der Befragten aufgrund der derzeitigen Wirtschaftslage mehr oder weniger den ganzen Tag zu Hause! Es könnte sich natürlich auch um eine nächtliche Aktion gehandelt haben, die auf diese Weise unbemerkt geblieben ist.«

Chrissie Ohlsen öffnet schon den Mund, um ihre Ölfleck-Theorie zum Besten zu geben, wird jedoch von ihrem Partner davon abgehalten, der ihr eine seiner Pranken auf den Arm legt und unmerklich den Kopf schüttelt. Sie würde damit seiner Meinung nach nichts zur Lösung des Falles beitragen und sich im Gegenteil nur unsterblich blamieren. Schulterzuckend klappt sie ihren Mund wieder zu.

»Du wolltest etwas sagen?«, wendet sich Donner an die Kommissarin und hebt fragend die Augenbrauen. Die kleine Szene ist seiner Aufmerksamkeit selbstverständlich nicht entgangen.

»Nö, hat sich erledigt!«, brummt Chrissie grantig, wobei sie ihren Freund böse anfunkelt.

»Dann kommen wir in dieser Richtung momentan nicht weiter«, fasst der Kommissariatsleiter die Berichte der Ermittler enttäuscht zusammen. »Aber dafür habe ich etwas anderes in Erfahrung bringen können, und zwar habe ich mit dem Chefredakteur vom *Rhein-Sieg-Echo* telefoniert. Dieser hat sich ausnahmsweise einmal kooperativ gezeigt und mir bereitwillig Auskunft zur Vorgeschichte des Artikels gegeben, der gestern erschienen ist. Um es kurz zu machen: Zur selben Zeit, als wir hier den angeblichen Livestream aufriefen und damit den Countdown starteten, ging bei denen eine anonyme E-Mail über einen geplanten Polizeieinsatz ein. Es muss demzufolge ein direkter Zusammenhang bestehen! Ich habe sogar eine Kopie der Nachricht erhalten, sie hängt bereits an der Tafel!«

Möchten Sie bei einem Großeinsatz der Polizei live von Anbeginn dabei sein? Dann fahren Sie am besten jetzt gleich zu der auf dem Plan im Anhang markierten Lagerhalle im Troisdorfer Industriegebiet! Das Ereignis findet innerhalb der nächsten drei Stunden statt.

»Auf dem Lageplan könnt ihr sehen, dass es sich um exakt die Halle handelt, an der wir uns später dann tatsächlich einfanden«, zeigt Donner auf das ebenfalls angebrachte Dokument. »Ich muss ja sicher nicht explizit erwähnen, dass Amara den Absender auch in diesem Fall trotz aller Bemühungen nicht herausfinden konnte, da dieser dafür einen ähnlichen Dienst in Anspruch genommen hat wie bei der Nachricht an uns!«

»Haben die sich denn nicht gefragt, woher dieser Informant sein Wissen über eine noch gar nicht durchgeführte Polizeiaktion hatte?«, wundert sich Denise Malowski. »Sowas ist schließlich alles andere als normal!«

Sie soll auf ihre ohnehin eher rhetorisch gemeinte Frage niemals eine Antwort erhalten, da in diesem Augenblick die gerade erst erwähnte IT-Spezialistin ihren Kopf zur Tür hereinsteckt. »Ah, da seid ihr ja alle!«, ruft Amara Jones erfreut aus und eilt zu einem freien Platz am Besprechungstisch neben Chrissie Ohlsen. Eine Dokumentenmappe, die sie mit wichtiger Miene vor sich auf den Tisch legt, lässt die Ermittler auf neue Erkenntnisse hoffen.

»Zwei Sachen habe ich heute für euch«, beginnt sie, während sie ihrer Mappe ein DIN-A4-Blatt entnimmt. »Da wäre zunächst eine Ausschnittsvergrößerung aus dem Video, die mir gestern in Auftrag gegeben wurde.« Sie reicht das Foto an Chrissie weiter, die einen kurzen Blick darauf wirft und es an Wolfgang übergibt.

»Ich sollte versuchen, eine gewisse Stelle seitlich am Hals der gefesselten Frau deutlicher hervorzuheben«, erklärt die Forensikerin, während die Fotografie unter den Ermittlern die Runde macht. »Nun, wie ihr selbst sehen könnt, ist mir dies einigermaßen gelungen!«

Donner, der das Blatt als Letzter in die Hand gedrückt bekommt, hängt es nach einer ausgiebigen Begutachtung sorgfältig neben den Ausdruck der E-Mail an die Magnettafel und schaut Horst Weiland, in dem er zu Recht den Auftraggeber dieser Arbeit vermutet, auffordernd an.

»Das habe ich beim Betrachten der Aufnahme entdeckt«, setzt dieser die Kolleginnen und Kollegen in Kenntnis. »Auf dem nur Bruchteile einer Sekunde sichtbaren Hals der Frau war mir ein regelmäßig geformter Schatten aufgefallen. Wie wir dank Amaras Zauberkünsten nun sehen können, handelt es sich um ein etwa zwei Zentimeter großes Tattoo in Form eines Schmetterlings auf der linken Seite unterhalb des Ohres!«

»Leider nutzt uns diese Erkenntnis, wie so einige andere in diesem vertrackten Fall, momentan nicht viel. Wir werden abwarten müssen, ob uns das Original nicht irgendwann über den Weg läuft. Trotzdem einen besonderen Dank für deine Bemühungen«, nickt der Kommissariatsleiter in Richtung der IT-Spezialistin. »Darf ich davon ausgehen, dass die zweite ›Sache‹, die du eingangs erwähntest, die eigentliche Sensation ist?«, lächelt er Amara Jones wissend an.

»Mein Chef hat gesagt, das soll ich so machen«, verteidigt sich die Forensikerin grinsend. »Er meinte, das wärt ihr so gewohnt und es würde euch bloß verwirren, wenn es anders wäre!«

»Jürgen ist ein unglaublicher Spaßvogel!«, schüttelt Donner missbilligend den Kopf. »Raus mit der Sprache! Was hast du noch für uns?«

»Das Ergebnis der DNA-Analyse zu dem Haar, das ich in dem Servergehäuse fand«, wird Jones sofort wieder ernst. »Wir haben es gerade erst hereinbekommen, und es gibt sogar einen Treffer dazu in der Datenbank!«

* * *

»Oliver Paschke?«, echot Tobias, nachdem Amara ihnen den Namen genannt hat. »Also, bei mir klingelt da nichts, bei euch vielleicht?« Er blickt auffordernd in die Runde, erntet jedoch nur allgemeines Kopfschütteln. Denise hebt ebenfalls ratlos die Schultern.

»Wir sollten dem Herrn auf jeden Fall umgehend einen Besuch abstatten!«, schlägt sie grimmig vor. »Ich bin jetzt schon gespannt, was er uns für eine Erklärung dafür liefert, wie ein Haar von ihm in das Innere eines für eine Straftat verwendeten und allseits geschlossenen Gegenstandes gelangt ist!«

»Ich fürchte, daraus wird nichts!«, schüttelt Donner entschieden den Kopf. »Gleich im Anschluss will doch die Kollegin von der ›internen‹ mit uns reden, schon vergessen? Denise, Tobias und Horst: Ihr müsst aus diesem Grund leider im Kommissariat bleiben und euch für die anstehende Befragung zur Verfügung halten. Aber seid vorsichtig mit euren Antworten, die Specht ist allgemein als extrem scharfer Vogel, äh … Hund bekannt!«

»Und was ist mit uns beiden, Chef?«, will Chrissie Ohlsen sofort wissen. Es muss einen Grund dafür geben, dass Donner explizit diese drei Namen genannt hat, und wie sie ihren Vorgesetzten kennt, hat er sich eine ganz bestimmte Aufgabe für sie ausgedacht. Sie hat auch schon eine gewisse Ahnung, welche das sein wird.

»Von dir und Wolfgang war keine Rede, die Specht sprach mir gegenüber nur von den Beamten, die an dem Einsatz an der Halle direkt beteiligt waren«, grinst der Kommissariatsleiter hinterhältig. »Das Versäumnis wird ihr aber ganz sicher bald auffallen, daher sollten wir diese kleine Galgenfrist umgehend nutzen. Ihr beide werdet euch deshalb schleunigst aus ihrem Dunstkreis entfernen und die von Denise vorgeschlagene Befragung von Oliver Paschke durchführen.«

* * *

»Hast du eigentlich überhaupt kein schlechtes Gewissen deswegen, dass wir unsere Kameraden diesem Hühnerhabicht zum Fraß vorgeworfen haben und seelenruhig in den Außendienst gefahren sind, statt ihnen wenigstens moralisch beizustehen?«, erkundigt Wolfgang Müller sich bei seiner Partnerin, die gerade mit zufriedener Miene den Sicherheitsgurt löst und sich zum Aussteigen anschickt.

Die Fahrt hierher an den nördlichsten Zipfel von Troisdorf in eine heruntergekommene, überwiegend aus schmucklosen Mehrfamilienhäusern bestehende Wohnsiedlung hatte keine halbe Stunde gedauert und es ist somit gerade einmal kurz nach Mittag. Im Kommissariat werden die Kollegen sich jetzt wahrscheinlich höchst unangenehmen Fragen der internen Ermittlerin zu stellen haben.

»Nö, warum denn?«, tut Chrissie Ohlsen betont unschuldig. »Dass wir beide das hier übernehmen, war schließlich eine Anordnung vom Chef, du erinnerst dich? Übrigens heißt die Dame Specht, auch wenn sie eher wie ein dürres gerupftes Huhn aussieht. Außerdem werden sich zumindest Denise und Tobias nicht so leicht von ihr einschüchtern lassen. Du kennst sie ja. Eigentlich wäre ich gerne mit dabei, um da mal Mäuschen zu spielen. Das wird bestimmt lustig!«

»Warte es nur ab, wir beide kommen garantiert auch noch dran! Wie heißt es doch so schön: mitgefangen, mitgehangen! Bei der Gelegenheit: Hast du mal auf die Uhr geschaut? Die meisten Leute sind um diese Zeit in der Arbeit! Wenn wir Pech haben, ist der Kerl gar nicht zu Hause und wir können gleich wieder umkehren. Dass wir diesem Drachen dann direkt in die Arme laufen, ist dir ja wohl klar, oder?«

»Sei nicht immer so ein Miesepeter! Außerdem müssen wir auf der Rückfahrt ja nicht gleich einen neuen Geschwindigkeitsrekord aufstellen«, grinst sie ihn an und betätigt die mit ›O. Paschke‹ beschriftete Türklingel zu einer Wohnung im Dachgeschoss. Um ihrer Forderung Nachdruck zu verleihen, lässt sie ihren Finger einige Sekunden länger als nötig auf dem Knopf ruhen. Einen sichtbaren Erfolg erzielt sie damit jedoch nicht, denn die Haustür bleibt auch nach einem erneuten Klingeln geschlossen.

Wolfgang hat sich bereits abgewendet und ist die paar Schritte zum Auto zurückgegangen. »Kommst du?«, ruft er ihr zu, während er den Türöffner betätigt. »Da ist scheinbar tatsächlich niemand zu Hause, wir vergeuden hier nur unsere Zeit!«

In diesem Augenblick wird die Haustür geöffnet und ein älterer Herr tritt heraus, wobei er mühsam einen Rollator über die drei wenig barrierefreien Stufen zentimeterweise nach draußen zu wuchten versucht. »Warten Sie!«, regiert Chrissie sogleich und hilft dem Mann, das schwere Gerät auf den Gehweg zu heben. Sie vergisst dabei jedoch nicht, die Tür mit einem ausgestreckten Bein am Zufallen zu hindern.

Während der Hausbewohner ihr dankbar zulächelt und sich bedächtig entfernt, winkt die Kommissarin ihrem Partner auffordernd zu, der ergeben seufzend den Wagen erneut verriegelt und ihr rasch in den Hausflur folgt. Chrissie hat mal wieder einen Weg gefunden, ihren Willen durchzusetzen.

Drei Treppen höher stehen sie vor Oliver Paschkes Wohnungstür und Wolfgang Müller klopft unter Missachtung der Klingel einfach an. Ein Klopfen an die Tür suggeriert automatisch einen Hausbewohner, der einen besuchen möchte. Manchmal hilft diese Vorgehensweise, nämlich immer dann, wenn der Wohnungsinhaber wenig Lust verspürt, fremden Leuten oder gar der Polizei zu öffnen. Diesmal regt sich jedoch nichts, kein Laut dringt an Ohren der aufmerksam lauschenden Ermittler.

Chrissie rümpft angewidert die Nase, da trotz der beiden in den Etagen unter ihnen auf Kipp gestellten Treppenhausfenster ein leichter Verwesungsgeruch in der Luft hängt. »Sag mal, riechst du das auch?«, stupst sie ihn mit dem Ellenbogen an, als er gerade erneut anklopfen will. »Da hat nicht einer einfach bloß das Mittagessen von vorgestern vergammeln lassen, das ist was Größeres!«

Seine Faust friert förmlich in der Luft ein. »Du hast recht, da stinkt etwas im wahrsten Sinne des Wortes ganz gewaltig. Geh einen Schritt zur Seite!«, weist er sie grimmig an und nimmt Anlauf. Zwei

Sekunden später poltert das Türblatt unter dem Ansturm seiner massigen Gestalt in den dahinter liegenden Wohnraum. Den sofort mit gezogenen Waffen nachsetzenden Polizisten bietet sich ein Bild des Grauens.

»Puh, ist das ein Gestank! Das sieht mir nicht danach aus, als wäre das gerade eben erst passiert, Wolfie!«, stellt Chrissie Ohlsen fest und zückt ihr Handy, um im Kommissariat Bescheid zu geben. Mit der anderen Hand hält sie sich die Nase zu. Die Mentholsalbe, die in solchen Situationen stets gute Dienste leistet, haben beide nicht eingesteckt.

* * *

»Schaust du dir etwa immer noch die Aufzeichnung von diesem Video an?«, wundert sich Denise, als sie ihren Partner beim Betreten des gemeinsamen Büros mit starrem Blick seinen Computermonitor fixieren sieht. Tobias wirkt ungewöhnlich konzentriert, wobei er dieselbe angespannte Haltung schon eingenommen hatte, als sie sich vorhin zu ihrer Befragung durch Laura Specht verabschiedete.

»Das Video dauert immerhin geschlagene drei Stunden, wie du weißt«, antwortet er ihr mürrisch und reibt sich die Augen, nachdem er zuerst die Wiedergabe mit einem Mausklick angehalten hat.

»Was erhoffst du dir überhaupt davon? Horst hat es sich gestern schon angeschaut und nur das Tattoo entdeckt, das uns aber auch nicht weiterbringt, solange die Vergleichsperson fehlt. Und selbst dann nützt es uns wahrscheinlich gar nichts, da dieses Motiv sich gerade bei der weiblichen Bevölkerung momentan äußerster Beliebtheit erfreut. Es kommt gleich hinter dem ›Arschgeweih‹, das vor Jahren einmal für kurze Zeit modern war und mit dem jetzt naturgemäß immer noch alle herumlaufen.« *Nur, dass seitdem das ›Trägermaterial‹ bei einigen etwas in die Breite gegangen ist*, fügt sie in Gedanken sarkastisch hinzu.

»Keine Ahnung, irgendwas stört mich einfach daran … Ich könnte jetzt aber ehrlich gesagt eine Abwechslung vertragen, bei dem Film schläft man ja ein, da tut sich rein gar nichts!«

»Die Pause kannst du haben«, grinst Denise. »Ich soll dir nämlich von unserer ›Großinquisitorin‹ ausrichten, dass du dich umgehend im Vernehmungsraum einzufinden hast. Das waren übrigens exakt ihre Worte!«

* * *

Tobias Heller riskiert zunächst von nebenan einen schnellen Blick durch den Einwegspiegel in den Verhörraum, wo die interne Ermittlerin sitzt und ungeduldig mit den Fingern auf der Tischplatte trommelt. Eine recht umfangreiche Akte liegt ungeöffnet vor ihr, was ihn jedoch wenig beeindruckt. Das Spiel, bei Vernehmungen möglichst viel an Papierkram mitzubringen – der nicht unbedingt mit der Sache zu tun haben muss – hat er schließlich selbst erfunden!

Der Name passt wie die berühmte Faust aufs Auge, grinst er in sich hinein. *Die lange, spitze Nase sieht einem Schnabel wirklich nicht unähnlich. Und sie hat sich genau den richtigen Stuhl ausgesucht. Das wird ein Spaß!*

Entschlossen, sich von dieser Frau auf gar keinen Fall unterkriegen zu lassen, öffnet er nach einem letzten Durchatmen die Verbindungstür und nimmt mit einem Kopfnicken in aller Ruhe den Platz ihr gegenüber ein. »Da wäre ich also«, stellt er überflüssigerweise fest, wobei er sie mit zusammengekniffenen Augen fixiert. »Übrigens sitzen Sie auf der falschen Seite, wenn ich mir diesen kleinen Hinweis erlauben darf. Dieser Stuhl ist nämlich eigentlich für die zu vernehmenden Personen vorgesehen!«

»Sie haben mich unnötig lange warten lassen!«, giftet sie und schlägt ihre Akte auf. »Außerdem ist jeder Platz so gut wie der andere. Können wir jetzt endlich anfangen? Meine Zeit ist kostbar!«

Was mag wohl der Grund für diese Bissigkeit ihren Mitmenschen gegenüber sein? Auf die Welt gekommen ist sie so doch bestimmt nicht, überlegt der Psychologe in Tobias. »Wie Sie wünschen«, gibt er stattdessen betont gleichmütig zurück. »Außerdem können die Kollegen auf der anderen Seite des Spiegels Sie so viel besser sehen!«

»Was sagen Sie da?«, haucht sie fassungslos. Ihr Gesicht wird zuerst blass, um gleich darauf eine höchst ungesunde dunkelrote Farbe anzunehmen. Im nächsten Augenblick springt sie auf und stürmt wutentbrannt aus dem Raum. Tobias hingegen beugt sich rasch über den Tisch, um einen Blick in die aufgeschlagene Akte zu werfen.

Na, sieh mal einer an! Beim Überfliegen der großzügig mit Bleistift angebrachten Randbemerkungen zu Denises Aussage stößt er unwillkürlich einen leisen Pfiff aus. Draußen auf dem Gang nähern sich derweil hektische Schritte. Schnell nimmt er daher seinen Platz wieder ein und setzt ein möglichst gleichgültiges Gesicht auf.

»Man hat mich bereits vorgewarnt, dass Sie ein kleiner Witzbold sind, Herr Hauptkommissar!«, knurrt Laura Specht angriffslustig, nachdem sie kurz darauf ihren Platz erneut eingenommen hat. »Aber Ihnen wird das Possenreißen schon noch vergehen, Ihre Akte ist nämlich voll von ähnlichen Aktionen wie die von vergangenem Freitag. Der Dolch des Damokles ist sozusagen auf Sie gerichtet, Sie täten also gut daran, zu kooperieren und etwas kleinere Brötchen zu backen!«

»Damokles wurde von einem Schwert bedroht, nicht von einem Dolch«, berichtigt Heller die Frau automatisch, die ihn daraufhin nur verständnislos anschaut. »Und es war auch nicht auf ihn gerichtet, sondern hing an einem …« Er hält verblüfft inne und schlägt sich mit der flachen Hand an die Stirn. »Das mir das nicht gleich aufgefallen ist! Sie sind genial, wissen Sie das?«

Beinahe wäre er impulsiv aufgesprungen, um sie voller Begeisterung zu umarmen, wird jedoch im letzten Moment von einem Anruf, den er trotz ihres drohenden Blickes ungerührt entgegennimmt, von dieser unglaublichen Torheit abgehalten.

»Was gibt's, Chrissie?«, meldet er sich knapp, nachdem er die Nummer auf dem Display gecheckt hat. Anschließend hört er der Kollegin am anderen Ende der Verbindung einige Sekunden konzentriert zu. »Nichts anfassen, ich unterrichte Rechtsmedizin und Forensik und komme mit Denise umgehend zu euch!« Nun halten ihn aber tatsächlich keine zehn Pferde mehr auf seinem Stuhl.

»Sie setzen sich sofort wieder hin, wir sind hier noch nicht fertig!«, versucht Laura Specht, deren Dienstgrad er nicht einmal kennt, ihn im Befehlston und mit einer Zornesfalte auf der Stirn davon abzuhalten, ohne Ihre Erlaubnis den Raum zu verlassen.

»Doch, sind wir! Es gab eine Leiche, das hat jetzt absoluten Vorrang. Im Übrigen hätte ich mich zu Ihren haltlosen Anschuldigungen ohnehin exakt wie meine Kollegin geäußert. Die haben Sie ja bereits vernommen und müssen deren Aussage demzufolge nur abschreiben. Guten Tag!«

»Dann schicken Sie mir wenigstens Ihren Kollegen Weiland, bevor Sie das Kommissariat verlassen!«, ruft sie ihm hinterher. »Und sobald Frau Ohlsen und Herr Müller von ihrem Ausflug zurück sind, will ich die selbstverständlich ebenfalls sprechen!«

* * *

Dieser Teil des Dachgeschosses wurde offenbar vom Hauseigentümer selbst in Eigenleistung oder von einer nicht sonderlich sorgfältig arbeitenden Firma nachträglich zu einem Wohnraum ausgebaut, wie teilweise schief angebrachte Holzpaneele an den schrägen Wänden, ein nicht sehr fachmännisch darin eingelassenes Dachfenster und deutlich sichtbare Balken in drei Metern Höhe vermuten lassen, auf denen die ebenfalls aus Brettern bestehende Zimmerdecke lastet.

Die Wohnung besteht im Wesentlichen aus einem einzigen, etwa fünfzehn Quadratmeter großen, spärlich möblierten Raum mit einer kleinen Kochnische und einem angrenzenden winzigen Bad. Als Nachtlager dient eine ausgezogene Schlafcouch, auf der die zerwühlte Bettwäsche davon zeugt, dass der Bewohner dieser kargen Behausung entweder nicht sehr ordentlich war, oder aus einem anderen Grund nicht mehr dazu kam, sie fortzuräumen.

Einer dieser Gründe könnte darin bestehen, dass er mit einer Schlinge um den Hals, heraushängender Zunge und aus den Höhlen gequollenen Augen von einem der dicken Deckenbalken baumelt. Seine Beine schweben wegen der ungewöhnlich hohen Zimmerdecke etwa einen Meter über dem Boden, darunter befindet sich nichts als ein ausgefranster Teppich.

Daran, dass der Mann tot ist, besteht für die um ihn herum stehenden Kommissare nicht der Hauch eines Zweifels, und dem starken Verwesungsgeruch nach zu urteilen, der trotz des mittlerweile geöffneten Fensters immer noch schwer in der Luft hängt, liegt der Exitus bereits mehrere Tage zurück.

»Dass dieser Gestank keinem der Hausbewohner aufgefallen ist!«, wundert sich Denise kopfschüttelnd. Sie hat sich, ebenso wie ihre Kollegen, eine extra für solche Zwecke stets mitgeführte Mentholsalbe unter die Nase geschmiert und Chrissie und Wolfgang großzügig etwas davon abgegeben. »Der hängt doch ganz sicher schon seit Tagen so da!«

»Viel interessanter dürfte die Antwort auf die Frage sein, wie der da hinaufgekommen ist!«, überlegt Tobias mit gefurchter Stirn. »Oder erblickt hier etwa einer von euch einen umgestürzten beziehungsweise weggetretenen Stuhl, auf dem er gestanden haben könnte?« Er legt erneut den Kopf in den Nacken. »Und seht ihr an dem Balken den Metallhaken, an dem das Seil befestigt wurde? Findet ihr nicht, dass das ganz schön viel Aufwand für einen Suizid ist?«

»Dann war es auch keiner!«, nickt Denise. »Und deshalb gehen wir alle jetzt brav nach draußen und überlassen das Feld den Jungs von der Forensik, die jeden Augenblick eintreffen dürften. Wenn wir hier wertvolle Spuren vernichten, brauchen wir das Ergebnis der internen Ermittlung nämlich gar nicht mehr abzuwarten, denn dann reißt uns Jürgen Vogel höchstpersönlich den Kopf ab!«

»Ich soll übrigens von der Dame ausrichten, dass sie euch heute noch vernehmen will«, wendet sich Tobias auf dem Weg nach unten an Chrissie und Wolfgang. »Fahrt am besten gleich ins Kommissariat zurück, dann habt ihr es hinter euch!«

»Also, bei mir war sie eigentlich so weit ganz friedlich«, berichtet Denise den Kollegen. Sie ist wegen der abgebrochenen Vernehmung ihres Partners bislang die Einzige, die schon das Vergnügen mit Laura Specht hatte. Von Horst, der momentan bei ihr auf dem ›heißen Stuhl‹ sitzen dürfte, einmal abgesehen. »Ich hatte sogar den Eindruck, dass ihre Bissigkeit eventuell nur vorgeschoben ist.«

»Mich hat sie bloß angegiftet. Aber dafür ist es mir gelungen, einen äußerst informativen Blick auf ihre Notizen zu werfen«, grinst Tobias. »Dein Vernehmungsprotokoll zum Beispiel war mit lauter positiven Randbemerkungen gespickt. Vielleicht hat sie ja nur was gegen Männer?«

»Wie jetzt? Sie hat dich einfach so in ihre Unterlagen schauen lassen?«, wundert sich Chrissie. Mittlerweile sind die vier Ermittler draußen vor dem Haus angekommen und füllen ihre Lungen erleichtert mit der frischen Winterluft.

»Ich denke, die Dame wird für eine gewisse Zeit ›abgelenkt‹ gewesen sein«, vermutet Denise lachend, wobei sie mit den Fingern Anführungszeichen in die Luft malt. Sie kennt Tobias' Psychospielchen ja aus unzähligen gemeinsam durchgeführten Vernehmungen zur Genüge und kann sich daher die erste Begegnung dieser total gegensätzlichen Charaktere lebhaft vorstellen. »Da kommen übrigens schon Forensik und Rechtsmedizin«, zeigt sie auf die sich nähernden Dienstfahrzeuge.

»Und ich hatte mich gerade an die frische Luft hier draußen gewöhnt«, seufzt Tobias Heller und zieht die Tube mit der Mentholsalbe aus der Tasche. »Na, dann wollen wir mal!«

»Viel Spaß dabei, Alter!«, grinst Wolfgang Müller und legt ihm zum Abschied kameradschaftlich die Hand auf die Schulter. »Chrissie und ich werden uns jetzt nämlich direkt in die Höhle des Löwen begeben, aber wenigstens stinkt es da drin nicht so!«

Kapitel 7

»Schaust du dir etwa schon wieder dieses Video an?«, will Denise Malowski von ihrem Partner wissen, der seit Dienstbeginn konzentriert auf seinen Computermonitor starrt. »Wirst du das denn nicht langsam mal leid? Du müsstest es doch mittlerweile wirklich auswendig kennen!«

»Genau genommen habe ich es nur ein einziges Mal komplett gesehen«, berichtigt Tobias Heller sie geduldig. »Das war mit euch zusammen am Freitag, als wir es noch für einen Livestream hielten. Allerdings waren meine Prioritäten zu dieser Zeit etwas anders verteilt!«

»Und wonach suchst du jetzt? Das Tattoo hat Horst schon entdeckt, es bringt uns nur momentan nicht weiter!«

»Ich sagte dir doch gestern, dass mir an dieser Aufnahme etwas merkwürdig vorkommt, erinnerst du dich? Aber dann musste ich zu der Befragung und anschließend waren wir den ganzen Nachmittag in der Wohnung von Oliver Paschke und ich konnte mich nicht mehr darum kümmern. Dabei hatte mir ausgerechnet der Drachen von der ›internen‹ ungewollt einen Hinweis gegeben. Sie sprach nämlich von einem Dolch des Damokles!«

»Ja, und? Einmal davon abgesehen, dass es sich um ein völlig falsches Zitat handelt, kann ich da jetzt keinen Zusammenhang erkennen!«

»Die Kurzfassung der Geschichte dieses alten Griechen ist, dass man ihm eine Lektion erteilen wollte und während eines Festmahls ein Schwert an einem Rosshaar direkt über seinem Kopf aufhängte. Der luxusverwöhnte Damokles hatte ständig diese Bedrohung vor Augen und konnte dadurch das Ereignis nicht recht genießen. Na, fällt dir etwas auf? Diese Frau hat nicht nur die gesamte Zeit den Kopf gesenkt gehalten und auf diese Weise ihr Gesicht vor uns verborgen, sondern sie schaut auch nicht ein einziges Mal nach oben, wo ein riesiger Betonklotz sozusagen wie ein Damoklesschwert über ihr hängt und sie zu zermalmen droht!«

»Du meinst, das war alles nur Theater und sie wusste genau, dass gar nichts passieren konnte? Da könnte was dran sein! Aber wie passt dann der in seiner Wohnung erhängte Oliver Paschke da hinein? Wir sind schließlich erst durch einen DNA-Vergleich mit einem Haar auf ihn aufmerksam geworden. Und das fanden wir bekanntlich in einem der elektronischen Geräte, die bei diesem sogenannten Spiel eine erhebliche Rolle spielten!«

»Das ist die Eine-Million-Euro-Frage! Wenn Doktor de Luca mit ihrer ersten Einschätzung richtig liegt – und daran hege ich keinen Zweifel – war der Mann bereits tot, als wir am Freitag wie die Blöden durch die Stadt gerast sind, um diese Frau aus einer Gefahr zu retten, die für sie womöglich niemals bestanden hat!«

»Und das wiederum bedeutet nichts anderes, als dass Paschke gar nicht der *Spielleiter* war, sondern ebenso wie wir nur eine weitere *Spielfigur*! In letzter Konsequenz heißt das, wir suchen ab sofort einen Mörder und keinen Spaßvogel! Und die Frau aus dem Video hängt da irgendwie mit drin, das dürfte dann ja wohl ebenfalls klar sein!«

»Hast du in der Zwischenzeit herausbekommen, aus welchem Grund die DNA überhaupt in der Datenbank des BKA gespeichert ist? Vorbestraft war der Kerl ja nicht, wie es aussieht.«

»Da bin ich noch dran. Wenn gar nichts hilft, muss sich eben Bettina damit befassen, die wollte ich sowieso längst mal wieder angerufen haben. Auf der Besprechung kann ich dann vielleicht schon was dazu sagen«, antwortet sie nach einem Blick zur Uhr und widmet sich erneut den zuvor unterbrochenen eigenen Recherchen zu diesem Thema. Kriminalhauptkommissarin Bettina Kowalski arbeitet beim BKA in Wiesbaden und ist die Zwillingsschwester von Denise. Wenn *sie* das Rätsel um die dort gespeicherte DNA-Probe nicht zu lösen vermag, kann es niemand!

***

»Ich darf euch zunächst die erfreuliche Mitteilung machen, dass Oberkommissarin Specht ihre Zelte vor einer Stunde hier abgebrochen und sich in aller Form von mir verabschiedet hat!«, verkündet der Erste Hauptkommissar zu Beginn der Fallbesprechung die Botschaft, auf die seine Leute insgeheim gewartet haben, wie er völlig zu Recht vermutet. Schließlich ist niemand sonderlich begeistert, wenn ihm jemand bei der Arbeit im übertragenen Sinne ständig über die Schulter schaut und zu allem Überfluss auch noch eine Akte darüber führt.

Dies gilt ganz besonders für die Bande von Individualisten, die er mit Stolz seine Mitarbeiter nennt. Ein kollektives Aufatmen ist dann auch die von ihm erwartete Reaktion der Anwesenden. Jürgen Vogel von der Forensik ist davon natürlich ausgenommen. Seine Abteilung betrifft das Ganze ja nicht, was er mit einer für ihn typischen, höchst gelangweilten Miene deutlich zum Ausdruck bringt.

»Nachdem sie von *fast* allen Befragten einen durchaus positiven Eindruck gewonnen hatte«, fährt der Kommissariatsleiter fort, wobei sein Blick wie zufällig auf Tobias Heller haften bleibt, »ist sie nach eingehendem Studium eurer Berichte und natürlich des Videos zu dem Schluss gelangt, dass der fragliche Einsatz in jeder Hinsicht gerechtfertigt war. Wir sind also vom Haken!«

»Hey!«, beschwert sich Tobias lachend über die nonverbale Anspielung. »Ich kann schließlich nichts dafür, dass ich in genau demselben Moment über einen Leichenfund informiert wurde, als die Kollegin gerade mit meiner Anhörung beginnen wollte!«

»Sie fühlte sich von dir nach Strich und Faden veralbert, um es einmal vorsichtig auszudrücken«, meint Donner dazu, wobei er Mühe hat, sich ernst zu halten. Er weiß jedoch, dass Heller solche Kapriolen stets mit einem Hintergedanken macht. Indem er die interne Ermittlerin provozierte, wollte er sicherlich seinerseits an Informationen gelangen.

»Ich wirke auf manche Menschen nun einmal so. Keine Ahnung, wie das kommt!«, grinst Heller, wobei er ein betont unschuldiges Gesicht aufsetzt.

»Dazu könnte ich durchaus etwas sagen ... Lassen wir das aber mal so im Raum stehen und kommen stattdessen zur Tagesordnung«, beendet Donner die wenig ernsthafte Diskussion. »Wir sind uns doch hoffentlich alle darüber einig, dass das kein Zufall ist! Ausgerechnet derselbe Kerl, den wir aufgrund der DNA-Analyse für den Initiator dieses ›Mörderspiels‹ halten müssen, wird nur vier Tage später erhängt in seiner Wohnung aufgefunden!«

»Wobei wir einen Suizid aber jetzt schon weitgehend ausschließen können!«, wirft Denise Malowski ein. »Jedenfalls behauptet das die Rechtsmedizinerin Martina de Luca. Der Tote wurde zwar an einem Balken an der Zimmerdecke hängend vorgefunden, aber trotzdem es keine Spuren für ein gewaltsames Eindringen gab, deuten ihrer Meinung nach sämtliche Anzeichen auf eine äußere Einwirkung, also ein Gewaltverbrechen hin!«

»Vor allem betrifft dies den Zustand seines Genicks«, präzisiert Tobias Heller die Aussage seiner Partnerin. »Hätte er sich auf einen Stuhl gestellt und diesen weggetreten, nachdem er sich die Schlinge um den Hals gelegt hatte, wären laut Doktor de Luca durch den Ruck beim Herunterfallen mehrere Wirbel gebrochen, was aber wohl nicht der Fall ist. Zudem sei der vierundsiebzig Kilogramm schwere Körper bei einem Genickbruch im Zuge der Verwesung schon innerhalb von zwei Tagen herabgefallen, meinte sie.«

»Dann hätte auch ein umgekippter Stuhl unter ihm oder in unmittelbarer Nähe liegen müssen«, meldet sich Jürgen Vogel zu Wort. »Da gab es aber nichts dergleichen, die in der Wohnung vorgefundenen Sitzgelegenheiten waren zudem alle viel zu niedrig! Bleibt zu erwähnen, dass das Seil über einen womöglich extra zu diesem Zweck in den Balken geschraubten Metallhaken geführt und mit dem anderen Ende am Heizkörper befestigt wurde. Er kann sich demnach auch nicht selbst hochgezogen haben, was ohnehin physikalisch unmöglich ist!«

»Kann das einer allein gemacht haben?«, denkt Denise an das Naheliegende. »Und lässt es womöglich auf die Statur des Täters schließen?«

»Dazu kann ich nichts sagen. Vierundsiebzig Kilogramm kann auf diese Weise jeder durchschnittlich gebaute Mensch mit einem gewissen Kraftaufwand bewältigen«, schüttelt Vogel den Kopf. »Ziehen ist bekanntlich immer leichter als Heben, das hättest selbst du geschafft! Übrigens habe ich die Hoffnung, auf dem Seil Fremd-DNA zu finden, da man bei einer solchen Kraftanstrengung auf der rauen Oberfläche gerne Hautschuppen verliert, falls keine Handschuhe getragen wurden. Die Auswertung der Spuren dauert aber noch an, ich bitte also um ein paar Tage Geduld. Um den in der Wohnung gefundenen Computer kümmert sich derzeit Amara.«

»Danke, Jürgen!«, nickt Donner in Richtung des Forensikers. »Sagte die Rechtsmedizinerin etwas darüber, wie lange der Mann schon tot war, als er gefunden wurde?«, wendet er sich dann an seine Hauptkommissare.

»Mindestens drei bis vier Tage«, antwortet Denise Malowski. »Genaueres erfahren wir wie immer nach der Obduktion, die sie diese Woche noch durchführen will. Es wäre demnach nicht ausgeschlossen, dass er zum Zeitpunkt der Aktion am Freitag schon gar nicht mehr lebte!«

»Das lässt die ganze Sache in einem völlig neuen Licht erscheinen«, wiederholt Chrissie Ohlsen unwissentlich die von Denise vor der Besprechung ihrem Partner gegenüber geäußerte These. »In diesem Fall wäre Paschke nämlich nicht der *Initiator* des Spiels, sondern ebenso wie wir bloß Teilnehmer!«

»Das würde zudem erklären, weshalb in dem von uns in der Wahner Heide geborgenen Servergehäuse nicht ebenfalls ein Brandsatz zur Spurenvernichtung installiert war«, stimmt Wolfgang Müller ihr zu. »Wir *sollten* das Haar finden und über die DNA zu Paschke gelotst werden, der zu diesem Zeitpunkt bereits tot gewesen sein dürfte. Das gehört alles zum Spiel!«

»Na, vielen Dank!«, poltert Donner mit rollenden Augen. »Wenn das bedeutet, dass die ›Mitspieler‹ der Reihe nach getötet werden, steht uns ja noch was bevor! Vor allem ihr zwei solltet euch etwas vorsehen«, wendet er sich sorgenvoll an Denise und Tobias. »Ab sofort beschränkt ihr deshalb eure Außendienstaktivitäten auf das absolut Notwendigste! Die Befragung der Hausbewohner zu diesem Vorfall werdet ihr beide durchführen«, wendet er sich an Chrissie und Wolfgang. »Wobei ihr selbstverständlich ab sofort außerhalb des Kommissariats Schutzwesten tragen werdet. Das gilt übrigens für euch alle!«

»Fragt bei der Gelegenheit, ob im Haus eine blonde Frau mit Schmetterlingstattoo am Hals gesehen wurde!«, instruiert Tobias die Genannten vorsorglich, obwohl er lieber mit Denise selbst hinausgefahren wäre. Anschließend berichtet er ausführlich über seine erst kürzlich gewonnenen Erkenntnisse bezüglich des Videos und dass es seiner Meinung nach gestellt wurde. Die Tatsache, dass ausgerechnet ein falsch angewandtes Zitat der internen Ermittlerin ihn auf die Idee brachte, sich die Aufnahme diesbezüglich ein weiteres Mal anzuschauen, bleibt dabei ebenfalls nicht unerwähnt.

»Jeder normale Mensch würde doch bestimmt in einer solchen Situation genau wie Damokles ständig nach oben schauen, also dorthin, wo die eigentliche Bedrohung lauert«, erläutert er abschließend seinen Gedankengang. »Unser ›Opfer‹ hingegen hielt die ganze Zeit über den Kopf gesenkt, sodass wir ihr Gesicht nicht zu sehen bekamen. Ich denke, das sagt schon alles!«

»Es ist demnach mehr als wahrscheinlich, dass diese Frau entweder selbst die von uns gesuchte Drahtzieherin ist, oder zumindest stark in die Angelegenheit involviert ist«, vervollständigt Denise seine Ausführungen. »Außerdem bedeutet es, dass mindestens noch eine weitere Person beteiligt gewesen sein dürfte, da das ›Opfer‹ sich ja wohl kaum selbst an den Stuhl gefesselt haben kann. Wir müssen daher schnellstens herausfinden, in welcher

Beziehung diese Dame einerseits zu Oliver Paschke, aber auch zu Tobias und mir stehen könnte. Und wir sollten die Lokation suchen, wo dieses Video *tatsächlich* gedreht wurde. Ich bin mir sicher, dass dort weitere Hinweise zu finden sein werden. Wir müssen uns nur etwas damit beeilen, da jede vergeudete Minute unserem unbekannten Täter in die Hände spielt!«

***

»Meinst du nicht auch, dass der Chef bezüglich der Schutzwesten total überreagiert? Diese Dinger sind modisch ja nicht gerade der letzte Schrei und reichlich unbequem sind sie außerdem!« Chrissie versucht erneut, sich durch das Kevlar hindurch an einer beständig unangenehm juckenden Stelle am Bauch zu kratzen, scheitert jedoch wie schon zuvor an dem dicken Material der Weste, die nur die Arme freilässt.

»Sicherheit geht nun einmal vor!«, brummt Wolfgang, während er bedächtig die unterste Klingel betätigt. Vier weitere stehen noch zur Auswahl, die oberste für die Wohnung des Toten nicht mitgerechnet. »Und das Jucken ist ohnehin psychosomatisch. Da du ganz genau weißt, dass du dich nicht kratzen kannst, bekommst du allein dadurch automatisch einen Juckreiz. Ignoriere ihn am besten einfach. Klar sind die Dinger lästig, aber sie haben nachweislich bereits etlichen unserer Kollegen das Leben gerettet.«

»Na, der Opa mit dem Rollator, der uns gestern unfreiwillig ins Haus gelassen hat, wird schon nicht gleich auf uns ballern!«, grinst Chrissie und drückt gegen das Türblatt, als Sekunden später das typische Geräusch eines elektrischen Türöffners ertönt. An der Wohnungstür links des Treppenhauses erwartet sie derselbe alte Mann mit seiner rollenden Gehhilfe und blickt ihnen mit fragend hochgezogenen Augenbrauen neugierig entgegen. Dem Namen auf der Klingel gemäß handelt es sich um einen ›W. Gruber‹. Altersmäßig sortieren die Kommissare ihn in den hohen Siebzigern ein.

* * *

»Eine blonde Frau?«, wiederholt Werner Gruber die Frage des Oberkommissars, wobei er die Worte bedächtig in die Länge zieht und nachdenklich die Stirn runzelt. Die tiefen Falten, die sich im Laufe eines Lebens darin eingegraben haben, zeugen diesbezüglich von einer viele Jahrzehnte währenden Angewohnheit des achtundsiebzigjährigen Witwers.

»Sie haben recht, da war eine«, fährt er nach einigen Augenblicken des Überlegens im gleichen schleppenden Tonfall fort. »Am Freitag war das. Lange blonde Haare. Ziemlich groß für eine Frau, das ist mir sofort aufgefallen. Sie wollte zu Herrn Paschke im Dachgeschoss.« Gruber zeigt mit dem Finger an die Decke, wie um seine Aussage zu unterstreichen.

»Sie haben sich demnach mit ihr unterhalten?«, vergewissert sich Chrissie Ohlsen. »Nannte sie Ihnen im Verlauf des Gespräches auch den Grund für ihren Besuch?«

»Nein, Frau Kommissarin, das sagte sie nicht. Zu wem sie wollte, ist mir nur deswegen bekannt, weil sie versehentlich bei mir geklingelt hatte und sie sich vielmals für die Störung entschuldigte. Ich kann Ihnen aber sagen, wann das gewesen ist, wenn es das ist, was Sie als Nächstes wissen wollten. Und zwar war das ziemlich genau um 10:00 Uhr. Daran erinnere ich mich deshalb, weil sie sich explizit danach erkundigt hat. Sie sei mit Herrn Paschke geschäftlich verabredet und reichlich spät dran, sagte sie. Ihre große Eile war sicher auch der Grund dafür, dass sie die Klingel verwechselte, nehme ich an.«

»Erinnern Sie sich daran, ob die Dame ein Tattoo hatte? Es handelt sich um einen Schmetterling, und es befindet sich etwa an dieser Stelle«, zeigt Chrissie zur Verdeutlichung ihrer Frage mit dem Finger an ihre linke Halsseite.

»Sowas hatte die ganz bestimmt nicht!«, gibt Werner Gruber nach kurzem Nachdenken selbstbewusst zurück, wobei er heftig sein greises Haupt schüttelt. »Das Haar hatte sie nämlich mit einem Gummi oder einer Klammer zu einem Pferdeschwanz zusammengebunden, sodass ihr Hals nicht verdeckt war. Nein, ein Tattoo ist mir da nicht aufgefallen. Ich bin zwar kleiner als diese Frau, aber *das* hätte ich doch ganz sicher bemerkt!«

»Eine letzte Frage noch«, übernimmt Wolfgang Müller wieder das Gespräch. »Als wir gestern hier waren, um Herrn Paschke zu befragen, hat es im Treppenhaus sehr unangenehm gerochen, um es einmal vorsichtig auszudrücken. Ist das Ihnen und den anderen Hausbewohnern nicht ausgefallen?«

»Doch, natürlich! Aber wer denkt denn gleich daran, dass ein so junger Mensch tagelang tot in seiner Wohnung herumliegt! Und er hatte ja auch vorher noch Besuch von dieser Frau! Als es anfing zu riechen, haben wir daher einfach die Fenster im Treppenhaus aufgemacht. Und so sehr schlimm war es ja anfangs auch gar nicht!«

»Um genau diese Dame geht es uns. Wir nehmen an, dass sie eine der letzten Personen gewesen ist, die Herrn Paschke lebend gesehen haben«, formuliert Wolfgang Müller sein Anliegen vorsichtig. Solange eine direkte Verbindung der Unbekannten mit dem Tod dieses Mannes nicht bewiesen ist, könnte jeglicher Hinweis darauf rechtliche Konsequenzen nach sich ziehen. »Fühlen Sie sich dazu in der Lage, diese Frau genügend gut zu beschreiben, dass unsere Polizeizeichnerin ein Phantombild von ihr anfertigen kann?« Er erhält umgehend ein begeistertes Nicken Grubers zur Antwort. »In Ordnung, dann schicke ich sie spätestens morgen vorbei, wenn es Ihnen recht ist.«

* * *

»Schwesterherz, du bist echt ein Schatz!«, bedankt sich Denise Malowski bei Bettina Kowalski beim BKA. »Ja, du hast natürlich recht, ich melde mich in letzter Zeit immer nur, wenn ich deine Hilfe benötige. Aber du bist selbst Polizistin und weißt, wie das ist! Ich gelobe Besserung, heiliges Zwillingsschwesterehrenwort! Komm doch demnächst mal wieder übers Wochenende zu Besuch! Leonie freut sich bestimmt riesig, sie findet es ganz toll, dass ihre Tante genau so aussieht wie ihre Mutter, und sie hat momentan ja nicht so viel Abwechslung … … Sven? Natürlich ist es ihm recht, er hat nur immer Angst, er könnte uns mal verwechseln … … Du hast dir die Haare blond gefärbt? Dann besteht diesbezüglich ja ohnehin keine Gefahr … … Nein, farbenblind ist er nicht. Es ist also abgemacht? Fein, wir freuen uns! Tschüss Betty!«

»Scheint so, als hätte Bettina das Rätsel um die DNA-Probe gelöst«, reduziert Tobias Heller das soeben Mitangehörte auf das Wesentliche, nachdem seine Partnerin endlich den Hörer aufgelegt hat. Telefonate der Schwestern ziehen sich nämlich gerne in die Länge und es ist immer viel Klatsch und Tratsch dabei. »Und? Was sagt sie?«

»Ich weiß jetzt wieder, was dieser Oliver Paschke für einer ist«, antwortet sie ihm nachdenklich. »Ich habe ihn gestern nur nicht erkannt, weil von seinem Gesicht durch den Insektenbefall nicht mehr so viel übrig war, und du kennst ja mein miserables Namensgedächtnis. Und zwar hatten wir zu Beginn unserer gemeinsamen Zeit hier im Kommissariat im Februar 2011 mit ihm zu tun, also vor ziemlich genau zehn Jahren. Ein Fall von gemeinschaftlich begangener Vergewaltigung an einer damals vierunddreißigjährigen Frau. Einer der beiden Täter wurde lediglich zu einer sehr milden Jugendstrafe verurteilt, doch der andere ging komplett straffrei aus. Und es war meine Schuld, dass man dem Kerl nichts beweisen konnte!«

»Was ist denn damals passiert? Und wieso kenne ich den Fall nicht, wenn wir gemeinsam daran gearbeitet haben?«, wundert sich Tobias, der sich normalerweise auf sein unfehlbares Gedächtnis verlassen kann.

»Na, weil es nicht so war! Du hattest dir wegen deiner Scheidungsgeschichte ein paar Tage Urlaub genommen, erinnerst du dich? Ich habe daher den Fall mit Oberkommissar Rolf Theisen bearbeitet, der damals kurz vor seiner Pensionierung stand und der ranghöchste Ermittler im Kommissariat war. Du weißt ja, dass der die Arbeit nicht gerade erfunden hatte. Immerhin konnten wir einen der beiden Täter schon nach zwei Tagen festnehmen, da das Vergewaltigungsopfer ihn auf einem Foto wiedererkannt hatte. Der damals Neunzehnjährige war bereits einmal entsprechend aufgefallen, wobei man ihm aber beim ersten Mal nichts hatte beweisen können.«

»Und der andere Täter? Ich gehe mal davon aus, dass es sich dabei um Oliver Paschke gehandelt hat?«, vergewissert sich Tobias, der ihrem Bericht bis zu dieser Stelle stumm gefolgt ist.

»Warte es ab! Den anderen Täter hatte das Opfer nicht erkannt und der Festgenommene verweigerte diesbezüglich jegliche Aussage. Theisen wollte den Fall dann zu den Akten legen und der Staatsanwaltschaft übergeben. Er war der Meinung, dass die Frau sich die zweite Person nur eingebildet hatte, zumal sie nicht in der Lage war, eine Beschreibung abzugeben. So ein Blödmann!«, erregt sich Denise trotz der seither vergangenen Zeit über die fehlende Sensibilität des kürzlich verstorbenen Kollegen.

»Lass mich raten: Du hast trotzdem nicht lockergelassen und weiter auf eigene Faust nachgeforscht«, vermutet Tobias mit gefurchter Stirn. Schließlich kennt er seine Kollegin seit vielen Jahren, und außerdem gab es zu Beginn ihrer Zusammenarbeit einen ähnlich gelagerten Fall. Damals hatte sie sich unvorschriftsmäßig Beweismaterial verschafft, was zum Glück ohne Folgen blieb. Er ahnt daher, was er jetzt zu hören bekommen wird.

»Ich fand durch Ermittlungen in seinem sozialen Umfeld heraus, dass der festgenommene Thomas Krause einen Kumpel hatte, mit dem er ständig abhing, wie die jungen Leute heutzutage sagen. Die zwei sollen laut Aussage ihrer Freunde wirklich unzertrennlich gewesen sein. Ich lud diesen Oliver Paschke also zu einem Drink in seiner Stammkneipe ein und ließ sein Glas anschließend unbemerkt ›verschwinden‹, um an eine DNA-Probe zu gelangen. Man hatte nämlich am Opfer entsprechende Hinterlassenschaften sichergestellt, die nicht dem bekannten Täter zuzuordnen waren, der zudem ein Geständnis abgelegt hatte.«

»Die DNA-Probe wurde nicht als Beweismittel anerkannt, weil sie ohne richterliche Anordnung oder Einwilligung des bis zu diesem Zeitpunkt unbescholtenen Mannes beschafft wurde«, nickt Tobias Heller wissend. »Das hätte dir aber doch klar sein müssen!«

»Ich war einfach sauer und wollte den Kerl nicht ungeschoren davonkommen lassen, Tobi! Man hat jedoch aufgrund der illegalen Beschaffung der DNA-Probe nicht einmal einen Vergleich durchgeführt! Thomas Krauses Verhandlung fand, trotzdem er zur Tatzeit bereits über achtzehn war, auf Antrag seines Anwalts vor dem Jugendgericht statt, wo er vorgab, der Geschlechtsverkehr sei einvernehmlich gewesen, was der Richter auch zum Teil gelten ließ. Er wurde dennoch zu einer Bewäh-

rungsstrafe von einem Jahr und vier Monaten verurteilt. Oliver Paschke ging wegen meiner grenzenlos dämlichen Aktion natürlich leer aus!«

»Hm!«, brummt Tobias nachdenklich. »Immerhin lässt sich daraus aber ein klassisches Mordmotiv ableiten, jemand könnte ihn für die Tat nachträglich zur Verantwortung ziehen wollen! Was ich
nur nicht verstehe: Wieso konnten wir mit der DNA
seines Haares einen Treffer landen? Wie ist denn
die von dir damals illegal beschaffte Probe überhaupt in die Datenbank gelangt?«

»Na ja, ich hab sie halt eingegeben«, grinst
Denise. »Das wird ja nicht überprüft. Übrigens hatten wir unverschämtes Glück, dass meine Schwester den Zusammenhang zwischen den beiden Datensätzen aufdecken konnte. Das war nämlich nur
deswegen möglich, weil Paschkes Name in Krauses
Strafakte in einem Nebensatz erwähnt wird.
Theisen hatte ihn wohl ursprünglich als Zeuge vernehmen wollen, es dann jedoch offenbar sein lassen. Da es sich um eine Jugendstrafe handelte, wäre
der Eintrag demnächst gelöscht worden, und wir
hätten das nie herausbekommen!«

»Wir haben demzufolge also eine vor zehn Jahren vergewaltigte Frau sowie zwei im Grunde nicht
bestrafte Täter. Und wir haben eine Ermittlerin, die
daran eine Mitschuld trägt«, fasst Tobias Heller das
Gehörte leidenschaftslos zusammen. »Das scheint
mir durchaus ein ausreichendes Motiv für den
Mord an Oliver Paschke zu sein, wobei wir jedoch
nicht mit absoluter Sicherheit wissen, ob er an der
Vergewaltigung beteiligt war. Außerdem könnte

man uns beide jetzt dafür ›bestrafen‹ wollen, dass wir damals versagt haben! Hast du die Anschrift des Vergewaltigungsopfers?«

Er wirft einen abschätzenden Blick zur Uhr. »Wir sollten der Dame schleunigst einen Besuch abstatten. Das erledigen wir gleich morgen früh, da Chrissie und Wolfgang noch nicht von ihrer Befragung zurück sind und ich mir vorher gerne anhören würde, was sie zu berichten haben. Das wird dann heute nichts mehr, denke ich. Du kannst ja schon mal die aktuelle Adresse der Frau heraussuchen, während ich alles zu diesem Thomas Krause recherchiere. Den nehmen wir uns selbstverständlich ebenfalls vor, und zwar heute noch, da er in akuter Lebensgefahr schweben könnte!«

»In Ordnung, ich mache mich dann jetzt am besten sofort an die Arbeit und stelle die aktuellen Daten dieser Eveline Berger zusammen. Dabei fällt mir ein: Warum bist *du* eigentlich ins Visier des Täters geraten? Du warst damals gar nicht an den Ermittlungen beteiligt!«

»Ist doch egal, da wurde eben schlampig recherchiert. Dass wir zwei zusammenarbeiten, kann man dank der Leitner ja dauernd in der Presse lesen. Ich frage mich allerdings, woher derjenige die Informationen zu einem so viele Jahre zurückliegenden Fall haben könnte, wenn nicht von Eveline Berger selbst. Es ist ja nicht gerade einfach, da dranzukommen!«

***

»Unsere Theorie bezüglich des Tatmotivs kann so nicht zutreffen, Tobi!«, dringt Denises Stimme in seine Gedanken. Schnell speichert Tobias vorsichtshalber den begonnenen Bericht ab und widmet ihr seine ungeteilte Aufmerksamkeit.

»Ich habe jetzt alles zusammengetragen, was über Eveline Berger in diversen Datensätzen bei uns und in den Pressearchiven zu finden war«, fasst sie ihre umfangreichen Recherchen zusammen. »Sie kann jedoch definitiv mit dem Mord nichts zu tun haben, weil sie nämlich schon lange tot ist! Und zwar hat sie sich nur wenige Monate nach der für sie äußerst demütigenden Gerichtsverhandlung umgebracht. Sie hat sich in ihrer Wohnung erhängt!«

»Erhängt, sagst du?«, entfährt es ihm. »Genau wie bei Paschke! Ob da ein Zusammenhang besteht? Was ist mit Angehörigen? Kinder, Eltern, Ehemann, Geschwister und so weiter? Die hätten doch ebenfalls ein Motiv, ihn und womöglich auch seinen Kumpel Thomas Krause zu töten!«

»Negativ! Eveline Berger war Vollwaise und lebte bis zu ihrem sechzehnten Lebensjahr in einem Heim. Dann nahm sie das Angebot einer betreuten Jugend-WG in Anspruch. Mit siebzehn verliert sich ihre Spur vorerst, nachdem sie die Wohngemeinschaft sozusagen über Nacht heimlich verlassen hatte. Wahrscheinlich lebte sie während dieser Zeit auf der Straße. Ein halbes Jahr später tauchte sie jedoch plötzlich wieder auf, machte eine Ausbildung und verhielt sich fortan recht unauffällig. Kinder und sonstige Angehörige gibt es keine, doch das wussten wir damals schon!«

»Könnte es einen ehemaligen Lebenspartner oder Freund gegeben haben, der jetzt wieder aus der Versenkung aufgetaucht ist und alle, die seiner Meinung nach Schuld an ihrem Tod hatten, zur Verantwortung ziehen will?«

»Das wird sich aufgrund der seither verstrichenen Zeit von fast zehn Jahren wohl nicht mehr herausfinden lassen. Ich halte es allerdings auch für extrem unwahrscheinlich. Warum sollte dieser Mensch sich so lange ruhig verhalten haben und erst heute tätig werden? Das ergibt keinen Sinn!«

»Was ist mit einer Freundin? Wir wissen jetzt doch, dass etwa zur selben Zeit, als ich die E-Mail bezüglich des ›Spiels‹ erhielt, eine Frau bei Paschke zu Besuch gewesen ist, die bis auf das Tattoo dem vermeintlichen Opfer in dem Video zumindest ähnlich sieht«, erinnert Tobias sie an den Bericht der mittlerweile zurückgekehrten Kollegen. »Wobei sich der Hausbewohner ja auch geirrt haben kann, was den fehlenden Schmetterling angeht. Wir werden wohl das Phantombild abwarten müssen, allerdings verfügen wir dann aber immer noch nicht über einen direkten Vergleich, da in dem Video zu keiner Zeit das Gesicht zu sehen ist.«

»Es ist schon reichlich spät geworden«, überlegt Denise. »Dieses Rätsel werden wir heute sowieso nicht mehr lösen. Unter diesen Umständen könnten wir den geplanten Besuch bei Krause doch eigentlich genauso gut auf morgen früh verschieben, jetzt wo Eveline Berger als Täterin nicht infrage kommt. Was meinst du?«

»Du hast vermutlich recht, womöglich gibt es tatsächlich keinen direkten Bezug zu der Vergewaltigung und wir haben es mit einer kalten Spur zu tun. Wir werden also wieder ganz von vorn beginnen müssen, fahren aber trotzdem zur Sicherheit morgen früh gleich im Anschluss an die Dienstbesprechung zu diesem Thomas Krause, dann hätten wir das hoffentlich abgehakt. Für heute machen wir Feierabend!«

Kapitel 8

»Ich habe hier das Notebook aus der Wohnung des Mordopfers!« Amara Jones übergibt ein ziemlich ramponiert aussehendes Gerät älterer Bauart an den ihr am nächsten sitzenden Tobias Heller, der es mit einem dankenden Nicken entgegennimmt.

»Gibt es etwas dazu zu sagen?«, erkundigt er sich knapp, nachdem er für das altehrwürdige Teil nach einigem Suchen einen freien Platz zwischen diversen Papierstapeln auf seinem Schreibtisch gefunden hat. Was andere völlig zu Unrecht als Chaos bezeichnen, hat seine eigene, nur für ihn erkennbare Ordnung. »Der Hobel sieht ziemlich vorsintflutlich aus. Ist da überhaupt schon Windows drauf?«

»Ja, aber eine ältere Version. Wenn du Hilfe dabei brauchst, sag einfach Bescheid«, grinst sie anzüglich. »Um deine erste Frage zu beantworten: Es ließen sich weder Beweise dafür finden, dass die bewusste E-Mail von diesem Gerät an dich verschickt wurde, noch wurden irgendwelche Bauanleitungen zu den verwendeten Komponenten aus dem Internet heruntergeladen. Vom Fehlen solcher oder ähnlicher Teile in seiner Wohnung ganz zu schweigen. Also, wenn ich von mir selbst ausgehe, hätten haufenweise Platinen und anderer elektronischer Kram dort herumliegen müssen, was aber nicht der Fall war!«

»Gibt es wenigstens Hinweise auf die Lagerhalle, wo sich das Ganze angeblich abgespielt haben soll? Der Kerl wird sich doch garantiert vor seiner Aktion über die Zustände dort informiert haben! Und was ist mit Videodateien? Wenn der im Internet gestreamte Film in Wahrheit eine Aufzeichnung war, wird er bestimmt vorher in irgendeiner Form bearbeitet worden sein, oder liege ich da falsch?«

»Davon ist auszugehen, außerdem wurde er auf jeden Fall auf den Speicherchip der Kamera hochgeladen. Aber definitiv nicht mit diesem Computer!«, erklärt sie ihm selbstsicher. »Wie ich schon sagte, gibt es auf dem Rechner keinerlei Hinweise auf derartige Aktivitäten, auch nicht auf die Halle. Doch ich habe noch was anderes für euch«, wendet sie sich jetzt an Denise Malowski, die dem Disput bisher wortlos gefolgt ist. Jones reicht ihr ein amtlich aussehendes Dokument. »Sorry, wir sind derzeit ziemlich überlastet. Ich soll deshalb von Jürgen ausrichten, ihr möchtet das Ergebnis ausnahmsweise einmal selbst in die Datenbank beim BKA hochladen und auch den Abgleich durchführen.«

»Dann habt ihr also tatsächlich DNA-Spuren am Tatort gefunden?«, freut sich Denise über diesen unerwartet schnellen Teilerfolg, während sie einen Blick auf die Auswertung des humangenetischen Institutes wirft. »Sieh mal einer an! Es handelt sich demnach um eine weibliche DNA, was mittlerweile aber keine wirkliche Überraschung mehr für uns ist! Ich werde mich sofort darum kümmern, und danach geht es zur Fallbesprechung. Ich bin gespannt, was dein Chef uns sonst noch zu berichten hat!«

»Die Tatsache, dass die am Tatort sichergestellte DNA weiblich ist, bestätigt nicht automatisch deine Theorie von einem verspäteten Racheakt für eine vor einem Jahrzehnt verübte Vergewaltigung!«, schüttelt Donner kategorisch den Kopf, nachdem Denise Malowski von den gestrigen Ermittlungsergebnissen und ihren Schlussfolgerungen dazu berichtet hat. Er legt grüblerisch die Stirn in Falten, während er sich die damaligen Ereignisse ins Gedächtnis zurückruft.

»Im Grunde beweist es sogar überhaupt nichts, da hierfür jeder infrage käme, der das Vergewaltigungsopfer kannte. Außerdem haben wir auch nach intensiver Suche seinerzeit keine Angehörigen ausfindig machen können, und sie selbst lebt ja nicht mehr!«, erinnert sich der Kommissariatsleiter. »Ich halte es daher eher für einen glücklichen Zufall, dass dieser alte Fall uns letztlich zu Oliver Paschke führte, auch wenn das für ihn leider zu spät war.«

»Trotzdem wollten wir seinem damaligen Kumpel nachher einen Besuch abstatten«, unterstützt Tobias Heller den Vorschlag seiner Partnerin. »Es wäre daher in unserem Interesse, wenn statt Denise und mir ausnahmsweise Chrissie und Wolfgang an der für heute Nachmittag angesetzten Leichenschau teilnehmen würden.«

»Nichts da! Ihr zwei könnt ja meinethalben gerne im Anschluss an die Obduktion noch zu diesem Kerl fahren, ich aber benötige momentan alle übrigen verfügbaren Kräfte hier im Kommissariat! Die Unterlagen und Gegenstände, die von der Forensik in der Wohnung des Mordopfers sichergestellt wurden, müssen einzeln gesichtet und ausgewertet werden. Vornehmlich geht es um etwaige Hinweise zu der Lagerhalle, in der das Video gedreht wurde. Jürgen hat zurzeit wegen akuter Überlastung seiner Abteilung keine eigenen Kapazitäten dafür frei. Das Notebook könnt ihr aber Horst geben, ein Handy existiert offenbar nicht. Er wird sich damit auseinandersetzen, während Chrissie und Wolfgang sich die Kiste mit den persönlichen Gegenständen vornehmen.«

»Sorry, wenn ich euch solche Ungelegenheiten bereiten muss«, meldet sich Jürgen Vogel mit einem verlegenen Schulterzucken zu Wort. »Aber bei uns ist momentan wirklich ›Land unter‹, wie man so schön sagt. Euer Kommissariat ist ja nicht das Einzige, für das wir tätig sind, und der Tag hat bekanntlich nur vierundzwanzig Stunden! Dafür kann ich euch aber versichern, dass die Fremd-DNA aus der Wohnung des Mordopfers mit ziemlich großer Wahrscheinlichkeit vom Täter beziehungsweise der Täterin, wie es ab jetzt wohl heißen muss, hinterlassen wurde!«

»Und worauf begründet sich diese Sicherheit?«, will Wolfgang Müller wissen. »Menschliche DNA findet man in bewohnten Räumen doch immer haufenweise, auch die von fremden Leuten.«

»Wie schon beim letzten Mal gesagt, hegte ich eine große Hoffnung, an dem Seil entsprechende Spuren zu finden. Das wird nämlich oft unterschätzt, weil man auf solch rauen Oberflächen keine Fingerabdrücke hinterlässt. Hautschuppen hingegen schon! Und tatsächlich haben wir eine ausreichende Menge davon zwischen den Fasern herausklauben können. Das Ergebnis hat Amara euch ja bereits mitgeteilt. Und da dieses Seil zugleich sozusagen das ›Tatwerkzeug‹ darstellt, ist der Zusammenhang mit dem Mord praktisch unwiderlegbar!«

»Was ist mit Abdrücken auf den Möbeln oder an dem Heizkörper, an dem das Seil festgemacht war?«, erkundigt sich Donner. »Seid ihr da ebenfalls fündig geworden?« Die Frage ist berechtigt, da genetische Informationen nur unter streng reglementierten Voraussetzungen dauerhaft gespeichert werden, wie zum Beispiel bei einschlägig verurteilten Sexualstraftätern. Fingerabdrücke werden dagegen *immer* in der Datenbank hinterlegt.

»Bedaure, da gab es nur haufenweise Abdrücke des Wohnungsinhabers«, schüttelt Vogel den Kopf.

»Findest du das nicht irgendwie merkwürdig?«, wundert sich Tobias Heller. »Wenn die Täterin ohne Handschuhe hantierte – was ja wohl feststeht, da sie ansonsten keine DNA an dem Seil hätte hinterlassen können – wieso fehlen dann ihre Fingerabdrücke? Man fasst doch immer etwas an!«

»Woher soll ich das denn wissen?«, hebt der Forensiker die Schultern. »Möglicherweise war sie diesbezüglich besonders vorsichtig, wogegen sie womöglich sicher war, dass ihre DNA nirgends gespeichert ist. Der Strick selbst ist aus Sisal und ganz normale Handelsware. Er lässt keinerlei Rückschlüsse darauf zu, wo er gekauft wurde.«

»Ich danke euch für die hervorragende und vor allem sehr schnelle Arbeit!«, beeilt sich Donner, dem Wissenschaftler seine Anerkennung auszusprechen. Er weiß, dass Spezialisten wie er ihre Eigenheiten haben und es einem oft verübeln, wenn man ihre Dienste nicht gebührend würdigt. »Habt ihr das Ergebnis der DNA-Analyse schon in die BKA-Datenbank eingegeben?«, wendet er sich übergangslos an seine leitenden Ermittler.

»*DAD* war vorhin offline«, antwortet Denise. »Laut meiner Schwester gab es wieder einen Hackerangriff auf das BKA-Netzwerk. Sowas kommt öfter mal vor, meinte Bettina, und bis zur Klärung des Gefahrengrades wird der Rechnerverbund dann immer vorsichtshalber vom Netz genommen. Intern ist ein Zugriff jedoch weiterhin möglich, daher habe ich ihr das Ergebnis der Analyse zugefaxt. Sie wollte sich persönlich darum kümmern und mir anschließend Bescheid geben.«

»Dann heißt es also wieder abwarten. War Frau Stein eigentlich schon bei dem Zeugen Gruber wegen des Phantombildes?«, erkundigt er sich nach kurzem Nachdenken bei Wolfgang Müller und Christina Ohlsen.

»Alexa ist heute Morgen zu ihm gefahren und auch schon wieder zurück von ihrer Tour«, übernimmt es die Kommissarin, ihn über die Aktion ins Bild zu setzen. »Leider waren die Angaben des Zeugen nicht ausreichend, ein für eine Fahndung verwendbares Gesichtsbild zu erstellen. Außer, dass es sich um eine blonde Frau von etwa 1,75 Meter Körpergröße und sportlicher Figur im Alter von wahrscheinlich unter dreißig Jahren handelt, ist im Grunde nichts dabei herausgekommen. Ein Tattoo in Form eines Schmetterlings hatte sie nicht an

ihrem Hals, sagte Gruber. Bei einer direkten Gegenüberstellung würde er sie aber wiedererkennen,
dessen war er sich ziemlich sicher.«

* * *

»So nachdenklich heute?« Tobias ist auf dem
Weg in die Rechtsmedizin ungewöhnlich still und
starrt zudem die ganze Zeit ohne Unterbrechung
aus dem Seitenfenster. Hin und wieder war ein ver-
haltenes Brummen aus seinem Mund zu hören, für
seine Partnerin ein untrügliches Zeichen dafür,
dass er ein größeres Problem wälzt und sich dabei
offenbar ständig im Kreis bewegt. Bis zu ihrem Ziel
ist es nicht mehr weit. Zeit, einmal nachzufragen.

»Es passt alles vorne und hinten nicht zusammen, Denise!«, macht Tobias endlich seinem Un-
mut Luft. »Wie ich es auch drehe und wende, irgendwann gelange ich gedanklich immer an einen
Punkt, wo es extrem unlogisch wird.«

»So, als hätten wir einen Haufen Puzzleteile, die
aber alle zu verschiedenen Motiven gehören?«

»Ganz genau! Was ich nicht auf die Reihe kriege,
ist dieses Haar! Wie, in drei Teufels Namen, ist es in
das Gehäuse gekommen? Das offenbar extra für
uns inszenierte Spiel wurde mit der E-Mail an mich
in Gang gesetzt, und zwar, *nachdem* Oliver Paschke
getötet wurde. Die Täterin wurde von einem Zeugen um 10:00 Uhr im Haus des Opfers gesehen. Es
blieb ihr demnach nur eine Dreiviertelstunde Zeit,
diesen zu töten, ihm nach dem Mord ein paar Haare
auszureißen, eines davon in das Servergehäuse zu
legen, und die Geräte an den bekannten Standorten
zu platzieren. Das ist schlichtweg unmöglich!«

»Sie könnte doch die Gerätschaften am Tag vorher aufgestellt haben. Amara sagte, die verwendeten Akkus hätten für mindestens zweiundsiebzig Stunden Strom liefern können, und beide waren zum Zeitpunkt der Untersuchung noch halbvoll. Oder aber es gibt einen Komplizen beziehungsweise eine Komplizin, die zeitgleich tätig wurde. Offenbar war ja alles minutiös geplant!«

»So weit war ich auch schon! Beides würde jedoch immer noch nicht dieses Haar erklären«, schüttelt Tobias den Kopf. »Es kann schließlich nicht dorthin gebeamt worden sein!«

»Hm!« Denise klopft einige Sekunden nervös mit den Fingern auf dem Lenkrad herum. »Jetzt habe ich es!«, entfährt es ihr so laut, dass Tobias auf dem Beifahrersitz zusammenzuckt. »Vom Eingang der Nachricht bis zum Auffinden der Geräte vergingen doch an die drei Stunden, wobei der Server ein paar Minuten vorher entdeckt wurde. Richtig?«

Tobias schaut seine Partnerin mit hochgezogenen Brauen an und nickt mit dem Kopf. »Korrekt.«

»Wie wäre es denn damit: Die Täterin deponierte die Teile am Tag zuvor an Ort und Stelle und hatte nach der Tat genügend Zeit, die Nachricht an dich abzuschicken. Anschließend fuhr sie ein weiteres Mal in die Wahner Heide und legte das dem Opfer entrissene Haar in das dortige Gehäuse. Für den Weg vom Tatort bis dorthin hätte sie kaum mehr als eine Viertelstunde benötigt.«

»So könnte es natürlich hinkommen. Das wäre aber reichlich viel Aufwand, findest du nicht? Und ganz ungefährlich war es vermutlich auch nicht, praktisch unter unseren Augen dort herumzulaufen. Sie konnte ja nicht wissen, wie lange Amara für die Ortungen benötigen würde, und dass die Geräte gefunden werden *sollten*, dürfte wohl mittlerweile klar sein!«

»Natürlich, anders ergäbe das Haar und der damit verbundene Aufwand ja auch gar keinen Sinn! Es wäre jedoch vorstellbar, dass der Nervenkitzel ein Teil des Spiels gewesen ist. Oder aber, man fühlt sich uns grenzenlos überlegen. Ich meine, wer sonst käme auf den Gedanken, sowas sozusagen als Freizeitvergnügen zu bezeichnen? Und wenn sie sich mit der Materie so gut auskennt, wie es den Anschein hat, wird sie gewusst haben, dass sie die notwendige Zeit dafür haben würde!«

»Diesem Haar *muss* demnach eine äußerst wichtige Rolle bei dieser Sache zukommen! Für einen einfachen Racheakt, oder was immer dahinter steckt, hätte es doch ausgereicht, Paschke zu töten und die Presse zu informieren, um die Polizei zu blamieren. Offenbar wollte uns damit jemand eine Botschaft senden, die wir nur nicht verstanden haben!«

»Vielleicht, weil wir deren Ende nicht kennen, Tobi!«, überlegt Denise, während sie den Audi in eine Parkbucht vor dem rechtsmedizinischen Institut bugsiert. »Ich habe so ein merkwürdiges Gefühl, dass da noch etwas ganz Dickes auf uns zukommt!«

***

»Die Autopsie hat erwartungsgemäß keine großen Überraschungen ergeben!«, beginnt Doktor

Martina de Luca selbstbewusst wie immer die übliche Zusammenfassung der von ihr gemeinsam mit Assistentin Krystina Nowak bewältigten Leichenschau. Die OP-Handschuhe entsorgt sie dabei beiläufig und ohne hinzuschauen zusammen mit dem Mundschutz absolut treffsicher in einen bereitstehenden Abfallbehälter. Wahrscheinlich hat sie diese Bewegung schon hunderte Male durchgeführt, sodass ihr dies im Laufe der Jahre in Fleisch und Blut übergegangen ist, vermuten die Kommissare.

Denise Malowski und Tobias Heller haben die etwa zweistündige Prozedur wie gewohnt geduldig abseits des Geschehens mit mäßigem Interesse beobachtet. Eine Teilnahme von polizeilichen Ermittlern ist dabei zwar nicht unbedingt erforderlich, verkürzt jedoch den Informationsfluss erheblich, da man ansonsten unter Umständen mehrere Tage auf den pathologischen Bericht warten müsste. In der heißen Phase einer Mordermittlung könnte dies bereits zu lange sein.

»Zunächst kann ich die schon am Tatort genannte mutmaßliche Todesursache umfänglich bestätigen«, fährt die Rechtsmedizinerin fort, während ihre Assistentin sich ebenfalls zu der kleinen Gruppe gesellt. Die Ermittler nehmen dieses recht ungewöhnliche Verhalten der jungen Frau beiläufig zur Kenntnis. Sie vermuten jedoch mit einiger Berechtigung, dass Nowak, seit vergangenem Jahr selbst im Besitz eines Doktortitels, etwas zum Ergebnis der Autopsie beitragen möchte.

»Demnach wurde der Mann tatsächlich erhängt?«, vergewissert sich Tobias Heller. »Aber wie konnte eine einzelne Person – noch dazu eine Frau, wie wir mittlerweile mit einiger Berechtigung annehmen – ihm das antun? Er wird sich doch gewiss gewehrt haben! Sind diesbezügliche Spuren vorhanden?«

»Es sind keine Abwehrspuren erkennbar«, schüttelt de Luca bedächtig den Kopf, sodass ihr langes, schwarzes Haar sanft hin und her schwingt. »Und damit kommen wir auch schon zu einer der wenigen neuen Erkenntnisse der Leichenschau: Ich fand deutliche Anzeichen einer Betäubung durch ein Elektroschockgerät, wie man es zur Tierabwehr völlig legal kaufen kann. Und zwar wurde ihm der Stromstoß im Brustbereich durch die Kleidung hindurch verabreicht. Der Tod trat dann jedoch durch die Strangulation mit dem Strick ein, die Verletzungen des Kehlkopfes lassen in Verbindung mit den für einen gewaltsamen Erstickungstod typischen Einblutungen in den Augäpfeln keine andere Deutung zu!«

»Das würde demnach bedeuten, das Opfer hat von der eigentlichen Tötung durch den Strang gar nichts mitbekommen? Irgendwie erscheint mir das seltsam, wozu diente dann der Aufwand mit dem Seil?«

»Davon kann man nicht zwangsläufig ausgehen, Herr Heller. Je nach Dosierung der Ladung verliert man beim Einsatz eines Elektroschockers nicht sofort die Besinnung, sondern wird zunächst lediglich wehrlos. In diesem Fall hätte dieser Mann das Erhängen bei vollem Bewusstsein miterlebt!«

»Und was ist mit dem Todeszeitpunkt?«, kommt Denise Malowski schaudernd auf den normalerweise zweitwichtigsten Aspekt in einer Mordermittlung zu sprechen. In Verbindung mit den gewonnenen Erkenntnissen aus der von den Kollegen am Vortag durchgeführten Hausbefragung ist dies aber spätestens jetzt zur bedeutsamsten Frage avanciert.

»Sie können sich bestimmt vorstellen, dass es mit normalen Mitteln wie Körpertemperatur, Leichenflecken und so weiter nach der seit Eintritt des Todes vergangenen Zeit nicht mehr möglich ist, dies einigermaßen exakt zu bestimmen«, gibt die Rechtsmedizinerin mit einem angedeuteten Lächeln zurück. »Ihre berechtigte Frage kann jedoch trotzdem beantwortet werden, und zwar wird dies meine überaus tüchtige Assistentin übernehmen, die unlängst ihre Dissertation in forensischer Entomologie verfasste, wie Ihnen vielleicht bekannt ist.«

»Ich möchte zunächst zum besseren Verständnis ausführen, dass ein möglichst homogenes Umfeld bei dieser Wissenschaft unabdingbar ist«, ergreift Krystina Nowak mit ihrer kräftigen, tiefen Stimme das Wort. Überhaupt ist alles an der sympathischen Medizinerin gewaltig, einen direkten Vergleich mit Wolfgang Müller, stünde er jetzt vor ihr, bräuchte sie auf keinen Fall zu scheuen.

»Da die Wohnung des Opfers seit seinem Dahinscheiden bis zu Ihrem Erscheinen nahezu hermetisch abgeschlossen war«, führt Nowak weiter aus, »kann dies jedoch als gegeben angenommen werden. Ich will es daher kurz machen: Die genetischen Untersuchungen der noch am Tatort entsprechend vorbehandelten Fliegenlarven aus dem Körper des Toten lassen aufgrund der Anzahl der Generationen und deren Alter eine recht genaue Berechnung darüber zu, wann das erste Insekt seine Eier in dem Leichnam abgelegt hat. Mit einem Unsicherheitsfaktor von plus/minus zwei Stunden war dies am vergangenen Freitag, gegen 11:00 Uhr morgens.«

Tobias nickt zufrieden vor sich hin. Werner Gruber öffnete nach eigenen Angaben einer Frau, die zu Oliver Paschke wollte, um 10:00 Uhr die Haustür. Eine andere Mieterin aus dem ersten Obergeschoss traf diesen kurz zuvor im Treppenhaus. Zu diesem Zeitpunkt lebte er also noch.

In Verbindung mit dem Eingang der E-Mail gegen 10:40 Uhr lässt sich seiner Meinung nach nicht nur der Todeszeitpunkt auf eine halbe Stunde genau eingrenzen, sondern auch die Mörderin bestimmen! Denn dass dieses ›Spiel‹ erst in Gang gesetzt wurde, *nachdem* sämtliche dazu erforderlichen Vorbereitungen abgeschlossen waren, ist für ihn keine Frage. Ein Seitenblick auf das nachdenkliche Gesicht seiner Partnerin zeigt ihm, dass sich deren Gedanken offenbar in ähnlichen Bahnen bewegen.

»Haben Sie vielen Dank, Sie haben uns wirklich sehr geholfen!«, lässt er de Luca und Nowak abschließend wissen. Er nickt den Damen ein letztes Mal freundlich zu und eilt mit Denise im Gefolge unverzüglich zum Ausgang. Ein verstohlener Blick auf die Uhr hat ihn soeben darüber informiert, dass es wieder einmal reichlich spät geworden ist, und sie haben ja noch etwas anderes vor.

* * *

Die Wohnung von Thomas Krause liegt gleich hinter Bonn unweit der B56 in einem Nebenort von Sankt Augustin, wie Tobias Heller vor Antritt der Fahrt vorsorglich über die Einwohnerauskunft ermittelt hatte. Da die Ermittler diese Bundesstraße auf dem Weg zurück ins Kommissariat sowieso benutzen müssen, bedeutet der Abstecher dorthin nur einen kleinen Umweg für sie, zumal Donner diesen bei äußerst großzügiger Auslegung im Grunde ja sogar irgendwie gestattet hatte. Denise Malowski schaut auf die Borduhr, die soeben auf 15:17 Uhr umspringt.

»Denk daran, was der Chef bezüglich der Benutzung von Schutzwesten bei Außeneinsätzen angeordnet hat«, erinnert sie ihren Partner an die Anweisung des Vorgesetzten. Seitdem zu befürchten ist, dass es jemand auf seine Kommissare abgesehen haben könnte, ordnete Donner an, dass ab sofort passende Exemplare für jeden ständig im Kofferraum des Dienstwagens mitzuführen sind.

»Oh, ich erinnere mich sogar sehr genau an seine Worte, Denise«, grinst Tobias und setzt den Blinker, um in eine Seitenstraße abzubiegen. »Soweit ich weiß, liegen zwei dieser schicken Teile auch seit Tagen in unserem Wagen! Allerdings sehe ich keinen Anlass, sie ausgerechnet jetzt zu benutzen.«

»Na ja, schaden kann es jedenfalls nicht«, wagt Denise einen eher halbherzigen Einwand. Tobias hat selbstverständlich recht. Diese Dinger sind in der Tat ziemlich unbequem, vor allem für eine Frau mit einer gewissen Oberweite. Andererseits bieten sie natürlich einen guten Schutz bei bewaffneten Auseinandersetzungen, womit hier und heute aber wohl nicht zu rechnen ist.

»Ach was! Es ist heller Tag und wir befinden uns dem äußeren Anschein nach in einem etwas vornehmeren Wohngebiet. Außerdem geht es nur darum, einen möglichen Zeugen zu befragen. Und der kommt eher als potenzielles Opfer infrage, sofern er überhaupt irgendwas mit der Sache zu tun hat! Ich denke, wir können es unter diesen Umständen durchaus riskieren, uns ohne Schutzwesten ins Freie zu wagen. Das haben wir schließlich schon tausend Mal gemacht!«

Tobias stellt den Audi vor einem allein stehenden Einfamilienhaus am Ende der kleinen Anliegerstraße ab. »Der Mann ist keine dreißig Jahre alt«, wundert sich Denise beim Aussteigen, während sie ihren Blick bewundernd über die Fassade gleiten lässt. »Und verheiratet ist er auch nicht. Wie kommt ein junger Kerl wie er an ein so schickes Häuschen?«

»In diesem Stil hat man in den Siebzigerjahren gebaut«, gibt Tobias zurück, nachdem er das Gebäude ebenfalls einer schnellen Musterung unterzogen hat. »Das Haus ist also alt genug, um es geerbt zu haben. Verwahrlost ist es aber nicht, alles sieht im Gegenteil ordentlich und gepflegt aus, der Vorgarten wurde sogar geradezu liebevoll angelegt.«

* * *

Eine Minute später betätigt Denise zum zweiten Mal die Türklingel, die als hallender Gong ausgelegt ist und somit garantiert bis in den Garten zu hören sein dürfte, falls der Bewohner sich dort aufhalten sollte. »Warum macht der Kerl nicht auf?«, wundert sie sich daher, als auch jetzt wieder keine erkennbare Reaktion erfolgt. Verräterische Geräusche, die auf die Anwesenheit einer Person im Hausflur schließen lassen, sind ebenfalls nicht zu hören.

»In der Diele brennt eine Lampe«, zeigt Tobias auf das kunstvoll gestaltete Oval aus Buntglas, welches in Augenhöhe in die Haustür eingelassen ist und hinter dem eindeutig eine Lichtquelle auszumachen ist. »Er müsste demnach zu Hause sein! Vielleicht will er uns nur nicht die Tür öffnen? Immerhin hat er nicht die besten Erinnerungen an die Polizei!«

»Meinst du, er hat mich womöglich erkannt? Das ist zehn Jahre her! Aber findest du es nicht reichlich merkwürdig, dass er am helllichten Tag das Licht im Haus brennen lässt? Die Sonne geht doch frühestens in einer Stunde unter!«

»Du hast recht, das ist in der Tat seltsam. Komm, wir schauen uns mal ganz unverbindlich auf dem Grundstück um, vielleicht versteckt er sich ja im Garten vor uns!« Und schon ist er auf dem schmalen Kiesweg um die Ecke verschwunden. Seine Partnerin folgt ihm achselzuckend und mit deutlich weniger Eile hinter das Haus. Einen Rechtsbruch begehen sie damit nicht, da das Grundstück zur Straße hin nicht eingezäunt ist.

Im Garten angekommen, springen ihr innerhalb eines Sekundenbruchteils gleich zwei Dinge ins Auge: Hier gibt es für einen erwachsenen Mann nirgends eine Möglichkeit, sich zu verstecken – Sträucher sind nicht vorhanden und der Stamm des einzigen Baumes misst an der dicksten Stelle nicht einmal zwanzig Zentimeter – und Tobias, der sich mit gezogener Waffe neben einer gläsernen Terrassentür mit dem Rücken an die Hauswand presst und hektisch mit der freien Hand in ihre Richtung wedelt. Alarmiert sprintet sie los und zieht im Laufen die eigene Pistole aus dem Holster.

Augenblicke später erkennt auch sie, was ihren Partner dermaßen in Aufregung versetzt hat: In der Scheibe klafft ein sauber mit einem Glasschneider ausgeschnittenes, kreisrundes Loch von etwa zehn Zentimetern Durchmesser, und die Tür steht eine Handbreit offen!

Denises Gedanken überschlagen sich förmlich. Für ein klassisches Entern mit gegenseitiger Sicherung sind die Voraussetzungen denkbar ungünstig, da man sich dazu beidseitig des Türrahmens aufstellen müsste, und sie steht logischerweise neben Tobias auf derselben Seite. Und weil die Terrassentür aus Glas ist, würde selbst ein schneller Stellungswechsel von drinnen sofort bemerkt werden, sofern sich dahinter jemand aufhalten sollte. Dieser wäre dann gewarnt oder könnte im ungünstigsten Fall sogar auf sie schießen.

Aus diesem Grund könnten sie jetzt ihre Schutzwesten gut gebrauchen, aber die liegen natürlich friedlich im Kofferraum ihres Dienstwagens. Sie zu holen, würde bedeuten, dass einer von ihnen zurückbleiben müsste und einem möglicherweise noch anwesenden Täter alleine ausgesetzt wäre. Liefen sie beide zum Auto, bliebe der einzige Fluchtweg zeitweise unbewacht. Zudem ist ohnehin Eile geboten, da der Hausbewohner sich womöglich in genau diesem Augenblick in allergrößter Lebensgefahr befinden könnte!

Tobias schüttelt stumm den Kopf und deutet mit der freien Hand auf die Tür. Fast scheint es, als habe er ihre Gedanken gelesen, aber das ist natürlich Unsinn. Aufgrund ihrer langen Zusammenarbeit bewegen sich ihrer beider Überlegungen in vergleichbaren Situationen eben stets in denselben Bahnen, das ist das ganze Geheimnis ihres Erfolges. Und vor einem solchen Dilemma stehen sie ja auch beileibe nicht zum ersten Mal! Tobias hält demonstrativ drei Finger hoch, die er der Reihe nach einknickt: ihr persönlicher, seit vielen Jahren gültiger Code für einen lautlosen Countdown.

Beim ›null‹ springt ihr Partner wie von einer Feder katapultiert auf die andere Seite, wobei er gleichzeitig der Tür einen heftigen Stoß verpasst, sodass diese nach innen schwingt und krachend gegen den Anschlag prallt. Aber zu diesem Zeitpunkt ist Denise längst vorgesprungen und scannt mit beidhändig vorgehaltener Waffe blitzschnell den Innenraum, während Tobias dasselbe von seiner Position aus tut.

Der Raum, in den sie nun blicken, ist bis in den letzten Winkel ausreichend gut einzusehen und nachweislich bis auf die Einrichtung leer! Aufatmend betreten die Ermittler das gleichsam hell erleuchtete Zimmer mit schussbereiten Pistolen, denn es gibt erfahrungsgemäß selbst in einem kleinen Haus wie diesem viele Verstecke, die es jetzt gemeinsam unter Wahrung sämtlicher Vorsichtsmaßnahmen abzusuchen gilt. Eine Berechtigung dazu haben sie in dieser relativ eindeutigen Situation auf jeden Fall!

***

Eine Viertelstunde später stehen zwei Dinge unwiderruflich fest: Im Haus befindet sich außer ihnen niemand und bis auf die unübersehbaren Einbruchsspuren an der Terrassentür gibt es nirgends sonst Hinweise auf ein gewaltsames Eindringen.

Die Wohnung ist bis auf die übliche Unordnung, die ein Mensch im Tagesverlauf automatisch hinterlässt, in einem durchaus vorzeigbaren Zustand. Das ungemachte Bett im Schlafzimmer zeugt entweder von einer gewissen Nachlässigkeit oder Krause kam nicht mehr dazu, es zu richten. Dasselbe gilt für benutztes Geschirr in der Spüle.

Tobias Heller steckt seine Pistole ins Holster zurück und sieht sich im Wohnzimmer, in dem sie nach ihrem Rundgang erneut angekommen sind, genauer um. Denise Malowski telefoniert derweil mit dem Kommissariat, damit der Chef ein Spurensicherungsteam vorbeischickt. Denn dass hier etwas oberfaul ist, darin sind sich die beiden Kommissare einig. Möglich ist natürlich auch, dass Thomas Krause das Opfer einer Entführung wurde, obwohl nirgends Spuren eines Kampfes zu sehen sind. Inwieweit das hier mit ihrem aktuellen Fall zu tun hat, ist dagegen völlig unklar.

»Also, wenn das alles lediglich ein Riesenzufall ist, hänge ich meinen Beruf auf der Stelle an den Nagel!«, wendet sich Tobias stirnrunzelnd an Denise, die soeben ihr Handy einsteckt. Auf dem

Couchtisch liegt ein Notebook, welches er kurzerhand in Betrieb nimmt, nachdem er sich zuvor vorsorglich Einmalhandschuhe übergestreift hat. »Na sowas! Es ist nicht einmal passwortgeschützt«, murmelt er kurz darauf vor sich hin, während er den Dateiexplorer startet.

»Die Einbruchsspuren besagen doch für sich allein noch gar nichts, Tobi!«, widerspricht Denise, wobei sie ihm neugierig über die Schulter schaut. »Krause könnte den Einbrecher verscheucht haben, bevor dieser etwas klauen konnte, und jetzt ist er zur nächsten Polizeistation gefahren, um den Vorfall zu melden. Immerhin haben wir in der Garage kein Fahrzeug vorgefunden!«

»Und wie erklärst du dir dann *das* hier?«, ruft er aus und schlägt mit der flachen Hand vor lauter Begeisterung auf die Tischplatte, nachdem er eine weitere Datei geöffnet hat. Er dreht den Computer so, dass Denise den Bildschirm besser im Blick hat. Ihre Augen werden groß wie Teller. »Das gibt es doch nicht!«, stößt sie ungläubig hervor, als sie erkennt, worum es sich dabei handelt.

Das Bild gleicht dem erst vor einer knappen Woche gesehenen Videostream: Eine leere Halle mit einem Stuhl, darüber ein Betonklotz an einem Seil. Einzig die Frau fehlt, ihr Platz ist auf dieser Aufnahme frei! Deutlich ist auch der markante Fleck an der linken Wand zu erkennen. Tobias klickt sich nacheinander durch eine Anzahl weiterer Bilder mit ähnlichen Motiven. Ganz zum Schluss folgen eine Außenaufnahme der Halle und ein detaillierter Lageplan. »Wir fahren auf der Stelle dorthin, Denise!«, beschließt er grimmig. »Ich weiß jetzt nämlich, wo das ist!«

* * *

An einem anderen Ort

Das Paket ist zugestellt! Alles läuft wie geplant, die beiden Komiker haben den Köder wie erwartet geschluckt und sind auf dem Weg hierher! Nach einem letzten zufriedenen Blick auf die Anzeige der ganz besonderen App stecke ich das Handy ein und ziehe stattdessen die Pistole aus dem Gürtel.

Der abschließende Check meiner zuvor sorgfältig gereinigten und eingeölten Waffe verläuft wie erwartet positiv, ihr wird in Kürze eine herausragende Rolle im furiosen Finale dieses Spiels zukommen. Es ist also alles für den ›Tanz‹ vorbereitet, doch bevor dieser beginnt, ist noch etwas anderes zu erledigen!

Ich verstaue daher die Pistole wieder in meinem Hosenbund, greife zum Elektroschocker und öffne die Tür nach nebenan, wo der gefesselte und geknebelte Mann mir mit vor Todesangst weit aufgerissenen Augen entgegenblickt. Panisch zerrt er an seinen Fesseln und keucht unverständliche Wortfetzen in seine Knebel.

»Hallo Tom!«, begrüße ich ihn lächelnd und drücke dabei demonstrativ den Schalter auf dem handlichen Gerät, worauf dessen Elektroden mit einem unheilvollen Knistern einen weißblauen Lichtbogen emittieren.

»Sag ›Gute Nacht‹, Tom!« Mein Opfer bäumt sich ein letztes Mal verzweifelt auf, bevor es unter den Stromstößen, die ich in seinen Körper jage, paralysiert in

133

sich zusammensackt. Ich löse seine Fesseln und wuchte ihn mit großem Kraftaufwand aus dem Stuhl. Es wird Zeit, diese Geschichte endgültig zu beenden!

* * *

Letztlich mussten Tobias und Denise doch erst die Ankunft des angeforderten Spurensicherungsteams abwarten, bevor sie sich endlich auf den etwa fünf Kilometer weiten Weg zu einem aufgelassenen ehemaligen Firmengelände am Stadtrand von Troisdorf machen konnten. Die beiden Männer aus Jürgen Vogels Abteilung wurden von Horst Weiland begleitet, der wiederum einen in aller Eile ausgestellten Durchsuchungsbeschluss mitbrachte.

Die Wartezeit bis zum Eintreffen der Kollegen überbrückte Tobias Heller mit einer Anfrage beim Katasteramt bezüglich der auf Krauses Laptop gefundenen Fertigungs- oder Lagerhalle. Laut Liegenschaftskataster hatte dieses Grundstück ihm jedoch niemals gehört, sondern einer bereits vor Jahren Pleite gegangenen Firma, die Verpackungsmaterial herstellte.

So kommt es, dass die Sonne schon hinter dem Horizont verschwindet und dem Himmel im Westen einen rötlichen Glanz verleiht, als sie den Wagen einige Dutzend Meter von ihrem eigentlichen Ziel entfernt am Straßenrand abstellen.

Der ehemals sicherlich befahrbare Weg zu dem Grundstück ist mittlerweile von tiefen Schlaglöchern förmlich übersät, und wo dies nicht der Fall ist, wurde er im Laufe der Zeit von dichtem Unkraut überwuchert. Eine düstere, fast schon unheimliche Stimmung liegt über dem von einer mannshohen Mauer umgebenen Gelände, als Tobias den Motor abstellt und sich zum Aussteigen anschickt.

»Diesmal gehen wir nicht ohne Schutzwesten!«, hält Denise ihn zurück. »Denk an vorhin, die Situation in Krauses Behausung hätte unter anderen Umständen durchaus brenzlig für uns beide werden können!«

»Ist sie aber nicht, und das da ist eine seit Jahren leer stehende, ehemalige Fertigungshalle! Was soll da schon großartig passieren? Meinst du, derjenige, der dort vor einer Woche oder länger das Fake-Video gedreht hat, haust seitdem hier und wartet nur darauf, dass wir endlich anrücken?«

»Es dauert ja sicher nur ein paar Minuten, und ich würde mich gleich viel besser dabei fühlen! Ich habe nämlich so ein eigenartiges Gefühl bei der Sache, als würde etwas Schreckliches passieren. Außerdem ist es hier unheimlich still, fast wie auf einem Friedhof. Nicht einmal die Vögel zwitschern!«

»Das liegt daran, dass wir Januar haben und die meisten Singvögel im warmen Süden sind. Aber bitte: wenn es dich glücklich macht!« Er geht, leise vor sich hinbrummelnd, um den Wagen herum, um die Westen aus dem Kofferraum zu holen. Eine wirft er ihr zu, die sie geschickt mit einer Hand auffängt.

Zwei Minuten später schreiten sie nebeneinander über die Reste des zerklüfteten Pfades in Richtung der Umfassungsmauer, die direkt vor ihnen von einem vier Meter breiten, stählernen Tor unterbrochen ist, welches zwar geschlossen ist, jedoch nicht verriegelt. Beim Betreten des Innenhofes werden sie ohne Vorwarnung von einem wahren Kugelhagel empfangen!

* * *

Einige Minuten später

Die erste bewusste Wahrnehmung ist eine warme, feuchte Zunge, die über ihr Gesicht schlabbert. Die Zweite ist ein Brummschädel, der sich gewaschen hat. In ihrem Kopf dröhnt es, als befände sie sich im Inneren einer riesigen Kirchturmglocke, die zur Andacht läutet. Es fällt ihr schwer, ihre Gedanken zu ordnen und in die richtige Reihenfolge zu bringen.

War ich nicht eben noch mit Tobi auf dem Weg zu einem mutmaßlichen Tatort? Was ist danach passiert? Wenn ich mich nur erinnern könnte! Die Schüsse! Jemand schoss zuerst auf Tobias und dann ... Jetzt weiß ich es wieder: Da hat mir einer zweimal in den Rücken ... Aber warum verspüre ich keinen Schmerz? Tobi! Er verblutet, während ich hier sinnlos herumliege!

In jäher Erkenntnis der brisanten, lebensgefährlichen Lage, in der sie und ihr Partner sich höchstwahrscheinlich immer noch befinden, reißt Denise Malowski die Augen auf und blickt direkt auf eine aus ihrer Perspektive riesige Schnauze einer Deutschen Dogge, aus der besagte Zunge hingebungsvoll über ihr Gesicht leckt.

»Igitt, geh runter von mir, du Monster!«, weist sie das Tier an, das sich davon jedoch völlig unbeeindruckt zeigt und keinerlei Anstalten macht, der Anordnung Folge zu leisten. Stattdessen beäugt es sie jetzt hechelnd mit schief gelegtem Kopf und heraushängender Zunge. Denise will den aufdringlichen Hund deshalb von sich schieben, um sich endlich aus der sitzenden Position erheben zu können, aber ihre Arme sind seltsam kraftlos und die Dogge wiegt zudem mindestens so viel wie sie selbst. Stöhnend gibt sie ihre sinnlosen Bemühungen wieder auf.

»Aus, Nora!«, ertönt jetzt eine tiefe Männerstimme neben ihr, worauf der Koloss – dem Namen nach offenbar ein Weibchen – gehorsam von dannen trabt. Stattdessen schiebt sich der Kopf ihres Herrchens in ihr Blickfeld. Denise sieht einen etwa sechzig Jahre alten, grauhaarigen und sympathisch wirkenden Herrn, der einen ruhigen und gelassenen Eindruck bei ihr hinterlässt und ihr aufmerksam ins Gesicht schaut. Falls es sich bei ihm nicht gerade um den Heckenschützen handelt, ist die Gefahr zunächst wohl gebannt, konstatiert sie erleichtert.

»Ist mit Ihnen alles in Ordnung?«, erkundigt sich der unbekannte Helfer besorgt. »Wie fühlen Sie sich? Bitte schauen Sie mich an und versuchen Sie, nicht blinzeln!«, weist er sie lächelnd an und leuchtet ihr im nächsten Moment mit einer kleinen Stablampe in die Augen, wobei er leise unverständliche Worte vor sich hin murmelt.

Denise lässt die äußerst professionell wirkende Untersuchung geduldig über sich ergehen. Sie erinnert sich jetzt auch wieder an die hitzige Diskussion mit Tobias vor dem Betreten des Grundstücks und ist heilfroh, sich bezüglich der schusssicheren Westen schlussendlich gegen ihn durchgesetzt zu haben.

»Sie haben sich bei dem Sturz eine leichte Gehirnerschütterung zugezogen«, kommentiert der Mann seine Handlung abschließend. »Aber das wird schon wieder. Zum Glück tragen Sie und Ihr Partner Schutzwesten, dadurch wurde zumindest bei Ihnen Schlimmeres verhindert. Ihrem Kollegen hat das leider nichts genutzt, ich konnte die Blutung am Oberarm jedoch mit Noras Hundeleine höchstwahrscheinlich gerade noch rechtzeitig stoppen.«

»Das klingt alles sehr fachmännisch. Sind Sie Arzt?« Denise will sich in eine bequemere Position bringen, scheitert aber erneut an der Taubheit ihrer Gliedmaßen, was ihr Gesprächspartner jedoch nicht zu bemerken scheint. Sie selbst hatte ihre erste Begegnung mit dieser merkwürdigen Körperlähmung wohl einfach verdrängt oder auf den Sturz geschoben, zumal sie nach wie vor keine Schmerzen verspürt, von ihrem enormen Brummschädel einmal abgesehen.

»Doktor Harald Grunewald, zu Ihren Diensten!« Er deutet lächelnd eine Verbeugung an, wohl weniger aus Höflichkeit, sondern um der Situation die Brisanz zu nehmen. »Es scheint so, dass die Schlagader durch den Schuss nur angekratzt und nicht durchtrennt wurde. Ihr Kollege hat zwar trotzdem sehr viel Blut verloren, aber ich kam wohl gerade noch rechtzeitig. Ich habe dann zunächst umgehend zwei Rettungswagen angefordert, die bestimmt jeden Moment eintreffen werden.«

Denise verzichtet darauf, ihn über ihre eigenen diesbezüglichen Bemühungen zu informieren und versucht stattdessen, die Zehen zu bewegen, spürt jedoch ihre Füße nicht. Es ist, als wären diese überhaupt nicht vorhanden! »Äh, wenn ich Ihren Redefluss mal kurz unterbrechen dürfte?«, fährt sie den Arzt heftiger an, als sie es eigentlich wollte. Sie kann nicht verhindern, dass ihr die Tränen in die Augen schießen, als die schreckliche Wahrheit nun doch endlich in ihr Bewusstsein dringt. »Ich kann meine Beine nämlich nicht bewegen!«

»Und das sagen Sie mir erst jetzt? Unter diesen Umständen hätte ich Ihre Lage überhaupt nicht verändern dürfen!«, erschrickt der Mediziner und vergisst dabei völlig, dass sie ihm das in ihrer Bewusstlosigkeit gar nicht mitteilen konnte.

»Ich habe jedoch bei meiner zugegebenermaßen oberflächlichen Untersuchung keine äußeren Verletzungen bei Ihnen feststellen können«, fährt er nach einigen Augenblicken des Nachdenkens etwas ruhiger fort. »Die Schutzweste habe ich allerdings nicht angerührt, das muss jemand in der Notaufnahme machen, wegen der Beweissicherung und so. Die Kugeln, die auf Sie abgefeuert wurden, werden nämlich noch da drin stecken.«

»Sie kennen sich ja richtig gut aus! Ich bin übrigens Denise Malowski, Kriminalhauptkommissarin bei der Kripo Siegburg. Und das mit der Lähmung habe ich selbst gerade erst bemerkt«, flunkert sie.

»Man bekommt im Laufe der Zeit so einiges zu sehen, Frau Malowski. Ich habe aber immerhin für eine bequemere Haltung gesorgt, Sie lagen ja mit dem Gesicht nach unten im Dreck, als ich Sie fand.

Sie wissen sicher, dass diese Westen einen gewissen Anteil der Geschossenergie auf den Körper übertragen? Gehen wir daher zu unseren Gunsten von einer starken Rückenprellung aus, bei der auch etliche Nerven betäubt wurden. Ich glaube aber nicht an eine dauerhafte Lähmung!«

Dr. Grunewald mag vielleicht ein guter Arzt sein, doch als Schauspieler taugt er nach Denises Meinung eher nicht, denn die fette Lüge ist ihm deutlich auf die Stirn geschrieben. »Wo kommen Sie überhaupt so schnell her?«, lässt sie seinen dilettantischen Versuch, sie zu beruhigen, schon zu ihrem eigenen Seelenheil unkommentiert.

Außerdem hat er nicht völlig unrecht mit seiner Erklärung, derart heftige Rückenprellungen können durchaus zu einer vorübergehenden Lähmung der Muskulatur führen. Dies ist zwar ihre erste eigene Erfahrung dieser Art, es ist unter Polizisten aber allgemein bekannt, dass Treffer auf Schutzwesten äußerst schmerzhaft sein können. Sie kennt sogar persönlich ein paar Kollegen, denen etwas Ähnliches schon widerfahren ist. »Wie lange war ich überhaupt bewusstlos?«, wechselt sie daher schnell das heikle Thema, an ihrer Situation ist ohnehin momentan nichts zu ändern.

»Nicht sehr lange, weniger als zwei Minuten. Ich war gerade mit der Verarztung ihres Kollegen fertig, als sie aufwachten. Zu Ihrer ersten Frage: Ich war mit Nora ganz hier in der Nähe, als ich die Schüsse hörte, und bin sofort hierher geeilt.«

»Das war aber extrem leichtsinnig von Ihnen, Sie hätten sich ebenfalls in Lebensgefahr bringen können. Wer weiß denn, ob der Attentäter nicht noch in der Nähe war!«

Denise ist selbst überrascht, dass sie in Anbetracht der Umstände und der Ungewissheit über den wahren Zustand ihres Körpers derart gefasst sein kann, nimmt aber an, dass der Katzenjammer sich früher einstellen wird, als ihr das lieb ist. Außerdem ist sie eine Kämpfernatur, Aufgeben war für sie noch nie eine Option!

»Diese Frage hat sich mir niemals gestellt, Frau Malowski«, dringt die Stimme Grunewalds in ihre Gedanken. »Ich habe schließlich einen Eid geleistet, der mir auferlegt, Leben zu retten, da darf man in solchen Situationen nicht erst überlegen! Aber so sehr gefährlich war das im Grunde gar nicht, meine tapfere Nora lief nämlich voraus und schlug den Kerl in die Flucht. Der ist längst über alle Berge!«

Von der Straße her ertönt jetzt das verheißungsvolle Geräusch zweier Martinshörner, die sehr schnell näherkommen und dann verstummen. Grunewald ist die große Erleichterung deutlich anzusehen, als er das ersehnte Ereignis kommentiert: »Hören Sie das? Das sind die Sanitäter, bald sind Sie und ihr Kollege in Sicherheit. Es wird alles gut!«

Kapitel 9

Die Zimmertür öffnet sich ganz langsam und ein Rollstuhl schiebt sich unter derben Flüchen seiner Fahrerin mühsam rückwärts durch die Öffnung in den Raum. Tobias Heller stellt die Tasse mit dem Gesöff, das die hier als Kaffee bezeichnen, auf das Tablett zurück und verfolgt aufmerksam die Bemühungen der frühen Besucherin.

Seine Partnerin erkennt er außer an ihren Kraftausdrücken, die sie allerdings nur in gewissen Stresssituationen benutzt, sofort an ihrem hellbraunen Haarschopf, der hinten über die Rückenlehne des Krankenstuhls hinausragt und aufgrund der unkontrollierten Bewegungen beim Kampf mit der für sie ungewohnten Technik heftig hin und her schwingt.

Dass er bis jetzt vom Krankenhauspersonal bezüglich ihres Schicksals im Unklaren gelassen wurde und sich daher die allergrößten Sorgen gemacht hat, zeigt er aber nicht, sodass Denise in das übliche, breit grinsende Gesicht blickt, nachdem sie ihr Gefährt, begleitet von weiteren wüsten Beschimpfungen, endlich in die richtige Position neben dem Krankenbett gebracht hat.

»Was gibt es denn da zu grinsen?«, fährt sie ihn an, womit sie aber nur ihre grenzenlose Erleichterung darüber überspielt, ihn gesund und munter vor sich zu sehen. Nur ein breiter Verband an seinem linken Oberarm zeugt von den Ereignissen des gestrigen Tages, die offenbar glimpflicher verlaufen sind, als zunächst befürchtet. Ein wenig blass um die Nase ist er allerdings immer noch.

»Dir scheint es ja prächtig zu gehen!«, zeigt sie mit sarkastischem Unterton auf sein soeben begonnenes Frühstück, welches aus zwei Scheiben Toast, entsprechend vielen Portionen Marmelade und einer kleinen Kanne wässrigem Kaffee besteht. Ein ähnliches Arrangement wurde vorhin auch an ihrem eigenen Krankenbett abgestellt, was sie jedoch geflissentlich ignorierte und sich stattdessen lieber auf die Suche nach ihrem Partner begab.

»Wenn man nicht an einer Schussverletzung stirbt, bringen sie einen hierher, um einen dann systematisch verhungern zu lassen!«, knurrt Tobias und schiebt das karge Mahl angewidert zur Seite. »Ich frage mich, was unser Riesenbaby mit einer solchen Portion abfangen würde. Wolfgang bräuchte doch nur einmal tief Luft zu holen, um es zu verputzen. Der würde das einfach inhalieren! Wie soll ein ausgewachsener Mensch denn von sowas leben?«

Das ganze Geplänkel dient im Grunde nur dazu, die bange Frage nach dem Gesundheitszustand der Partnerin zu vermeiden. Immerhin sitzt Denise jetzt im Rollstuhl vor ihm und seine letzte verschwommene Erinnerung an gestern Abend war, dass man auch auf sie mehrere Male geschossen hatte und dass sie neben ihm zusammengebrochen

war! Allerdings befand er selbst sich zu diesem Zeitpunkt durch den Blutverlust schon halbwegs im
Land der Träume.

»Das mit dem Rollstuhl ist nicht so schlimm,
wie es aussieht«, gibt Denise ihm daher die Auskunft, auf die er ihrer Meinung nach insgeheim
wartet. »Das gleich gestern Abend gemachte CT
war zwar ohne Befund, aber durch die Schüsse auf
die Schutzweste wurden in meinem Rücken starke
Prellungen verursacht, die eine vorübergehende
Lähmung der Beine nach sich zogen. Bis die Schwel-
lungen abgeklungen sind, muss ich in diesem Teil
hier durch die Gegend fahren, werde also noch ein
paar Tage etwas davon haben. Montag werde ich
wahrscheinlich schon entlassen. Und was ist mit
deinem Arm? Als ich dich zuletzt sah, hast du ge-
blutet wie ein Schwein!«

»Das war auch knapp, sagen die Ärzte. Ich muss
wohl weit über ein Liter Blut verloren haben, was
aber durch Transfusionen gleich nach der Operation schon wieder aufgefüllt wurde. Die Verletzung
an sich wäre gar nicht mal so ernst gewesen, kaum
mehr als ein Kratzer. Allerdings hat die Arterie etwas abgekriegt, was die starke Blutung erklärt. Die
haben hier aber einen hervorragenden Gefäßchir-
urgen, der das im Nu wieder zusammengeflickt hat.
Wenn alles gut geht, kann ich in ein paar Tagen sogar schon nach Hause. Wer hat mich eigentlich ver-
arztet? Du warst doch selbst weggetreten, oder
habe ich das bloß geträumt?«

Denise berichtet ihm ausführlich von der wun-
dersamen Rettung durch den zufällig vorbeigekom-
menen Mediziner und seinem Hund, dessen Leine

sozusagen zum Lebensretter wurde. »Übrigens weiß der Chef schon Bescheid«, schließt sie ihren Bericht ab. »Ich habe den beiden Polizisten, die den Krankentransport begleitet haben, jedenfalls eingeschärft, den Tatort unverzüglich für die kriminaltechnische Untersuchung abzusperren und das Kommissariat zu informieren. Unsere Dienstwaffen haben die auch gleich zur Überprüfung mitgenommen, ich habe ja aus meiner geschossen. Und die Schutzwesten habe ich ihnen ebenfalls vorsorglich mitgegeben. Für die Ballistik. Wahrscheinlich wuseln jetzt gerade die Jungs von der Spurensicherung an der Halle herum, sofern sie das nicht schon gestern Abend getan haben.«

»Oje! Wenn das nicht wieder die interne Ermittlung auf den Plan ruft! Wie hast du mich überhaupt gefunden?«, wundert sich Tobias, der sich nach der Operation vergeblich bemüht hatte, etwas über das Schicksal seiner Partnerin herauszubekommen. »Mir jedenfalls wollte niemand sagen, was mit dir ist!«

»Hey! Ich bin Ermittlerin, schon vergessen?«, lacht sie. »Dass du in der Chirurgie liegst, konnte ich mir schließlich denken, und wenn die im Schwesternzimmer die Tafel mit den Belegungen und Medikationen so anbringen, dass man sie von Flur aus durch das Fenster problemlos einsehen kann, sind die doch selber schuld!«

»Mir geht diese ganze Geschichte einfach nicht aus dem Kopf, Denise!«, wechselt Tobias unvermittelt das Thema. »Wo kamen die Schüsse überhaupt her? Man könnte fast denken, da hat jemand auf uns gewartet! Warum sonst sollte sich einer bis an die Zähne bewaffnet in dieser Einöde herumtreiben? Zu klauen gibt es dort doch nichts!«

Ehe Denise auf seine Worte angemessen reagieren kann, meldet sich ihr Telefon mit einem Vibrationsalarm, da sie es aufgrund des generellen Handyverbotes in Krankenhäusern vorsorglich auf lautlos gestellt hat. Mit einem verschmitzten Grinsen zieht sie es aus einem mitgeführten Beutel für Waschutensilien, in dem sie zumindest das private Mobiltelefon vor der strengen Stationsschwester bisher erfolgreich versteckt halten konnte. Ehemann Sven hatte den Kulturbeutel am Abend nebst anderen dringend benötigten Sachen am Empfang abgegeben, da Krankenbesuche aufgrund der hohen Infektionsgefahr derzeit nicht gestattet sind.

»Hi, Betty!«, begrüßt sie ihre Schwester Bettina, deren Konterfei soeben auf dem Display erschienen ist. *Da die beiden eineiige Zwillinge sind, wird bei der Anruferin jetzt haargenau dasselbe Gesicht anzeigt*, geht es Tobias überflüssigerweise durch den Sinn.

Seine Partnerin räuspert sich mehrmals verlegen. »Warum ich nicht an den Dienstapparat gehe? Na ja, das ist so ...« Während Denise in epischer Breite von ihrem ›Malheur‹ erzählt, schaltet Tobias seine Ohren auf Durchzug und widmet sich erneut dem kargen Frühstück. Wenn die Schwestern erst einmal ins Tratschen geraten sind, kann sich das hinziehen.

Genau genommen ist ihre Anwesenheit in seinem Krankenzimmer ohnehin mehr oder weniger verbotswidrig, da neue Patienten mit unbekanntem Infektionsstatus derzeit aus Sicherheitsgründen für bis zu fünf Tage einzeln untergebracht werden und aus diesem Grund natürlich auch keinen Besuch erhalten dürfen.

»Ach, Sven geht leider mit der Situation deutlich weniger entspannt um«, klagt Denise ihrer Schwester jetzt ihr Leid. Tobias wird sofort hellhörig. Gibt es etwa Ärger im Paradies? »Er war sogar richtiggehend sauer, als ich ihn gestern Abend anrief und darum bat, mir ein paar Sachen ins Krankenhaus zu bringen. Er hadert ja schon seit Leonies Geburt damit, dass mein Beruf seiner Meinung nach viel zu gefährlich ist und sieht sich nun natürlich in seiner Ansicht bestätigt. Aber deswegen rufst du sicher nicht an, oder? ... ... Das ist schade, darauf hatte ich wirklich gehofft! ... ... Du, ich muss jetzt Schluss machen, Tobias rollt schon ungeduldig mit den Augen! ... ... Ja, richte ich ihm aus. Tschüss Betty!«

»Ich soll dich ganz herzlich von Bettina grüßen«, teilt sie ihrem Partner mit, nachdem sie ihr Handy wieder sicher verstaut hat. »Und die an dem Seil sichergestellte DNA der mutmaßlichen Täterin ist leider nicht in der Datenbank beim BKA gespeichert, sagte sie.«

* * *

»Horst kommt heute etwas später zum Dienst«, informiert Donner die arg zusammengeschmolzene Truppe zu Beginn der Besprechung. »Er hat gestern noch bis in die Nacht hinein die Tatortuntersuchung begleitet und soll sich erstmal ausschlafen. Gerade in der jetzigen Situation kann ich niemanden gebrauchen, der nicht alle seine Sinne beisammen hat! Verdammt, es wurde gestern Abend auf zwei meiner Leute ein hinterhältiger Anschlag verübt!«, stößt er wütend hervor. »Das darf nicht ungesühnt bleiben!«

Außer Chrissie Ohlsen und Wolfgang Müller, die mit versteinerten Mienen am Tisch sitzen, sind noch Jürgen Vogel und Amara Jones von der Forensik anwesend. Allen steckt der Schock über die Begebenheit förmlich in den Knochen, auch dem Kommissariatsleiter. Was den Kollegen gestern widerfuhr, zeigt einmal mehr die oft verdrängte Gefährlichkeit ihres Berufes, aber an ein Aufgeben denkt nicht einer von ihnen. Jetzt erst recht nicht!

»Hast du was von den beiden gehört?«, erkundigt sich Chrissie besorgt. Sie ist mit Denise befreundet, ein entsprechender Anruf im Krankenhaus gleich zu Dienstbeginn wurde aber mit der lapidaren Information abgeschmettert, man gebe nur direkten Angehörigen über das Befinden der Patienten Auskunft.

»Denise rief mich vor einer Stunde an«, lächelt Donner verschmitzt. »Es war ihr nämlich gelungen, ihr privates Telefon vor der ›Beschlagnahmung‹ durch das Klinikpersonal zu retten. Tobias' Operation ist komplikationslos verlaufen und er wird in ein paar Tagen entlassen. Denise muss ihren Rücken schonen und sitzt zu ihrem Verdruss im Rollstuhl, wird jedoch keine bleibenden Schäden zurückbehalten. Zum Glück haben die beiden ausnahmsweise meine Anordnung tatsächlich befolgt und Schutzwesten getragen!«

»Wissen wir denn schon, ob die Lagerhalle, wo dieser heimtückische Überfall stattfand, die von uns gesuchte ist?«, erkundigt sich Wolfgang Müller nach dem Naheliegenden. Alles andere erscheint ihm jetzt unwichtig. »Sollte dies der Fall sein, würde ich ein zufälliges Zusammentreffen ausschließen!«

»Dazu kann ich etwas sagen!«, lässt sich Horst Weiland von der Tür her vernehmen und schlurft müde zu seinem Platz neben Wolfgang Müller. »War 'ne lange Nacht, und die KTU ist immer noch dort, glaube ich«, verkündet er mit einem fragenden Blick zu Vogel, der seine Vermutung mit einem angedeuteten Nicken bestätigt.

»Als der Chef mich gestern Abend anrief, waren wir soeben mit der Wohnung dieses Thomas Krause durch«, führt Weiland weiter aus. »Da gab es eigentlich nicht viel zu untersuchen, aber wir haben uns dennoch gründlich umgesehen. Irgendwas erschien mir nämlich merkwürdig, so als wäre der Einbruch lediglich fingiert worden. Nirgends gab es Anzeichen von einem gewaltsamen Eindringen, außer eben an der Terrassentür. Einige Nachbarn, die ich befragte, sagten mir zudem, sie hätten Krause seit letztem Samstag nicht mehr zu Gesicht bekommen. Einer der Anwohner sah ihn an diesem Tag nachmittags mit dem Auto wegfahren. Seitdem stand seine Garage leer, behauptet der Nachbar. Von einem Einbruch will niemand etwas mitbekommen haben.«

»Das hört sich ja alles soweit ganz gut an«, unterbricht Christina Ohlsen ihren Kollegen vorlaut. »Aber worin besteht jetzt der Zusammenhang?«

»Warte es ab, junge Dame!«, bescheidet ihr Donner mit mildem Tadel, er wurde von Weiland noch in der Nacht telefonisch informiert. »Ihr beide hattet ja schon Feierabend, als zwei Streifenbeamte mir die Dienstwaffen und die Schutzwesten von Denise und Tobias zur Untersuchung brachten und von den Schüssen auf meine Leute berichteten. Ich habe daher sofort Horst angerufen, der als Einziger verfügbar war, und ihn zu der Lagerhalle beordert. Die Männer der KTU waren ja noch bei ihm. Wie sich bald herausstellte, gibt es sehr wohl einen direkten Zusammenhang zwischen den beiden Tatorten!«

»Ja, und der lag im Inneren des Gebäudes«, fährt Weiland fort. »Wobei wir es sehr viel später betreten haben, da der Überfall ja vor der Umfassungsmauer stattfand und die Tür der Halle zudem von einer Stahlkette mit Vorhängeschloss gesichert wurde, welches wir aber offen vorfanden. Mir war aufgefallen, dass dieses Schloss im Gegensatz zu dem verwahrlost wirkenden Gebäude funkelnagelneu war, also sind wir da rein. Und jetzt ratet mal, was wir gefunden haben? Neben dem gesamten aus dem Video bekannten Equipment, also dem Stuhl, dem ›Betonklotz‹ und so weiter, gab es dort eine Leiche!«, beantwortet er seine rhetorische Frage gleich selbst. »Aber nun dürft ihr wirklich raten, um wen es sich dabei handelte!«

»Jetzt sag bloß, das war Thomas Krause!«, entfährt es Wolfgang Müller. Horst Weiland geht derweil zur Tafel und bringt einige am Tatort angefertigte Fotos an. Auf einem davon ist tatsächlich der Genannte zu sehen, er wurde anstelle des aus dem Video hinreichend bekannten Betonklotzes an dem

Seil hoch über dem Stuhl aufgehängt. Eine weitere Aufnahme zeigt den Oberkommissar, der besagten Betonwürfel mit beiden Händen stemmt.

»Eine Attrappe aus Pappe«, kommentiert er das Foto. »Damit dürfte endgültig klar sein, dass diese ganze Sache mit dem Video ein Fake war! Übrigens attestierte mir die Rechtsmedizinerin, dass Krause erst wenige Stunden zuvor getötet wurde, also höchstwahrscheinlich unmittelbar, bevor Denise und Tobias an der Halle auftauchten. Möglicherweise haben sie den Täter beziehungsweise die Täterin gestört, und er oder sie schoss aus diesem Grund auf die beiden.«

»Das ist wenig wahrscheinlich!«, meldet sich jetzt Jürgen Vogel mit seiner schleppenden Sprechweise zu Wort. Mit der linken Hand schlägt er eine mitgebrachte Dokumentenmappe auf, während er mit der rechten umständlich seine Lesebrille aus der Hemdtasche fischt und aufsetzt.

»Meine Leute sind zwar noch vor Ort«, nickt er Weiland zu, »aber es ist eine andere, etwas umfangreichere Mannschaft als gestern Abend. Daher habe ich einige Dinge bereits seit heute früh im Labor zur Untersuchung, darunter das Seil und das Notebook aus Krauses Haus. Dazu wird euch Amara nachher etwas mehr sagen können. Von mir zunächst nur so viel: Es handelt sich bei dem Strick um einen aus Sisal derselben Machart, wie der schon beim ersten Mord verwendete.«

Der Forensiker schlägt die Mappe zu und blickt die Ermittler der Reihe nach ernst an. »Er hätte von der Stärke her einen *richtigen* Betonwürfel dieser Größe niemals tragen können, was aber in dem Video nicht zu erkennen war. Wir werden selbstverständlich an dem Seil ebenfalls nach menschlicher DNA suchen und die Halle diesbezüglich auf links drehen. Irgendwas findet sich immer!«

»Womit wir bei dem Notebook angekommen wären«, übernimmt Amara Jones. »Wobei zu bezweifeln ist, dass es Krause überhaupt jemals gehört hat! Ich habe nämlich nicht den kleinsten Beweis dafür finden können, und irgendwas Persönliches lässt jeder im Laufe der Zeit auf einem Computer zurück. Fingerabdrücke von ihm waren ebenfalls nicht darauf, Vergleichsmaterial haben wir ja in seiner Strafakte. Genau genommen waren *überhaupt* keine Abdrücke vorhanden!«

Sie macht eine kleine Pause und nimmt für die weiteren Ausführungen ihre Notizen zu Hilfe. »Zu dem Bildmaterial, das Denise und Tobias letztlich zu der Halle führte, wo sie dann überfallen wurden, ist Folgendes zu sagen: Die Fotos sind zeitlich eindeutig *vor* der uns bekannten Videoaufnahme anzusiedeln, das ist durch den unsichtbar in allen Bildern enthaltenen Zeitstempel so gut wie gesichert. Auf den Rechner hochgeladen wurden sie jedoch erst später, und zwar am vergangenen Sonntag um 14:43 Uhr.«

»Hm!«, brummt Donner nachdenklich. »Fassen wir zusammen: Thomas Krause fuhr am Samstag mit dem eigenen PKW fort und wurde seither von den Nachbarn nicht wieder gesehen. Am Tag darauf werden kompromittierende Bilder auf ein ihm wahrscheinlich nicht gehörendes Notebook geladen und dieses zu einem unbekannten Zeitpunkt in seinem Haus deponiert. Der Täter verschaffte sich vermutlich über die Terrassentür Zugang. Gestern Abend finden wir den Mann erhängt in dieser Halle, wobei die Tat unmittelbar vorher verübt worden sein muss! Bin ich der Einzige, dem das merkwürdig erscheint? Vergessen wir in diesem Zusammenhang auch nicht die gemeinsame Vorgeschichte der beiden Opfer, die zudem auf dieselbe Weise getötet wurden!«

»Durch Erhängen«, nickt Chrissie Ohlsen. »Wie ihr damaliges Vergewaltigungsopfer! Haben wir eigentlich schon ein Ergebnis des DNA-Vergleichs?«

»Haben wir! Bettina Kowalski rief heute Morgen ihre Schwester auf dem privaten Handy an, weil Denise nicht im Kommissariat zu erreichen war und sie von den Schüssen noch nichts wusste. Das Ergebnis der Abfrage ist jedoch leider negativ, es gibt keinen Treffer in der Datenbank!«

»Es *muss* einen Zusammenhang geben! Wurde auch eine Analyse bezüglich einer möglichen Blutsverwandtschaft durchgeführt? Die Frau hatte zwar laut unseren Ermittlungen keine Angehörigen, aber vielleicht haben wir ja etwas übersehen.«

»Davon ist wohl auszugehen, da die sogenannten Verwandtschaftskoeffizienten von *DAD* in der Regel automatisch mit berücksichtigt werden.« Donner legt grüblerisch die Stirn in Falten. »Wenn das alles ein minutiös geplanter Racheakt sein soll, frage ich mich allerdings, wie man überhaupt so genau wissen konnte, wann unsere Leute an der Halle auftauchen würden!«

»Dazu kann ich etwas sagen!«, bringt sich Amara Jones in die Diskussion ein, zumal sie mit ihrem Bericht noch gar nicht fertig war. »Auf dem Notebook ist eine Software installiert, die einen Livestream der eingebauten Kamera einschließlich Tonübertragung an einen leider unbekannten Empfänger über eine verschlüsselte Internetverbindung startet, sobald der Bildschirm aufgeklappt wird. Denise und Tobias haben demzufolge ihre Absicht, dorthin fahren zu wollen, sozusagen vorher selbst angekündigt!«

»Das ist ein weiteres Indiz für eine umfassende Planung«, fasst der Kommissariatsleiter abschließend zusammen. »Es erklärt außerdem, weshalb in den Unterlagen des ersten Opfers keine Hinweise bezüglich der Halle zu finden waren, obwohl seine DNA in einem der verwendeten Geräte sichergestellt wurde. Es sieht zudem alles danach aus, dass Krause tagelang in der alten Fertigungshalle gefangengehalten wurde, nachdem er eventuell zuvor unter einem Vorwand dorthin gelockt wurde.«

»Wenn es sich so verhält, werden wir das auch beweisen können«, antwortet Jürgen Vogel ihm selbstbewusst. »Habt ihr die Daten zu seinem Auto? Dann werde ich meine Leute umgehend anweisen, im Umfeld der Halle danach Ausschau zu halten!«

Kapitel 10

»Ich habe einen Termin bei Herrn Leuchner«, behauptet Tobias der jungen Frau am Empfangstresen gegenüber selbstbewusst und zeigt das für solche Zwecke eigens einstudierte Lächeln. Andrea Schulze war hier bereits beschäftigt, als Denise vor gut fünf Jahren in diesen Räumen ihre erste schicksalhafte Begegnung mit ihrem späteren Ehemann Sven hatte, dem diese Praxis gehört.

Er selbst war damals nur ein einziges Mal hier, um den Steuerberater gemeinsam mit Denise zu einem Mord an einem Bekannten zu befragen. Heute hat er einen kleinen Freundschaftsdienst zu erledigen, von dem seine Partnerin jedoch nichts wissen darf. Zum Glück hat sie bereits wieder ihre Arbeit im Kommissariat aufgenommen, wogegen er sich noch ein paar Tage Auszeit nehmen will, um die begonnene Wundheilung nicht zu gefährden.

»Sie können gleich durchgehen, der Herr Leuchner ist gerade frei«, antwortet die Steuerberatergehilfin geschäftsmäßig und schlägt den Terminkalender auf. »Wen darf ich denn melden?«

»Es ist ein privater Termin«, gibt er zurück, ohne auf die Frage nach seinem Namen einzugehen und nickt ihr dankend zu. »Machen Sie sich keine Mühe, ich kenne den Weg!«

In Sven Leuchners Büro fliegt ihm direkt hinter der Tür ein kleiner Wirbelwind förmlich in die Arme. »*Toobiiiii!*«, kreischt Leonie vor lauter Begeisterung, ihn zu sehen. Während der berufsbedingten Abwesenheit ihrer Mutter und solange die Kindergärten geschlossen sind, kümmert sich ihr Vater neben seiner Tätigkeit als Steuerberater um die gemeinsame Tochter, für die dessen Arbeitszimmer daher tagsüber gleichzeitig das Spielzimmer ist.

Da Tobias mit ihm ebenso wie mit seiner Frau befreundet ist, kennt Leo ihn von häufigen Besuchen und ist ganz vernarrt in ihn. Er nimmt die Vierjährige auf den gesunden Arm und gibt Sven die linke Hand. »Wir müssen reden!«, sagt er statt einer Begrüßung, nachdem er das Kind wieder abgesetzt und sich mit einem bezeichnenden Blick zu ihr auf einen der Besucherstühle vor dem Schreibtisch gesetzt hat.

»Lässt du uns wohl mal für einen Moment allein, mein Schatz?«, wendet sich Sven an seine Tochter und wuselt ihr durch die Haare, was ihr ein glockenhelles Kichern entlockt. »Papa hat mit Onkel Tobias etwas zu besprechen. Geh doch bitte für ein paar Minuten zu Andrea, ich komme dich gleich wieder holen!« Leonie stiefelt ohne Protest und stattdessen mit einem erwartungsvollen Leuchten in den Augen gehorsam nach draußen. Papas Angestellte ist immer nett zu ihr und hat außerdem meistens eine große Tüte Gummibärchen dabei.

»Du kommst mir sowieso gerade richtig!«, knurrt der ansonsten eher als sanftmütig bekannte Mann angriffslustig, nachdem sich die Tür hinter dem Kind geschlossen hat. Er holt ein Exemplar der heutigen Ausgabe vom *Rhein-Sieg-Echo* aus einer Schreibtischschublade und schiebt es mit ernster Miene zu Tobias. »Du kannst mir doch sicher mit einfachen Worten erklären, was das hier wieder zu bedeuten hat!«

Tragisches Ende einer Schießerei!

Troisdorf. Am vergangenen Donnerstag gab es laut Berichten einiger Anwohner auf einem seit Jahren brachliegenden ehemaligen Firmengelände im Westen der Stadt einen regen Schusswechsel, an dem angeblich auch mehrere Polizeibeamte beteiligt waren. Beobachtern zufolge wurden später zwei Personen mit Blaulicht und Sirene unter Höchstgeschwindigkeit in ein nahes Krankenhaus gebracht. Die zuständige Behörde war uns gegenüber bislang nicht zu einer Stellungnahme bereit, aus gut unterrichteten Quellen erfuhren wir aber mittlerweile, dass sie am Wochenende ihren schweren Verletzungen erlegen sind. Hat das organisierte Verbrechen Einzug in diese friedliche Stadt gehalten? Ist womöglich eine Drogenrazzia aus dem Ruder gelaufen? Wir wissen es nicht, trauern jedoch um zwei Beamte, die ihr Leben für die Sicherheit unserer Bürger gaben! (*lei*)

***

»Tobias und ich haben das am Wochenende gemeinsam ausbaldowert«, beantwortet Denise Malowski zur selben Zeit eine ähnliche Frage von Kollegin Christina Ohlsen. Der dazugehörige Artikel wurde von Donner zu Beginn der Besprechung für alle gut sichtbar an der Tafel angebracht.

Da keine inneren Verletzungen bei ihr festgestellt wurden, hat man sie gestern Nachmittag auf ihr Drängen aus dem Hospital entlassen. Vermutlich war das Krankenhauspersonal ohnehin froh, die ständig nörgelnde Patientin loszuwerden. Nun sitzt sie mit ihrem Rollstuhl am Besprechungstisch, wofür man einen der Stühle entfernen musste. Die durch die beiden Schüsse verursachte Rückenprellung ist nach wie vor äußerst schmerzhaft und der Arzt riet ihr zum Abschied dringend, die Muskulatur noch eine Weile zu entlasten. Was mit anderen Worten bedeutet, den aufrechten Gang für die kommenden Tage auf ein absolutes Minimum zu beschränken.

»Wir hatten ja im Krankenhaus genügend Zeit zum Nachdenken und sind letztendlich zu dem Schluss gekommen, dass dieses ›Spiel‹ mit dem Mord an Thomas Krause und den anschließenden Schüssen auf uns beendet wäre, sofern der Täter beziehungsweise die Täterin von unserem planmäßigen Dahinscheiden überzeugt werden kann«, erläutert sie den Kollegen ihren Plan.

»Immer vorausgesetzt natürlich, dass es sich bei den Taten tatsächlich um einen Racheakt wegen der Vergewaltigung vor zehn Jahren handelt«, wirft Donner ein. »Was jedoch als nahezu gesichert angesehen werden kann, da die Hinweise mittlerweile nun wirklich nicht mehr zu übersehen sind!«

»Tobias meinte daher, es wäre an der Zeit, eine Gegenoffensive zu starten«, fährt Denise mit ihrer Erklärung fort. »Dazu soll zunächst der Eindruck erweckt werden, der Anschlag auf uns beide sei erfolgreich gewesen, wobei uns zwei glückliche Umstände in die Hände spielen: Einerseits konnte die mutmaßliche Täterin sich durch das Auftauchen des Arztes und seinem Hund nicht mehr mit eigenen Augen von einem Erfolg überzeugen und hatte anderseits die Schutzwesten wegen der bereits eingesetzten Dämmerung vielleicht gar nicht bemerkt. Das hoffen wir jedenfalls. Und weil man gerne glaubt, was in der Zeitung steht, haben wir diesbezüglich ein wenig nachgeholfen.«

»Wie hat die Presse denn nun davon erfahren?«, stellt Wolfgang Müller die berechtigte Frage, die den anderen ebenso auf der Zunge liegt.

»Ach, das war gar nicht mal so schwer«, lacht der Kommissariatsleiter. »Ein paar harmlos dahingeworfene Bemerkungen zum rechten Zeitpunkt an der richtigen Stelle, und der Rest ergibt sich von ganz allein. Es ist im Zeitalter von *Facebook* und *Twitter* ja sowas von leicht, Gerüchte in die Welt zu setzen!«

»Verdammt!«, entfährt es Denise unvermittelt. »Sven liest dieses Käseblatt doch auch, und ich habe ihm gar nichts davon gesagt! Er ist sowieso schon reichlich angepisst, weil ich seiner Meinung nach am Freitag beinahe erschossen worden wäre! Na, das gibt ja heute Abend was … Ich rufe ihn am besten gleich an!«

* * *

»Okay, das habe ich jetzt verstanden«, nickt Sven Leuchner, nachdem Tobias ihm den Grund für diesen Artikel genannt hat. »Indem ihr euch vorübergehend aus diesem ›Spiel‹ nehmt, wiegt ihr den Täter in Sicherheit und habt dadurch Zeit für den nächsten Spielzug. Aber du bist doch nicht extra deswegen vorbeigekommen, oder? Das hätte meine Frau mir ebenso gut erklären können, was sie übrigens versäumt hat!«

»Genau aus diesem Grund bin ich heute hier, Sven! Denise hat vermutlich vergessen, mit dir darüber zu sprechen, weil sie momentan einfach nicht weiß, wo ihr der Kopf steht, und du machst es ihr zusätzlich unnötig schwer! Deine Frau ist sicherlich eine liebevolle Ehefrau und fürsorgliche Mutter, aber eben auch eine sehr engagierte Polizistin! Dieser Beruf ist ihr Leben, nimm ihr das nicht, wenn du sie liebst! Vor die Wahl gestellt, würde sie sich immer für dich und Leo entscheiden, das weißt du! Doch willst du das wirklich? Sie wäre damit nicht glücklich, da kenne ich sie besser als du!«

»Denise wurde beinahe erschossen, Tobias!«

»Jetzt übertreib mal nicht gleich, wir trugen beide Schutzwesten und deiner Frau geht es bis auf die blauen Flecken ausgezeichnet! Weißt du eigentlich, dass die Gefahr, in eine bewaffnete Auseinandersetzung zu geraten, für Kriminalbeamte eher gering ist? Die meisten von uns benutzen während ihrer gesamten Dienstzeit außer zum Schießtraining nicht einmal ihre Waffe!«

»Das muss mir ausgerechnet einer sagen, auf den bereits zweimal geschossen wurde, seit ich ihn kenne«, brummt Leuchner, klingt aber schon leicht besänftigt. »Und das sind gerade mal fünf Jahre!«

»Hey! Das erste Mal kannst du nicht werten!«, grinst Tobias. »Das war sozusagen ›*Friendly Fire*‹ und ich hatte Chrissie befohlen, auf mich zu schießen! Es erschien mir damals die einzige Möglichkeit zu sein, die Situation zu deeskalieren. Ich würde ihr nämlich ebenso wie deiner Frau jederzeit, und ohne lange nachzudenken, mein Leben anvertrauen! Das am Donnerstag war im Grunde sowieso ganz anders, als es den Anschein hatte. Ich wurde nicht von einer Kugel, sondern von einem Metallsplitter am Arm getroffen, der wahrscheinlich von einem Querschläger aus dem eisernen Tor geschleudert wurde. Die Wunde wäre auch gar nicht besonders gefährlich gewesen, wenn der Splitter nicht ausgerechnet in der Arterie gesteckt hätte. Unter normalen Umständen würde ich da nur ein Pflaster draufgeklebt haben.«

»Dann ist das ja was anderes, ich hatte mich ehrlich gesagt ziemlich gewundert, dass du so wenige Tage nach einer Schussverletzung schon wieder munter in der Gegend herumrennst. Wie geht deine Frau eigentlich mit sowas um?«, will der Freund unvermittelt wissen. Tobias' Worte scheinen demnach bei ihm angekommen zu sein.

»Melanie? Sie ist ein harter Brocken und selbst Polizistin. Sie weiß natürlich um die Risiken, aber einer muss diese Arbeit schließlich machen, Sven! Und Denise ist eine der besten Ermittlerinnen, die ich kenne! Wir werden weiterhin gegenseitig aufeinander aufpassen, das verspreche ich dir!«

»Wie wollt ihr in eurem Fall denn jetzt überhaupt weiter vorgehen, oder ist das ein Geheimnis?«, wechselt Sven unvermittelt das heikle Thema. Tobias hofft jedoch, ihn mit seinen Worten wenigstens ein kleines bisschen zum Nachdenken angeregt zu haben, denn das glaubt er seiner Kollegin schuldig zu sein.

»Eigentlich nicht. Wir haben die Vermutung, dass die Taten von einer Angehörigen eines früheren Opfers begangen wurden«, bleibt Tobias dennoch vage. »Dass es sich um eine Frau handelt, ist durch ihre DNA bekannt, die wir an einem der Tatorte fanden. Unglücklicherweise gibt es keinen Beweis für eine Verwandtschaft, da genetische Informationen von Opfern normalerweise nicht in den Datenbanken gespeichert werden. Ein Vergleich ist daher in diesem Fall leider nicht möglich. Außerdem hatte die Frau unseres Wissens keine Angehörigen.«

»Könnt ihr die Leiche nicht einfach ausgraben, um an ihre DNA zu gelangen?«, schlägt Sven vor.

»Du meinst eine Exhumierung? Du siehst zu viele schlechte Krimis im Fernsehen!«, lacht Tobias. »Wir bekämen ohne konkrete Hinweise auf einen unmittelbaren Zusammenhang nicht einmal die Erlaubnis dazu, und wenn wir diese Beweise hätten, bräuchten wir keine Exhumierung!«

Plötzlich stutzt er und legt grüblerisch die Hand ans Kinn. »Aber du bringst mich da auf eine Idee!«, ruft er aus und springt wie von der Feder geschnellt von seinem Stuhl auf. »Ich muss in Ruhe darüber nachdenken!« Im nächsten Moment ist er auch schon zur Tür hinausgestürmt. »Tschüss Sven!«, hört ihn der leicht irritierte Freund noch von draußen rufen. Kopfschüttelnd widmet er sich wieder seiner durch den Besuch unterbrochenen Arbeit.

* * *

Indessen erläutert Jürgen Vogel die an und in der Halle vorgefundene Spurenlage. »Meine Leute haben sich nicht nur in der Tatnacht, sondern auch an den beiden folgenden Tagen mit aller gebotenen Gründlichkeit dort umgesehen«, beginnt er seinen Bericht. »Bei einem Schusswechsel mit Polizeibeteiligung ist bekanntlich extreme Sorgfalt angebracht, da sich die interne Ermittlung mit großer Wahrscheinlichkeit für den Vorfall interessieren dürfte. Deshalb haben wir an diesen drei Tagen praktisch jeden Quadratzentimeter des Grundstücks abgesucht und jeden Stein einzeln umgedreht. Das Ergebnis kann sich durchaus sehen lassen!«

»Wir fanden insgesamt elf Geschosse und sämtliche dazugehörenden Patronenhülsen«, fährt er nach einer Kunstpause fort. »Die Kugeln sind alle vom selben Kaliber, nämlich dem für Dienstwaffen der Polizei gebräuchlichen neun Millimeter, wurden jedoch nachweislich aus verschiedenen Waffen abgegeben. Drei Schüsse kamen aus Denises Pistole, acht hingegen aus einer uns unbekannten Schusswaffe, wovon zwei in der Schutzweste der Kollegin stecken geblieben waren. Die entsprechenden Hülsen, die aufgrund eines anderen Herstellers eindeutig zugeordnet werden können, sowie die aus der Dienstwaffe lagen draußen, also jenseits der Umfassungsmauer, die übrigen im Inneren der Anlage nahe der Halle. Aus Tobias' Dienstpistole wurde definitiv nicht geschossen.«

»Das deckt sich vollständig mit meiner Erinnerung«, nickt Denise. »Als Tobias und ich den Innenhof betraten, wurden wir sofort von Schüssen in Empfang genommen. Ich habe sie nicht gezählt, aber es werden so fünf oder sechs gewesen sein. Wieder vor der Mauer in vermeintlicher Sicherheit angekommen, bekam ich dann die beiden Treffer in den Rücken. Wir gingen deshalb davon aus, dass es sich um mindestens zwei Heckenschützen gehandelt haben muss, wovon einer drinnen gewartet hatte, während der andere uns draußen auflauerte!«

»Nun, die plattgedrückten Geschosse aus der Weste taugen selbstverständlich nicht zu einem ballistischen Vergleich«, äußert sich der Forensiker dazu. »Dennoch kann ich einen zweiten Täter ausschließen! Wie ihr sicher wisst, hinterlassen Schusswaffen eindeutige Markierungen an den ausgeworfenen Hülsen, und der Abdruck des Schlagbolzens ist sogar wie ein Fingerabdruck zu werten. Mir anderen Worten: Sämtliche Schüsse, also auch die auf dich, wurden von ein und derselben Waffe abgegeben! Wahrscheinlich gelang es dem Attentäter, schnell hinter euch über die Mauer zu klettern, während du und Tobias mit Überleben beschäftigt wart. Dies wiederum würde auf eine jüngere, zumindest aber sehr sportliche Person hinweisen!«

»Jedenfalls ist er oder sie offenbar ein miserabler Schütze. Was sagt denn die Ballistik?«, will Donner wissen und meint damit die mögliche Zugehörigkeit der Tatwaffe zu einem bekannten Fall.

»Nichts, was uns weiterbringen würde. Die Pistole wurde zuletzt vor etwa acht Jahren bei einem bewaffneten Überfall in Hamburg benutzt, bei dem ein Wachmann angeschossen wurde. Eine Zuordnung war damals schon nicht möglich, wahrscheinlich erwarb ihr jetziger Besitzer sie irgendwann danach illegal auf dem schwarzen Markt.«

»Das dachte ich mir. Danke für deine detaillierte Analyse, Jürgen. Mit diesen Angaben wird sich die ›interne‹ hoffentlich zufriedengeben. Ich verspüre nämlich keine Lust, diesen Papagei ...«

»Specht!«, wirft Chrissie grinsend ein.

»… hier noch einmal herumflattern zu sehen«, beendet Donner den Satz ungerührt. »Was ist mit den übrigen Spuren?«, wendet er sich erneut an den Forensiker. »Wir haben schließlich nach wie vor zwei Mordfälle zu lösen. Nicht, dass dies in Vergessenheit gerät!«

»Damit sind wir noch beschäftigt, erste Ergebnisse wird es aufgrund der großen Datenmenge allerdings frühesten morgen geben. Das gilt in besonderem Maße auch für den Toyota des Opfers, der tatsächlich wie angenommen in der Nähe der Halle in einer Seitenstraße abgestellt war und den wir derzeit spurentechnisch auseinandernehmen. Im Handschuhfach lag ein Handy, welches sich Amara zur Stunde vornimmt. Das wird ebenfalls noch etwas dauern, fürchte ich.«

»Dann warten wir das wohl oder übel ab. Durch den Ausfall der beiden leitenden Ermittler für Außeneinsätze bleiben leider nicht mehr viele von euch für die Autopsie heute Nachmittag übrig«, schaut der Kommissariatsleiter in die Runde. »Erledigst du das ausnahmsweise, Horst? Chrissie und Wolfgang würde ich nämlich gerne hierbehalten, um im Notfall wenigstens ein eingespieltes Ermittlerduo zur Verfügung zu haben.«

»Es ist kaum zu glauben, dass wir wie zwei blutige Anfänger blindlings in eine vorbereitete Falle getappt sind!«, schimpft Denise. »Ich könnte mir stundenlang in den Hintern beißen!«

»Lieber nicht, den wirst du in den nächsten Tagen noch dringend benötigen«, gibt Donner trocken zurück. »Außerdem habt ihr euch nicht das Geringste vorzuwerfen! Die Kausalkette, die zu diesem Ereignis führte, war logisch aufgebaut und entsprach zudem komplett unserer Erwartungshaltung.« Er nimmt seine Farbstifte zur Hand und stellt sich an der Tafel auf. »Halten wir die Fakten noch einmal fest:

→ der Videostream einer angeblich in Lebensgefahr schwebenden Frau lotste euch zu dieser Lagerhalle, wobei es uns bewusst leicht gemacht wurde, in der verfügbaren Zeit ihren Standort zu ermitteln.

→ der Bildausfall kurz vor Ende des Countdowns wurde absichtlich herbeigeführt, um die Dramatik zu erhöhen und um uns weiterhin im Spiel zu halten, beziehungsweise am Nachdenken zu hindern.

→ das Haar in dem anderen Gehäuse brachte uns zu Oliver Paschke, der somit den Beginn einer recht deutlichen Spur markierte, der wir natürlich gefolgt sind und die uns letztendlich auf direktem Wege zu Thomas Krause führte.

→ dieser wiederum schien nach einem Einbruch spurlos verschwunden zu sein, hinterließ aber – so musste es für euch jedenfalls zunächst aussehen – ein Notebook, auf dem genügend Material gespeichert war, um die *richtige* Halle ausfindig zu machen.

→ durch die zuvor installierte Spionagesoftware auf diesem Computer erfuhr man in Echtzeit von eurer Absicht, umgehend dorthin fahren zu wollen, und erwartete euch in dieser abgeschiedenen Gegend zum Showdown. Den seit mehreren Tagen dort gefangengehaltenen Thomas Krause tötete man jedoch erst kurz zuvor, um uns allen zum Abschluss noch eine lange Nase zu drehen!«

»Warum schoss man dann aber sofort auf die beiden, als sie das Grundstück betraten?«, wundert sich Chrissie Ohlsen, wobei sie unwillkürlich die geschlechtsneutrale Bezeichnung des Chefs übernimmt, obwohl mittlerweile zumindest *eine* weibliche Beteiligung feststeht. »Es wäre doch logisch gewesen, Denise und Tobias zuerst in dem Gebäude die Leiche finden zu lassen, stattdessen ballert man gleich wild in der Gegend herum und trifft noch nicht einmal!«

»Was weiß denn ich? Vielleicht kamen sie zu früh und man hat die Nerven verloren. Oder sie waren zu spät und man wurde ungeduldig. Jedenfalls haben wir dadurch jetzt mit den angeblich verstorbenen Ermittlern ein Ass im Ärmel, sie dürfen sich nur in den nächsten Tagen nicht allzu oft draußen blicken lassen! Das ›Spiel‹ ist nämlich längst nicht zu Ende, nur dass nun *wir* am Zug sind!«

* * *

»Was machst *du* denn hier? Wolltest du nicht noch ein paar Tage zu Hause bleiben?«, entfährt es Denise überrascht, als sie in ihr Büro rollt und ihren Partner an seinem Schreibtisch sitzen sieht, von wo aus er ihr mit dem üblichen jungenhaften Grinsen entgegenblickt. Mit Tobias' unverhofften Auftauchen hatte sie zu diesem Zeitpunkt ganz bestimmt nicht gerechnet, freut sich aber natürlich über seine Anwesenheit, da sie momentan jede Unterstützung gebrauchen kann.

»Da war es mir zu langweilig«, behauptet er mit einem Schulterzucken. Dass er bei ihrem Mann war, soll sie ja nicht wissen. »Hat die heutige Fallbesprechung wenigstens etwas Neues ergeben?«

Denise unterrichtet ihn stichwortartig über den Bericht der Forensik und den daraus gewonnenen spärlichen Erkenntnissen. »Solange wir diese vermaledeite DNA vom ersten Tatort keiner bekannten Person zuweisen können, sind wir allerdings dadurch nicht einen einzigen Schritt weitergekommen«, beendet sie ihre Ausführungen und nimmt dankbar den Becher entgegen, den Tobias für sie frisch an der Kaffeemaschine gefüllt hat.

»Es wird immer mehr zur Gewissheit, dass die Ereignisse alle etwas mit der Vergewaltigung vor zehn Jahren zu tun haben müssen«, fasst er die bisher bekannten Fakten zusammen. »Beziehungsweise mit dem anschließenden Suizid des Opfers. Genau da müssen wir ansetzen, Denise! Es ist mehr als wahrscheinlich, dass unsere mutmaßliche Täterin einen persönlichen Bezug zu dieser Geschichte hat!«

»Das hatten wir doch schon ausgeschlossen, da Anverwandte des damaligen Opfers bisher nicht zu ermitteln waren. Und ein genetischer Beweis für eine Blutsverwandtschaft ist unmöglich, solange wir über keine entsprechende Vergleichsprobe verfügen. Und diese bekämen wir allenfalls durch eine Exhumierung, da Eveline Bergers DNA nicht in der Datenbank gespeichert ist! Habe ich etwas vergessen?«

»Eine Leichenausgrabung ist eventuell gar nicht nötig«, schmunzelt Tobias, weil Sven ihm vor kaum einer Stunde einen ähnlichen Vorschlag unterbreitet hatte, was er ihr aber nicht auf die Nase binden muss. »Hat Eveline Berger im Rhein-Sieg-Kreis gewohnt?«, wechselt er anscheinend unvermittelt das Thema.

»In Bonn, warum fragst du?«

»Weil nach ihrem Selbstmord ganz sicher eine Autopsie vorgenommen wurde, um ein Fremdverschulden eindeutig auszuschließen. Bei derart jungen Menschen wie ihr ist das sowieso Vorschrift. Und wenn die Dame ihren Wohnsitz in Bonn hatte, wurde die Leichenschau mit an Sicherheit grenzender Wahrscheinlichkeit von Professor Doktor Balensiefen durchgeführt, und den rufe ich jetzt an!«, informiert er sie mit einem Griff zum Telefonhörer.

»Ah, Herr Heller! Welche Freude, von Ihnen zu hören!«, ertönt kurz darauf die markante Stimme des sympathischen Pathologen aus dem Lautsprecher seines Telefons. »Nach der wenig erquicklichen Lektüre der heutigen Tageszeitung hegte ich bereits die schlimmsten Befürchtungen, was Ihr Wohl und das Ihrer bezaubernden Kollegin angeht!«

»Uns geht es gut, Herr Professor!«, ruft Denise lachend von ihrem Schreibtisch herüber. »Ich freue mich ebenfalls, Ihre Stimme zu hören. Sie haben sich kein bisschen verändert, ganz der Charmeur wie immer!«

»Wir sind sozusagen wieder von den Toten auferstanden«, informiert Tobias den Rechtsmediziner kurz angebunden. »Ich muss Sie aber darum bitten, absolutes Stillschweigen darüber zu bewahren!«

»Verstehe ... Und was verschafft mir jetzt die Ehre Ihres Anrufs? Sie werden ja wohl kaum über das Wetter mit mir plaudern wollen, nehme ich an.«

»Ich weiß nicht einmal, ob Sie uns überhaupt weiterhelfen können. Wir haben hier eine DNA, die wir nicht zuordnen können, vermuten aber einen Zusammenhang mit einem zehn Jahre zurückliegenden Fall. Es ging damals um eine Vergewaltigung und die Frau nahm sich kurze Zeit danach das Leben, indem sie sich in ihrer Wohnung erhängte.«

»Vor zehn Jahren, sagten Sie? Ich glaube, mich an diese Angelegenheit zu erinnern. Warten Sie bitte einen kleinen Augenblick!« Aus dem Lautsprecher dringen minutenlang Tastaturgeräusche, die von unverständlichem Gemurmel Balensiefens begleitet werden.

»Ihre Vermutung trifft zu, Herr Heller!«, dringt schließlich seine Stimme wieder aus dem Telefon. »Ich hatte die junge Frau damals tatsächlich auf meinem Sektionstisch zur Untersuchung, doch es lag definitiv kein Fremdverschulden vor. Sie hatte zwar DNA unter den Fingernägeln, aber die stammte von ihr selbst, wie ein Vergleich ergab. Sie wird sich wohl irgendwann vor ihrem Dahinscheiden gekratzt haben.«

Bingo! Tobias schaut seine Kollegin triumphierend an. Denise hält den gestreckten Daumen hoch,

womit sie ihm stumm zu seiner genialen Eingebung gratuliert. »Haben Sie das Ergebnis der DNA-
Analyse noch in ihren Unterlagen?«, erkundigt er
sich lauernd bei seinem Gesprächspartner, der offenbar ebenso wie er selbst dazu neigt, selten etwas
wegzuwerfen.

»Leider nicht, doch es existieren mindestens
zwei weitere Möglichkeiten: Entweder das human-
genetische Institut, welches die Untersuchung seinerzeit durchführte, hat noch ein Exemplar der damaligen Analyse in den Akten – was ich jedoch
stark bezweifle – oder aber Sie lassen sich von der
Kripo in Bonn eine Kopie der Fallakte aushändigen.
Die darin abgeheftete DNA geben Sie in die Datenbank beim BKA ein, für *DAD* ist der Abgleich mit
der Ihnen vorliegenden genetischen Information
eine Sache von wenigen Minuten!«

Kapitel 11

Dienstag, 19. Januar, 08:52 Uhr

Denise scrollt sich durch das Menü des Mobiltelefons aus dem Toyota, das Amara Jones, wie nicht anders erwartet, ziemlich bald geknackt hatte. Wie sich schnell herausstellte, gehörte es tatsächlich Thomas Krause, weshalb dieser es allerdings im Wagen zurückließ, wird hingegen wohl für immer ein Geheimnis bleiben. Was er jedoch an dieser abbruchreifen Halle wollte, die ihm letztendlich zum Verhängnis wurde, hofft man mittels der Daten auf seinem Smartphone herauszubekommen.

Für polizeiliche Ermittlungen dieser Art stellen solche Telefone nämlich oftmals eine wahre Fundgrube dar, da die meisten Menschen heutzutage nahezu ihr gesamtes soziales Leben darauf abbilden. Eine Tobias unbekannte, beschwingte Melodie halblaut vor sich hinsummend, schaut sich die Ermittlerin daher zuerst die Nachrichten im Postfach des Handys an und wechselt dann zu den Inhalten von SMS und *WhatsApp*.

»So gut gelaunt heute?«, erkundigt er sich abwesend, während er in der Ermittlungsakte zu Eveline Bergers Suizid liest, die ihm die Bonner Kollegen gleich zu Dienstbeginn in digitaler Form per E-Mail zukommen ließen. Es geht ihm zwar vornehmlich um den tatsächlich darin enthaltenen genetischen Fingerabdruck, aber es kann seiner Ansicht nach niemals schaden, sich über einen Sachverhalt vollständig ins Bild zu setzen, wenn dieser einem schon mal vorliegt. Und bis zur Fallbesprechung ist noch genügend Zeit, das Blatt mit der DNA-Analyse in *DAD* einzuspeisen. Bis es dann in das für einen Vergleich notwendige Format konvertiert ist, wird es ohnehin eine Weile dauern.

»Ach, es geht mir einfach hervorragend«, gibt sie vergnügt zurück. »Die Schmerzen klingen langsam ab, sodass ich sicher bald auf dieses Gefährt hier verzichten kann«, klopft sie auf die Armlehnen ihres Rollstuhls. »Und Sven hat auf einmal viel mehr Verständnis für meine Lage gezeigt, richtig fürsorglich hat er sich gestern Abend verhalten! Das hat nicht zufällig mit dem Besuch eines gewissen Herrn in der Praxis zu tun?«, fügt sie beiläufig, aber mit einem lauernden Unterton hinzu.

Ups! Leo hat wohl gepetzt, fühlt Tobias sich ertappt. »Ich weiß wirklich nicht, was du meinst!«, tut er dennoch betont unschuldig und gibt vor, weiterhin konzentriert in der Akte zu lesen. Was ihm jedoch nichts nützt, wie sich sofort herausstellt.

»Was wolltest du überhaupt dort?«, folgt nämlich wie aus der Pistole geschossen umgehend die nächste inquisitorische Frage. »Das letzte und meines Wissens auch einzige Mal warst du vor fünf Jahren mit mir gemeinsam wegen einer Zeugenbefragung in der Praxis!«

Wie hatte ich mir nur ernsthaft einbilden können, dass sie das nicht herauskriegt?, schießt es ihm durch den Kopf, gibt sich aber nach wie vor unwissend. »Sven ist ein Freund! Wir hatten was miteinander zu bereden. Nichts Besonderes, Männerkram eben. Und zu Hause war es mir etwas langweilig geworden!«

»Was denn für Männerkram? Mit Fußball, Autorennen und Angeln habt ihr beide nichts am Hut und die Kneipen sind derzeit geschlossen, was bleibt denn da noch übrig?«

»Äh, ich werde dann mal in die Forensik gehen und die DNA-Analyse von Eveline Berger zum BKA hochladen«, beendet er die für ihn langsam gefährliche Ausmaße annehmende Diskussion abrupt, entnimmt dem Drucker das soeben ausgedruckte Blatt und ergreift die Flucht. Zum Glück benötigt er für sein Vorhaben einen Scanner, der aber nur in den Räumen der KTU verfügbar ist.

»Danke, Tobi!«, ruft Denise ihm ausgelassen hinterher, weil sie sich im Grunde über das positive Ergebnis seiner Einmischung freut. Mit frischem Elan widmet sie sich erneut der unterbrochenen Untersuchung des Smartphones aus Krauses Besitz. Ihre Vermutung, dass die damaligen Freunde immer noch Verbindung zueinander hatten, scheint sich zu bewahrheiten, da in den Kontakten ein Oliver mit einer Mobiltelefonnummer abgespeichert ist.

In Paschkes Wohnung gab es zwar einen zugegebenermaßen recht betagten Computer, aber merkwürdigerweise weder einen Festnetzanschluss noch ein Mobiltelefon. Aufgrund eines Handyvertrages, den Chrissie in seinen persönlichen Unterlagen fand, war es ihr jedoch ein Leichtes gewesen, die Verbindungsdaten von seinem Provider anzufordern. Diese dürften mittlerweile eingetroffen sein und spätestens jetzt, nämlich in Zusammenhang mit den auf diesem Telefon gespeicherten Chat-Verläufen, einen äußerst interessanten Ermittlungsansatz ergeben!

Da sieh mal einer an! Jetzt wissen wir wenigstens, wo das vermisste Teil wahrscheinlich abgeblieben ist, freut sich Denise in stiller Vorfreude händereibend über ihren Fund und schaut auf die Uhr. *Gleich ist es auch schon wieder Zeit für die Fallbesprechung. Na, die werden vielleicht Augen machen!*

* * *

»Die gestern Nachmittag durchgeführte Autopsie hat wie erwartet keine allzu großen Überraschungen an den Tag gebracht«, berichtet Horst Weiland den Kollegen von seinem Ausflug in die Rechtsmedizin. »Als Todeszeitpunkt attestierte Doktor de Luca mir den vergangenen Donnerstag, 16:00 Uhr, plus/minus dreißig Minuten. Das konnte sie deshalb so exakt bestimmen, weil sie kurz nach Auffinden der Leiche vor Ort war und somit über genaue Daten verfügte. Die Todesursache war dieselbe wie bei Oliver Paschke: er erstickte qualvoll infolge des langsamen Aufhängens an einer Art Galgen. Auch er wurde zuvor mittels eines Elektroschockers gefügig gemacht. Deutliche Abschürfungen an Hand- und Fußgelenken, die von Stricken verursacht wurden, zeugen zudem von einer mehrtägigen Gefangenschaft vor der Exekution.«

»Exekution ist das richtige Wort«, nickt Tobias Heller. »Wir dürfen mittlerweile wohl endgültig von einem verspäteten Racheakt ausgehen, der auf eine noch zu klärende Weise mit einem von den beiden Mordopfern vor zehn Jahren verübten Verbrechen zusammenhängt. Und zwar handelt es sich dabei um die gemeinschaftlich begangene Vergewaltigung von Eveline Berger. Der Todeszeitpunkt dürfte zudem ziemlich exakt mit unserer Anwesenheit in Krauses Wohnung übereinstimmen, wenn ich das richtig in Erinnerung behalten habe.«

»Das stimmt, ich hatte kurz vorher auf die Uhr geschaut«, bestätigt Denise Malowski seine Einschätzung. »Demnach waren wir gegen halb vier in dem Haus, welches wir zunächst aufgrund der unübersehbaren Einbruchsspuren gründlich durchsuchten. Anschließend rief ich im Kommissariat an, um ein Spurensicherungsteam anzufordern. Zeitgleich sah sich Tobias den Computer auf dem Wohnzimmertisch an. Darauf befanden sich deutliche Hinweise zu der alten Halle in Troisdorf-West, die wir etwa eine Stunde später aufsuchten. Den Rest kennt ihr!«

»Wir werden es demnach auch hier mit derselben Täterin zu tun haben«, fasst Donner die Fakten zusammen. »Es würde mich daher nicht sonderlich wundern, wenn es am zweiten Tatort ebenfalls entsprechende DNA gibt, da man offensichtlich sehr sorglos damit umgeht. Hast du diesbezüglich schon erste Ergebnisse?«, wendet er sich an Jürgen Vogel, der ungeduldig auf seinen Einsatz gewartet hat.

»Ich dachte, du fragst nie!«, brummt der Leiter der Forensik verstimmt. »Wir haben in der Tat, wie bereits am ersten Tatort, Hautzellen an dem Seil sicherstellen können, mit dem das Opfer erhängt wurde. Ich will es kurz machen: Es handelt sich um exakt dieselbe DNA! Mit dem Toyota sind wir ebenfalls durch, darin befanden sich aber ausschließlich

Spuren des Besitzers. Übrigens war der Wagen nicht abgeschlossen und der Schlüssel steckte im Zündschloss, so als hätte der Fahrer es ungewöhnlich eilig gehabt.«

»Das hängt vielleicht mit dem Inhalt der Botschaft zusammen, die er zuvor erhielt«, platzt Denise mit ihrer Sensation heraus. »Er bekam nämlich am Samstag über *WhatsApp* eine Aufforderung, sich dort zu einem Treffen einzufinden. Und diese Mitteilung wurde vom Handy seines Kumpels Oliver Paschke abgeschickt, der zu diesem Zeitpunkt jedoch schon seit mindestens vierundzwanzig Stunden tot in seiner Wohnung hing! Die Nachricht lautet: ›*E.B. ist wieder aufgetaucht! Wir müssen reden! Komm heute Nachmittag um Punkt 16:00 Uhr zu dieser Adresse!*‹ Es folgt eine detaillierte Wegbeschreibung. Wenn es das bedeutet, was ich vermute, wäre seine Hast beim Verlassen des Autos hinreichend erklärt.«

»Das könnte natürlich ein Hinweis auf Eveline Berger sein, eindeutig ist es jedoch nicht! Ich habe aber zwischenzeitlich ihre DNA vorliegen«, meldet sich Tobias wieder zu Wort und berichtet ausführlich, auf welche Weise ihm dies gelungen ist. »Wir werden daher heute noch Gewissheit darüber erlangen, ob es sich bei der Täterin um eine bisher unbekannte nahe Angehörige handelt oder nicht!«

»Falls es sich nicht so verhält, stehen wir wieder mit leeren Händen da!«, unkt Wolfgang Müller. »Eine andere Spur, wenn wir die wenigen einigermaßen logisch erscheinenden Schlussfolgerungen aus den beiden Taten überhaupt so nennen dürfen, haben wir ja bekanntlich nicht. Einzig ein Zusammenhang mit der Vergewaltigung scheint mittlerweile gesichert, ist aber im Grunde ebenfalls noch nicht in trockenen Tüchern!«

»Nun, zumindest wissen wir jetzt, was Thomas Krause an der Halle wollte, wo er tagelang gefangen gehalten und schließlich getötet wurde!«, beendet Denise die ohnehin fruchtlose Diskussion.

»Krause konnte vom gewaltsamen Tod seines Kumpels zu diesem Zeitpunkt noch nichts wissen, da dieser erst am Dienstag von uns gefunden wurde«, äußert sich Chrissie Ohlsen stirnrunzelnd dazu und kramt in ihren mitgebrachten Unterlagen, um ein mehrseitiges Dokument hervorzuholen. »Er wurde also mit dieser Botschaft gezielt dorthin gelockt, nachdem die Täterin zuvor das Handy aus der Wohnung ihres ersten Opfers exakt zu diesem Zweck mitgenommen hatte!«

»Hätte sie dazu nicht einen Code zum Entsperren des Telefons benötigt?«, wendet Donner ein. »Die Nachricht wurde immerhin erst am folgenden Tag abgesetzt, also *mein* Handy sperrt sich schon nach zwei Minuten Nichtbenutzung!«

»Nicht zwangsläufig, Chef. Moderne Smartphones haben heutzutage einen Fingerabdruckscanner integriert. Viele Handybesitzer benutzen diesen mittlerweile zum Entsperren ihres Telefons, weil es bequemer ist, als einen Code einzugeben. Und Finger hatte die Täterin am Tatort ja genügend zur Verfügung. Anschließend musste sie nur noch die Sperre für die spätere Verwendung deaktivieren. Oder sie erpresste die PIN von dem wehrlosen Opfer. Wann wurde die Nachricht denn gesendet?«, wendet sich Chrissie nach dieser technischen Exkursion wieder an die Kollegin.

Denise nennt ihr die Uhrzeit der Sendung, wohl wissend, dass der Empfang der Mitteilung durchaus erheblich später stattgefunden haben kann. Dieser hängt nämlich davon ab, wann das absendende Gerät über eine Netzwerkverbindung verfügte, aber das interessiert Chrissie derzeit auch nicht, da sie in ihrer Liste nur den nächsten dazu passenden Eintrag suchen muss.

»Krauses Telefon war zu diesem Zeitpunkt in einer Funkzelle im Industriegebiet eingebucht«, verkündet die Kommissarin, nachdem sie die entsprechende Zeile im Einzelverbindungsnachweis zu Paschkes Handy lokalisiert hat. Es ist zudem die Letzte. »Zwei Kilometer Luftlinie von seiner Behausung entfernt, und drei von der Halle in Troisdorf-West, mit der im Prinzip alles anfing und wo schließlich auch alles endete.«

»Zu Ende ist diese Geschichte erst, wenn wir die zweifache Mörderin endlich hinter Schloss und Riegel gebracht haben!«, knurrt Donner angriffslustig. »Wurde das Handy nach dem Absetzen dieser Nachricht noch einmal benutzt beziehungsweise eingeschaltet?«, will er von Ohlsen wissen.

»Nein, Chef. Das ist der letzte Eintrag, und die Liste enthält auf meinen ausdrücklichen Wunsch hin sämtliche Funkzellen, in denen das Teil in der fraglichen Zeit eingebucht war, und zwar ohne Rücksicht darauf, ob telefoniert wurde oder nicht!«

»Das war ein vortrefflicher Gedanke«, lobt Donner sie. »Ihr wisst, was zu tun ist: Versucht, das Gebiet mittels Triangulation der Signale umliegender Zellen einzugrenzen, und findet dieses Telefon! Es könnte nach dem Absetzen der Nachricht unbedacht fortgeworfen worden sein. Wenn wir Glück haben, sogar nahe der Wohnung der Täterin!«

* * *

»War das eine Frage?«, reagiert Amara Jones mit indigniert hochgezogenen Brauen auf die Anfrage Chrissie Ohlsens, ob sie mit den Angaben der ihnen vorliegenden Funkzellenauswertung in der Lage sei, den letzten Standort des dazugehörenden Handys zu ermitteln.

»Seht her!«, fordert sie ihre Besucher auf, sich die Werte genauer anzuschauen. »Hier sind insgesamt drei Zellen mit unterschiedlichen Signalstärken in Dezibel gelistet. In der Regel bucht sich ein Handy in der Funkzelle mit dem höchsten Wert ein, außer wenn diese überlastet ist, dann kommt die Nächstbessere dran, und so weiter. Wenig bekannt ist jedoch die Tatsache, dass alle übrigen Zellen in Reichweite des anfragenden Mobiltelefons diese Informationen ebenfalls speichern, um im Falle eines Standortwechsels verzögerungsfrei umschalten zu können.«

Sie tippt etwas in ihren Computer und dreht den Bildschirm, sodass Chrissie und Wolfgang einen Blick darauf werfen können. »Hier seht ihr die in eurer Liste verzeichneten Funkzellen«, kommentiert sie die den beiden bereits von ihrer Suche nach dem Internetserver bekannte Grafik. »Für eine Triangulation benötigen wir, wie der Name ja schon aussagt, drei Eckpunkte, die ich hier zur Verfügung habe«, zeigt sie nacheinander auf die entsprechenden Markierungen. »Ich werde nun die Signalwerte aus der Auswertung in ein spezielles Computerprogramm eingeben und kann euch in wenigen Sekunden die Stelle, wo das Handy zuletzt aktiv war, auf einen Radius von etwa fünfzehn Meter genau nennen!«

»Warum so weiträumig?«, fragt Wolfgang Müller enttäuscht nach, da die sich daraus ergebende Fläche von gut siebenhundert Quadratmetern, wie er im Kopf schnell überschlagen hat, sehr viele Möglichkeiten für Verstecke offenlässt, zumal das Gesuchte nicht besonders groß ist.

»Wenn die Funkzellen alle auf einer Ebene ohne Bebauung stehen würden, ginge es wahrscheinlich sogar auf den Meter genau. Aber die Zelle mit der geringsten Signalstärke ist infolge der hemmenden Wirkung eventuell dazwischen stehender Gebäude nicht zwangsläufig diejenige, die auch am weitesten entfernt ist. Aus diesem Grund wird das Ganze in einer Stadt sehr schnell relativ«, belehrt sie ihn lächelnd. »Ihr werdet es überleben!«

* * *

»Die Konvertierung des vorhin hochgeladenen Datenblattes dürfte mittlerweile wohl abgeschlossen sein«, informiert Tobias Heller seine Partnerin, nachdem er ihr fürsorglich einen großen Becher mit ihrem Lieblingsgetränk hingestellt hat. Die Büroeinrichtung ist eben nicht auf Rollstuhlfahrer ausgerichtet, weshalb die für ihr Wohlbefinden außerordentlich wichtige Kaffeemaschine auf dem etwa anderthalb Meter hohen Aktenschrank für Denise derzeit unerreichbar ist.

»Danke, lange wirst du mich sicher nicht mehr bedienen müssen. Morgen probiere ich es mal ohne den Rollstuhl, ich habe ihn nämlich gründlich satt!«

»Fein! Ich werde dann jetzt die Abfrage starten«, verkündet Tobias, bevor er sich hoch konzentriert bei der BKA-Datenbank *DAD* anmeldet. Die Versuche, sich illegal von außerhalb in das System zu hacken, sind mittlerweile Legion, weshalb man bei dreimalig falsch eingegebenen Kennwort bis zur Freigabe durch den Administrator gesperrt ist. Dies gilt es natürlich zu vermeiden, zumal das Passwort aus durchaus nachvollziehbaren Gründen sehr kompliziert ist und es bis zur Entsperrung Stunden dauern kann.

»Stimmt was nicht?«, erkundigt sich Denise zwei Minuten später, weil die wenigen Tastatureingaben und Mausklicks, die für eine Abfrage der Datenbank nötig sind, schon lange verklungen sind und Tobias den Bildschirm seines Computers mit starrem Blick förmlich zu hypnotisieren scheint.

Statt einer Antwort dreht er wortlos den Monitor herum, sodass sie ihn von ihrem Platz aus bequem einsehen kann. Mit großen Augen liest sie die Botschaft, die ihren Kollegen offenbar sprachlos werden ließ: *Es wurde eine Übereinstimmung erkannt. Die wesentlichen Merkmale der beiden verglichenen Gen-Sequenzen sind zu 50 % identisch, was einen exakt diesem Wert entsprechenden Koeffizienten*

ergibt. Die Genauigkeit der Aussage zum Verwandt-
schaftsgrad der zugehörigen Personen beträgt
99,9999999 %.

»Also doch!«, kommentiert Denise das im Grunde zwar erhoffte, jedoch irgendwie trotzdem völlig überraschende Ergebnis der Datenbankrecherche perplex. »Wenn ich die Tabelle der Verwandtschaftskoeffizienten, mit der wir in letzter Zeit ja schon öfter zu tun hatten, richtig im Kopf habe, bedeutet dieser Wert mit anderen Worten ...«

»... es handelt sich bei unserer Täterin um Mutter, Tochter oder Schwester der verstorbenen Eveline Berger!«, beendet Tobias den Satz für sie, während er den Bildschirm wieder zu sich herumdreht. »Eine andere Möglichkeit existiert nicht! Hattest du nicht gesagt, die Frau sei Einzelkind, Vollwaise und zudem kinderlos gewesen? Also, irgendwas passt da wohl nicht so ganz zusammen. Entweder ist der uns bisher bekannte Lebenslauf der Dame unvollständig, wenn nicht sogar gefälscht, oder wir haben irgendwo etwas übersehen!«

»Die Gene lügen nicht, Tobi! Mit dieser Information ergibt plötzlich alles einen Sinn! Wir hatten von Anfang an recht mit der Vermutung, dass es um Rache geht! Irgendjemand hat nach all den Jahren Wind von der Vergewaltigung und dem anschließenden Suizid des Opfers bekommen und zieht nun sämtliche Beteiligten nacheinander aus dem Verkehr. Da wir beide jetzt aber als tot gelten, und sonst keine Schuldigen mehr übrig sind, haben wir in diesem ›Mörderspiel‹ erstmals einen Spielzug Vorsprung, den wir umgehend nutzen werden. Wir nehmen uns daher auf der Stelle das gesamte Leben der Eveline Berger noch einmal gründlich vor, und diesmal graben wir etwas tiefer!«

»Hm!«, brummt Tobias statt einer Antwort leise vor sich hin und legt grüblerisch die rechte Hand an sein Kinn. Für seine Partnerin ist diese Geste ein untrügliches Zeichen dafür, dass ihm soeben etwas Wichtiges aufgefallen ist. Zunächst jedoch hüllt er sich in nachdenkliches Schweigen.

»Wie alt war noch mal die Dame, die der Zeuge Gruber am Tattag im Treppenhaus gesehen hat und die ihn nach Oliver Paschke fragte?«, stellt er schließlich eine eher rhetorische Frage, da er so gut wie nie etwas vergisst und diese Angaben in seinem Kopf abgespeichert haben dürfte.

»Er sagte, sie sei allerhöchstens dreißig Jahre alt gewesen«, geht Denise dennoch auf sein Spiel ein. »Genauer äußerte er sich Chrissie und Wolfgang gegenüber nicht!«

»Und würdest du mir zustimmen, wenn ich sage, dass dies unter Vorbehalt durchaus ebenfalls auf das angebliche Opfer in dem Video zutreffen könnte? Ihr Gesicht haben wir ja leider nicht sehen können.«

»Worauf willst du hinaus? Diese Frau hatte ein Tattoo in Form eines Schmetterlings am Hals, die Besucherin im Treppenhaus aber nicht!«

»Eigentlich wissen wir das gar nicht mit absoluter Gewissheit, Denise!«, korrigiert Tobias sie. »Der Herr Gruber konnte sich nach eigenen Angaben nur nicht mehr daran erinnern. Aber ich will auf etwas anderes hinaus: Eveline Berger war zum Zeitpunkt der Vergewaltigung vierunddreißig Jahre alt, sagtest du? Der brutale Überfall auf sie könnte natürlich zu einer Schwangerschaft geführt haben, aber ...«

»... dann wäre eine mögliche Tochter heute noch keine zehn Jahre alt«, führt Denise den Satz zu Ende. »Außerdem hat sie sich kurz nach der Gerichtsverhandlung das Leben genommen und eine Schwangerschaft wird im Autopsiebericht definitiv nicht erwähnt, was aber ohnehin bedeutungslos wäre. Falls es sich bei unserer Täterin also um ein Kind von ihr handelt, muss die Mutter zum Zeitpunkt ihrer Geburt wesentlich jünger gewesen sein, und zwar ...«

»... etwa zwischen sechzehn und achtzehn! Diesen Zeitraum von schätzungsweise zwei bis drei Jahren in ihrem Leben sollten wir uns vielleicht einmal etwas genauer anschauen, findest du nicht? Ich habe auch schon eine Idee, womit wir da anfangen!«, verkündet Tobias und greift zum Telefonhörer.

***

Kurz vor Erreichen der Zielkoordinaten trägt der Wind die typischen Geräusche einer Müllabfuhr zu ihnen herüber, der dazugehörige Müllwagen entzieht sich jedoch zunächst ihren Blicken. Wolfgang Müller verringert sofort die Geschwindigkeit des Dienstwagens und lässt diesen langsam durch die Straße rollen, was in diesem heruntergekommenen Viertel seiner Ansicht nach nicht gerade ungefährlich ist. Man könnte einem während der Fahrt die Felgen klauen, pflegt er über solche Gegenden stets zu sagen.

»Bitte sag, dass da vorne nicht gerade die Tonnen geleert werden!«, entfährt es Chrissie Ohlsen, wobei sie links und rechts der Straße vergeblich nach vollen Abfallbehältern Ausschau hält. Es könnte immerhin sein, dass der Müllwagen ihnen entgegenkommt, was jedoch aufgrund der unordentlich auf den Gehwegen und zum Teil auch auf der Fahrbahn verteilten Mülltonnen recht unwahrscheinlich ist. Es ist das übliche Bild, das die Müllmänner bei ihrer Arbeit hinterlassen, da ihnen für ein ordnungsgemäßes Abstellen die Zeit fehlt.

»Ich fürchte, das würde nichts ändern«, brummt ihr Partner unzufrieden. »Wie es aussieht, sind wir tatsächlich um wenige Minuten zu spät gekommen!« Er zeigt nach rechts, wo jetzt das Heck des dieses Mal höchst unwillkommenen Fahrzeugs in einer Seitenstraße sichtbar wird. »Siehst du? Die waren in dieser Straße schon, wir schauen uns aber trotzdem gründlich hier um, es ist ja nicht gesagt, dass das Handy in einer der soeben geleerten Tonnen war!«

* * *

Die von Amara Jones ermittelten Koordinaten liegen inmitten eines verkommenen Hinterhofes, an den die schmutzigen rückwärtigen Fassaden einiger Mietskasernen sowie die Rückseite eines Etablissements grenzen, welches vorn an der Straße ein kaputtes Leuchttransparent mit einer kaum noch lesbaren Aufschrift trägt. Die einzige Zufahrt bildet ein mit Steinplatten gekachelter Weg, breit genug für Feuerlöschfahrzeuge. Und natürlich ihren Audi.

»Wo sind wir denn hier hingeraten?«, rümpft Chrissie nach dem Aussteigen die Nase und prüft nebenbei den ordnungsgemäßen Sitz ihrer Schutzweste, die sie dieses Mal widerspruchslos angelegt hat. »Das sieht hier ganz so aus, als würde man die Miete mit dem Schießeisen abkassieren!«

»Damit liegst du gar nicht mal so falsch. Hier bekommt man die Polizei öfter zu sehen als den Postboten«, weiß Wolfgang zu berichten. »Horst und ich sind nicht weit von hier zur Schule gegangen. Diese Gegend war damals schon ziemlich verrufen, sodass wir in der Regel einen großen Bogen um sie herum machten. Das da vorne neben dem Müllcontainer ist übrigens ein illegales Bordell«, zeigt er auf die Hintertür des fragwürdigen Gebäudes mit dem ramponierten Transparent. »So oft es in den letzten Jahren vom Ordnungsamt dichtgemacht wurde, machte es ein anderer schon bald darauf wieder auf. Das ist ein ewiges Tauziehen, bei dem die Behörde letztlich den Kürzeren zieht.«

»Na, momentan wird es wohl eher außer Betrieb sein, wie alle ›Gaststätten‹. Was mich aber brennend interessiert, ist dieser Müllcontainer. Den sollten wir uns mal genauer anschauen, wenn schon die Tonnen nicht mehr infrage kommen!« Zehn Sekunden später hat sie sich Handschuhe übergestreift und öffnet den schweren Deckel des Behältnisses.

»Ich wäre damit vorsichtig! Wer weiß, was da alles drin ist«, grinst Wolfgang mit einem bezeichnenden Blick auf das Bordell nebenan, aus dessen Hintertür soeben zwei trotz der niedrigen Außentemperaturen extrem aufreizend gekleidete ›Damen‹ treten. Beide sind langhaarig, etwa gleichgroß, wohlproportioniert und könnten Schwestern sein, wäre die eine nicht rothaarig und die andere brünett.

So viel also dazu, dass die geschlossen haben, denkt Wolfgang amüsiert. Seine Freundin ist derweil ungeachtet der durchaus ernst gemeinten Warnung vollständig in den Container geklettert und wirft der Einfachheit halber sämtliche größeren Gegenstände, leere Kartons uns alles, was in Müllbeutel verpackt ist, auf den Gehweg. Benutzte Kondome sind zum Glück nicht darunter. Er zückt grinsend sein privates Handy und schießt schnell einige Bilder von ›Chrissie in der Tonne‹, was sie aber glücklicherweise in ihrem Eifer nicht mitbekommt.

Die beiden im Hintergrund immer noch vor der Tür ihres ›Arbeitsplatzes‹ stehenden Damen des horizontalen Gewerbes haben sich in der Zwischenzeit Zigaretten angezündet und verfolgen eine Weile ohne Scheu das geschäftige Treiben der an den Westen mit der Aufschrift ›POLIZEI‹ deutlich als solche erkennbaren Ermittler, verlieren jedoch bald das Interesse und daran verschwinden nach drinnen. Offenbar ist ihre Pause beendet.

Schließlich steigt Chrissie aus dem Müllbehälter, was sich jetzt etwas schwieriger darstellt, weil sie ihn bis auf wenige Teile auf dem Boden leergeräumt hat. Sie schaut von dem aufgetürmten Müllhaufen zu ihrem Freund und wieder zurück. Ihr Blick lässt keinen Zweifel darüber aufkommen, wer nun für das Einräumen zuständig ist.

»Fehlanzeige auf der ganzen Linie«, verkündet sie ihm enttäuscht das negative Ergebnis ihrer Aktion. »Da drin war nicht ein einziges Handy zu finden! Ich gehe jedenfalls stark davon aus, dass jemand, der ein Beweisstück verschwinden lassen will, es nicht unbedingt vorher in einen Müllbeutel packt. Natürlich könnte das von uns gesuchte Teil auch in einem der Häuser liegen, oder in dem Puff, aber ...«

»... doch dafür bräuchten wir jede Menge Durchsuchungsbeschlüsse!«, beendet Wolfgang den Satz für sie und beginnt ohne Umstände damit, die von ihr angerichtete Unordnung zu beseitigen. »Auf dem Rückweg wird aber hinten gesessen, mein Schatz!«, bemerkt er während seiner Tätigkeit beiläufig. »Du müffelst nämlich!«

»Das ist kein Problem für mich«, lacht sie übermütig und streckt ihm keck die Zunge heraus. »*Ich* werde fahren, du darfst dich also ruhig nach hinten setzen, wenn du willst!«

Kapitel 12

Denise Malowski legt gefrustet die Maus aus der Hand und greift zu ihrem Kaffeebecher, den sie sich erstmals seit Tagen wieder selbst an der Kaffeemaschine gefüllt hat. Ihr Rücken ist zwar an den Stellen, wo die Kugeln in die Schutzweste eingeschlagen sind, grün und blau angelaufen, aber wenigstens kann sie sich wieder beinahe schmerzfrei bewegen.

»Für eine Schwangerschaft kommt wohl tatsächlich nur die Zeit infrage, wo sie sich unerlaubt aus der betreuten Wohngemeinschaft entfernt hatte und für Monate abgetaucht war«, gibt sie ihre dürftigen Rechercheergebnisse weiter. »Erst etwa ein knappes Jahr später wird sie in den behördlichen Unterlagen wieder erwähnt. Ledig und kinderlos!«

»Die Monate davor kommen aber sicher nicht in Betracht, da das den Betreuerinnen garantiert aufgefallen wäre, und das Baby muss ja auch irgendwo abgeblieben sein«, wiegelt Tobias Heller ab. »Die Zeit bis zu ihrem sechzehnten Lebensjahr im Waisenhaus können wir aus diesem Grund ebenfalls abhaken. Was bleibt da noch übrig?«

»Du hast recht, über diesen fehlenden Teil ihres Lebens wissen wir bislang praktisch nichts und eine Tochter aus dieser Zeit scheint die einzig mögliche Erklärung zu sein, weil alles andere einfach nicht passt. Ich frage mich allerdings, wie Balensiefen das übersehen haben soll, wo er doch sonst immer so gründlich ist! Hätte er eine Entbindung, selbst wenn sie zum Zeitpunkt der Leichenschau bereits Jahre zurücklag, nicht erkennen müssen?«

»Ich denke, er wird aus Zeitgründen gar nicht erst nach solchen Hinweisen gesucht haben. Für die den damaligen Ermittlern einzig wichtige Antwort auf die Frage, ob es sich um einen Suizid handelte oder ein Verbrechen vorlag, dürfte es sicher nicht relevant gewesen sein. Hätte er es allerdings getan, müssten wir jetzt nicht lange herumraten, das ist wohl wahr. Dennoch sind die Indizien diesbezüglich eindeutig, und viel mehr würden wir durch ein rechtsmedizinisches Gutachten auch nicht erfahren haben!«

»Hast *du* wenigstens eine Idee, wie wir zeitnah an die fehlenden Informationen kommen können?«, stellt sie die entscheidende Frage. »*Ich* muss in dieser Hinsicht nämlich passen!«

»Jep! Ich bekomme soeben eine Antwort auf meine Anfrage beim Jugendamt«, nickt Tobias, nachdem er einen Blick in sein elektronisches Postfach geworfen und die frisch eingegangene Nachricht überflogen hat. »Sie kam gerade herein. Die halten sich zwar, wie schon gestern am Telefon, bezüglich der Angaben zur Person reichlich bedeckt, aber das Waisenhaus, in dem Eveline Berger bis zu ihrem sechzehnten Lebensjahr untergebracht war, und die Adresse der betreuten Wohngemeinschaft

haben sie dann doch wie versprochen herausgerückt. Dort werden wir uns gleich im Anschluss an
die Fallbesprechung einmal gründlich umhören!«

* * *

»Schade, dass ihr das Telefon an der gemessenen
Stelle nicht mehr vorgefunden habt!«, gibt Donner
seiner großen Enttäuschung über den gestrigen
Fehlschlag seiner Ermittler Ausdruck. »An die Müllabfuhr hatte ich dabei überhaupt nicht gedacht.
Wären wir doch nur einen Tag früher an diese Information gelangt!«

»Eine Stunde hätte schon gereicht, Chef! Es ist
aber gar nicht einmal so sicher, dass das Handy in
einer der zu unserem großen Pech erst kurz zuvor
geleerten Tonnen entsorgt wurde«, versucht
Chrissie Ohlsen, ihren Vorgesetzten zu trösten. »Infolge des von Amara ermittelten Radius von fünfzehn Metern kann es sich ebenso in einem der um-
liegenden Gebäude befinden, einschließlich dem
Puff, der in der Straße offenbar trotz des Verbots betrieben wird. Oder ganz woanders. Seit das Gerät
am Samstag ausgeschaltet wurde, ist eine Ortung ja
nicht mehr möglich!«

»Das ist ja alles schön und gut, aber leider nutzt
uns das nichts! Wir würden nämlich für *jede einzelne* Wohnung einen Durchsuchungsbeschluss benötigen, und ihr könnt euch sicher die Reaktion des
Staatsanwalts vorstellen, wenn ich ihm damit komme. Ganz davon zu schweigen, dass kein Richter einen solchen Beschluss ohne konkreten Verdacht
ausstellen wird! Es ist ja nicht einmal gesagt, dass

dieses Handy uns tatsächlich weiterbringt. Es gehörte ja bekanntlich einem der Opfer und nicht dem Täter beziehungsweise der Täterin!«

»Ich denke, wir können uns wohl endgültig auf eine Frau verständigen, Chef!«, grinst Tobias Heller über die ständigen Bemühungen des Vorgesetzten, genderkorrekte Bezeichnungen zu verwenden. »Ich finde allerdings dieses illegale Bordell nicht gänzlich uninteressant für uns. Wie wäre es denn, wenn wir die Jungs von der Sitte darauf ansetzen? Falls die dann bei einer Razzia *zufällig* das Handy ...«

»Echt jetzt? Eine Razzia im Puff? Mehr habt ihr mir nicht zu bieten?«, unterbricht Donner ihn aufbrausend. Zwei brutale Morde innerhalb weniger Tage und fast zwei Wochen voller Misserfolge haben seine Laune nicht gerade gebessert.

Tobias hebt beschwichtigend beide Arme. *Nicht immer gleich auf den Überbringer der schlechten Nachricht schießen*, heißt das.

»Vergiss es!«, fährt sein Vorgesetzter in einem etwas weniger aggressiven Tonfall fort. »Die Kollegen haben schon genug zu tun, außerdem ist ein solches ›Etablissement‹ ja für sich alleine betrachtet noch gar nicht illegal. Das wäre lediglich der Fall, wenn Straftatbestände wie Zuhälterei, Zwangsprostitution, Menschen- und/oder Drogenhandel damit einhergehen. Ohne konkrete Hinweise darauf ist eine von dir vorgeschlagene Razzia jedoch rechtlich nicht zu rechtfertigen. Das Öffnen entgegen der behördlichen Anordnung ist hingegen eine Sache des Ordnungsamtes, damit hat die Kriminalpolizei nichts zu tun. Wobei es wie gesagt ohnehin fraglich ist, ob mit diesem Handy überhaupt irgendetwas belegt werden kann! Es wäre nur schön gewesen, darüber eine gewisse Klarheit zu haben.«

»Für erwiesene Tatsachen ist sowieso *meine* Abteilung zuständig!«, meldet sich Jürgen Vogel launig zu Wort. Der Leiter der Forensik ist dem vorangegangenen Disput mit mäßigem Interesse gefolgt und schlägt nun demonstrativ eine Aktenmappe auf. »Wir sind nämlich mit der Untersuchung der Spurenlage am zweiten Tatort so weit durch, und ich würde euch jetzt gerne den abschließenden Bericht zu Gehör bringen, wenn es recht ist!«

»Nur zu, wir sind ganz Ohr!«, nickt der Kommissariatsleiter ihm freundlich zu. Offenbar ist sein Blutdruck wieder im Normalbereich angekommen.

»Viel gibt es dazu ohnehin nicht zu sagen. Da die Halle bis auf die Vorrichtung, die wir aus dem Video kennen, keinerlei Einrichtung auswies, haben wir so gut wie keine Fingerabdrücke darin gefunden. Die rauen Betonwände geben diesbezüglich naturgemäß nichts her und die Türgriffe waren sorgfältig abgewischt worden. Einzig auf dem Stuhl fanden sich Hinweise, dass das Mordopfer vor dem Erhängen darauf gesessen hat und an Hand- und Fußgelenken daran festgebunden war. Seine DNA haben wir ebenfalls dort nachweisen können, sowie die der mutmaßlichen Täterin. Jedenfalls entsprechen auf der Sitzfläche und den Armlehnen gefundene Hautschuppen denen auf dem Seil, mit dem der Mann erhängt wurde.«

»Das bedeutet dann wohl, dass die Dame, die sich uns auf dem Video als ›Opfer‹ präsentierte, mit der Täterin identisch ist«, fasst Denise zusammen.

»Das hatten wir zwar schon vermutet, aber jetzt haben wir wenigstens Gewissheit! Außerdem war sie bei der Aufnahme insofern unvorsichtig, als wir nun wissen, dass sie ein Tattoo in Form eines Schmetterlings am Hals trägt! Zusammen mit der Information, dass sie eine Blutsverwandte von Eveline Berger sein muss, ist es nur noch eine Frage der Zeit, bis wir ihre Identität herausgefunden haben!«

»Und dabei wird uns womöglich ein Besuch der Einrichtungen helfen, in denen Eveline Berger zum vermuteten Zeitpunkt der Schwangerschaft und in den Jahren davor untergebracht war«, findet Tobias eine perfekte Überleitung zu den neuesten Rechercheergebnissen. »Denn dass es sich bei dieser Blutsverwandten um eine bisher unbekannte Tochter handeln dürfte, ist für Denise und mich inzwischen so gut wie sicher.«

»Ziehen wir nämlich das geschätzte Alter der Täterin von dem der Mutter ab, welches diese heute hätte, kommt nur die Zeit um das Jahr 1995 herum für ihre Geburt infrage«, ergänzt seine Partnerin. »Also zwischen dem sechzehnten und dem achtzehnten Lebensjahr von Eveline Berger!«

* * *

»Der Chef klang ja vorhin nicht gerade begeistert über unsere Absicht, das Kinderheim in Bonn aufzusuchen!«, bemerkt Denise auf dem Weg zu ihrem Dienstwagen, der ausgerechnet heute in der letzten Reihe abgestellt ist. Ihre Bewegungen sind zwar noch etwas ungelenk, aber es ginge mit jedem

Schritt besser, versicherte sie erst vor wenigen Minuten dem skeptisch dreinblickenden Kommissariatsleiter zum Abschied.

Trotzdem bestand ihr Partner sicherheitshalber darauf, den Wagen zu fahren. Wenn Denise schon die Dienststelle verlässt, soll sie das gefälligst auf dem Beifahrersitz tun, zumal er ihrem Ehemann in die Hand versprochen hat, auf sie achtzugeben. Sven war es auch, der sie in den vergangenen Tagen morgens mit der Familienkutsche ins Kommissariat brachte und abends wieder abholte. Sie selbst konnte ja nicht fahren und der Rollstuhl hätte überdies nicht in ihr Smart Cabrio gepasst.

»Er kann uns schließlich nicht in Watte packen, Denise!«, gibt er zur Antwort, während er in seinen unergründlichen Hosentaschen nach dem Schlüssel fahndet. »Außerdem halte ich das Risiko durchaus für vertretbar. Mal davon abgesehen, dass wir beide offiziell gestorben sind: Was sollte die Täterin ausgerechnet heute dort wollen? Wenn sie diesen Ort überhaupt kennt! Das ›Spiel‹ ist zudem zumindest seitens unserer Gegenspielerin jetzt zu Ende, denke ich und ein *ungeplantes* Zusammentreffen wäre nun wirklich ein allzu großer Zufall.«

Nichtsdestotrotz schaut er sich sicherheitshalber besonders aufmerksam um, als sie eine halbe Stunde später vor dem Kinderheim in Bonn aus dem Wagen steigen. Es ist jedoch alles vollkommen unverdächtig, zumal ohnehin nicht viele Menschen unterwegs sind. Ein Mann, der Prospekte verteilt und zwei ältere Damen mit Hund sind in ihrem direkten Umfeld derzeit die einzigen Personen. Mit gemischten Gefühlen betritt er mit Denise das Gebäude. Werden sie nach mehr als einem Viertel-jahrhundert hier eine Auskunft erhalten, die sie weiterbringt?

Wenig später sitzen sie in einem ebenso spärlich wie funktional eingerichteten Büroraum der Leiterin dieser Einrichtung gegenüber. Denise schätzt sie auf Anfang vierzig, womit sie ungefähr im gleichen Alter wie sie selbst oder Tobias sein dürfte. Dem Namensschild an der Tür gemäß handelt es sich bei der Dame um eine Dr. Annegret Richter, die ihre Besucher jetzt über ihre Lesebrille hinweg ratlos anschaut. »Eveline Berger, sagen Sie?«, vergewissert sie sich verwirrt. »Nach ihr hat sich erst kürzlich schon mal jemand erkundigt, wenn ich mich recht entsinne!«

Tobias wirft seiner Partnerin einen überraschten Blick zu. »Ach, wirklich?«, wendet er sich an Frau Dr. Richter. »Und erinnern Sie sich auch noch, wann das gewesen ist?«

»Nicht mehr auf den Tag genau, Herr Kommissar. Das war irgendwann im letzten Sommer ... Ah, jetzt weiß ich es wieder: Es war der Montag direkt nach meinem Jahresurlaub!« Sie blättert einige Sekunden in ihrem Tischkalender herum. »Das wird dann wohl der 3. August gewesen sein, schätze ich.«

»Das ist aber doch schon fast ein halbes Jahr her«, wirft Denise ein. »Als Sie vorhin von ›kürzlich‹ sprachen, gingen wir eher von einem etwas überschaubareren Zeitraum aus!«

»Na ja, wenn nach achtundzwanzig Jahren innerhalb weniger Monate gleich zweimal Erkundigungen zu einer ehemaligen Insassin eingeholt werden, ist das schon recht merkwürdig, finden Sie nicht auch? Eveline verließ uns mit sechzehn und wechselte in eine vom Jugendamt betreute WG für Jugendliche, das war im Dezember 1993!«

»Daran erinnern Sie sich? Sie haben damals doch sicher noch nicht hier gearbeitet, schätze ich«, hebt Denise die Augenbrauen.

»Nein, da war ich gerade erst vierzehn«, lächelt Dr. Richter. »Nachdem dieser merkwürdige Mensch sich so penetrant danach erkundigt hatte, wurde ich neugierig und habe in den alten Akten nachgeschaut, als er gegangen war. Von der Polizei war der Kerl aber bestimmt nicht, zumal er mir keinen Ausweis gezeigt hat. Deshalb habe ich ihm selbstverständlich nichts gesagt und ihn achtkantig hinausgeworfen. Das war sowieso ein schmieriger Typ, und wenn es um unsere Kinder geht, bin ich sehr empfindlich!«

»Wie sah er denn aus? Können Sie uns den Mann beschreiben?«, erkundigt sich Tobias Heller, den eine gewisse Ahnung beschleicht. Kann es wirklich solche Zufälle geben?

»An den erinnere ich mich noch sehr genau!« Ihr Blick scheint in weite Ferne zu gehen, während sie die Szene von damals ins Gedächtnis zurückruft: »Er war nicht besonders groß und hatte eine kompakte Figur mit einem deutlichen Bauchansatz. Altersmäßig lag er irgendwo zwischen fünfzig und sechzig, schätze ich. Er trug eine abgewetzte schwarze Lederjacke und eine ebensolche Wollmütze auf dem Kopf. Er wirkte insgesamt etwas ungepflegt auf mich.«

Tobias schickt nach dieser ungewöhnlich detaillierten Personenbeschreibung einen entgeisterten Blick zu seiner Partnerin, die dazu nur stumm nickt. Beiden schießt blitzartig und mit ebensolcher Intensität derselbe Name durch den Sinn: *Phil Decker!*

Denise zieht ihr Handy aus der Tasche und ruft mit flinken Fingern die Homepage des schmierigen Privatschnüfflers auf, der ihnen in der Vergangenheit schon so viel Ärger bereitet hat. »Ist er das?«, vergewissert sie sich bei der Heimleiterin, indem sie ihr das Bild des Detektivs zeigt.

* * *

»Hast du mal einen Augenblick?« Horst Weiland steckt den Kopf zur Tür herein und schaut seinen Freund und Kollegen fragend an. Wolfgang Müller ist allein, der Schreibtisch seiner Partnerin ist derzeit verwaist.

»Klar, Alter! Geht es um den Fall? Chrissie ist nur mal schnell für ›kleine Kommissarinnen‹ und ist sicher bald zurück«, nickt er und muss unwillkürlich lachen, als ihm die Doppeldeutigkeit dieser Redewendung in Bezug auf die Größe der Freundin bewusst wird. »Hast du etwa mal wieder etwas entdeckt, was uns anderen verborgen geblieben ist?«, erkundigt er sich bei dem als Querdenker bekannten Ermittler.

»Ich habe da tatsächlich eine Idee, wie wir unter Umständen herausbekommen können, wer sich hinter der unverhofft aufgetauchten Blutsverwandten der Eveline Berger verbirgt«, bestätigt Horst seine Vermutung, nachdem er sich einen

Stuhl herangezogen hat. »Dazu wäre es gut, wenn Chrissie das ebenfalls hört. Dann muss ich es nicht zweimal sagen.«

»Das kann dauern ... Bei der Gelegenheit kann ich dir aber schnell etwas zeigen!« Wolfgang zieht mit verschwörerischer Miene sein Handy aus der Tasche und reicht dem Freund das Telefon mit geöffneter Bildergalerie. »Hier! Das ist Chrissie beim Durchwühlen des Müllcontainers. Das war ein Bild für die Götter, sage ich dir!«

»Was hast du für eine Kamera?« Horst ignoriert zunächst das eigentliche Hauptmotiv und vergrößert stattdessen interessiert den Hintergrund mit den rauchenden Prostituierten, indem er mit Daumen und Zeigefinger über das Display streicht. »Da kann man ja jede Hautpore drauf erkennen!«

»Die beiden Nutten solltest du dir eigentlich nicht anschauen!«, grinst Wolfgang anzüglich und nimmt das Telefon schnell wieder entgegen, weil er Schritte draußen auf dem Flur vernimmt. »Chrissie darf das sowieso nicht erfahren!«

»Was soll ich nicht wissen?«, ertönt in diesem eine bekannte Stimme vom Eingang her. »Habt ihr Kerle etwa wieder Geheimnisse vor mir?«

»Ach, nichts weiter«, gibt Horst hastig zurück, während Wolfgang noch verlegen nach Worten sucht und Chrissie ihren Platz einnimmt. »Ich wollte euch nur schnell meine Idee unterbreiten, wie wir vielleicht die Identität unserer Mörderin herausfinden können!«

***

»Das hört sich für mich nach einer Menge Telefoniererei an«, kommentiert Müller den Vorschlag des Kollegen skeptisch. »Ist dir eigentlich bewusst, wie viele Stellen das sein können? Damit werden wir mit Sicherheit tagelang beschäftigt sein, und ob etwas dabei herauskommt, ist sowieso äußerst fraglich!«

»Also, ich finde den Gedanken gar nicht mal so verkehrt«, äußert sich seine Partnerin dazu. »Erinnert euch nur daran, wie es Denise ergangen ist! Sie wusste zwar, dass sie als Kind adoptiert wurde, doch dass sie eine Zwillingsschwester hat, erfuhr sie erst vor wenigen Jahren, und das auch nur durch einen dummen Zufall!«

»Hierbei geht es aber nicht um eine Schwester, Chrissie!«

»Das ist mir schon bewusst. Denk doch mal nach! Wenn Horst recht mit seiner Vermutung hat, erfuhr die leibliche Tochter der Berger womöglich tatsächlich erst vor kurzem, dass sie adoptiert wurde, und versuchte dann, ihre wahre Mutter zu finden. Und dazu musste sie dasselbe tun, was wir jetzt auch vorhaben: die Adoptionsunterlagen einsehen. Als sie viel zu spät herausfand, was geschehen war, schwor sie bittere Rache und dachte sich dieses ›Spiel‹ aus, um die Schuldigen zu bestrafen. Also, für mich klingt das absolut logisch!«

»Es würde zudem hinreichend erklären, weshalb sie ausgerechnet jetzt, so viele Jahre später, aktiv wurde«, nickt Weiland. »Die bewusste Auskunft hat sie höchstwahrscheinlich erst vor wenigen Wochen oder Monaten erhalten, und genau da müssen wir ebenfalls ansetzen. Wer weiß denn, ob Denise und Tobias im Waisenhaus oder in der betreuten Jugend-WG überhaupt etwas erfahren!«

»Die Frau hatte in dieser Hinsicht aber eine höchst nützliche Information, die uns leider nicht zur Verfügung steht«, wagt Müller einen letzten halbherzigen Einwand. »Nämlich die Namen ihrer Adoptiveltern und vielleicht auch noch das genaue Datum, falls die Pflegeeltern es ihr genannt haben! Darüber konnte der entsprechende Vorgang leicht gefunden werden, *wir* hingegen haben praktisch gar nichts!«

»Ach was, so viele Anfragen zu Adoptionen wird es bei den Jugendämtern hier in der Gegend in den letzten Monaten schon nicht gegeben haben! Wenn wir das vermutete heutige Alter der Tochter von etwa fünfundzwanzig bis siebenundzwanzig Jahren ins Spiel bringen, sollten da nicht allzu viele Möglichkeiten übrigbleiben!«

Wolfgang wirft Chrissie einen fragenden Blick zu, den diese mit einem stummen Kopfnicken beantwortet. »In Ordnung, wir werden dir dabei helfen«, gibt er schließlich nach. »Aber du stellst die Liste mit den Telefonnummern der Jugendämter zusammen!«

* * *

»Eigentlich ist es jammerschade, dass es sich bei diesem zwielichtigen Kerl nun offenbar doch nicht um Phil Decker gehandelt hat«, bezieht sich Denise Malowski auf die glaubhafte Aussage der Heimleiterin, den Mann auf der Homepage des bekannten Privatdetektivs noch nie zuvor gesehen zu haben.

Außerdem habe ihr Besucher eine unübersehbare Narbe auf der rechten Wange gehabt. »Wir müssten ihm dann nämlich nur unsere Aufwartung machen und den Namen seiner Auftraggeberin aus ihm herausquetschen! Ob er weiß, dass er einen Doppelgänger hat?«

»Ich kenne nicht so viele von denen persönlich«, brummt Tobias Heller. »Vielleicht sehen die ja alle so aus. Es hätte uns aber gleich auffallen müssen, dass es Decker eigentlich gar nicht gewesen sein konnte. Der war bekanntlich letztes Jahr um diese Zeit auf der Flucht. Unter anderem vor uns, weil er in einen Mord verwickelt zu sein schien. Aber du hast natürlich völlig recht: Das Einzige, was wir jetzt im Grunde benötigen, sind Name und Adresse von diesem mutmaßlichen Privatschnüffler! Wir hatten uns doch schon gefragt, wie die Täterin an die Hintergründe zu dem damaligen Fall gekommen ist, hier haben wir die Antwort! Und die Tatsache, dass sie sich für die Recherche einen Detektiv leisten konnte, sagt uns außerdem, dass sie über die nötigen finanziellen Mittel verfügt. Aber das war schon aufgrund des im Rahmen des ›Spiels‹ betriebenen Aufwands klar!«

»Wir folgen am besten einfach seiner Spur, Tobi! Dieser Mensch muss sich ja noch an anderen Orten herumgetrieben haben, die mit Eveline Berger in Verbindung stehen, und einige davon kennen wir mittlerweile ebenfalls. Irgendwo auf seiner Tour hat er womöglich mehr als nur sein Gesicht hinterlassen. Etwas, das uns zu ihm führt!«

»Eventuell ist das sogar hier schon der Fall!«, nickt Tobias, während der den Motor vor einem sicherlich hundert Jahre alten zweistöckigen Haus mit vielen Fenstern abstellt. Vielleicht eine ehemalige Schule. »Wir können jedenfalls davon ausgehen, dass unser Privatschnüffler sich in dieser betreuten Jugend-WG gründlich umgeschaut hat, denn irgendwo muss er seine Informationen ja schließlich herbekommen haben, die er an seine Klientin weitergegeben hat.«

* * *

Die Leiterin der Einrichtung heißt Eleonore Fuchs und geht altersmäßig offenbar stramm auf ihre Rente zu. Dies weckt in den Ermittlern die berechtigte Hoffnung, sie könne hier bereits tätig gewesen sein, als die damals sechzehnjährige Eveline Berger eine kurze Zeit hier verbrachte, bis sie die Gemeinschaft über Nacht heimlich verließ. Als Grund für diese ›Flucht‹ wird mittlerweile eine Schwangerschaft vermutet.

»Ich kannte Eveline schon aus dem Kinderheim«, erhalten Denise und Tobias sogleich eine Bestätigung für ihre Annahme. »Im Grunde war sie ja ein recht unauffälliges Mädchen, aber leider auch manchmal etwas wild und ausgelassen, wenn Sie wissen, was ich meine. Schlimm wurde es jedoch erst, nachdem sie mit sechzehn in diese WG gewechselt ist, wo wir sie gemeinsam mit Gleichaltrigen auf ihr späteres Leben als junge Erwachsene vorbereiten wollten.«

»Und wie genau äußerte sich diese ›Wildheit‹?«, hakt Denise Malowski nach. Sie fragt zwar aus rein beruflichem Interesse, aber für sie als Mutter einer lebhaften Vierjährigen sind pubertäre Kapriolen von Teenagern persönlich auch nicht uninteressant. Die Jahre werden nämlich wie im Fluge vergehen und viel Zeit ist daher nicht mehr, bis Leonie in dieses schwierige Alter kommt.

»Na, das Übliche eben«, seufzt die Pädagogin. »Sie hielt sich nicht an die Vorschriften, kam oft erst spät in der Nacht von irgendwelchen ›Ausflügen‹ zurück und so weiter. Die Eingangstür ist zwar ab 22:00 Uhr abgeschlossen, aber sie fand immer Kameradinnen, die sie dann durch ein Fenster im Parterre hereinließen. Und eines Tages kam sie gar nicht mehr von einer ihrer Extratouren zurück!«

»Hatten Sie sich denn keine Sorgen gemacht, als sie auch an den folgenden Tagen nicht auftauchte? Es hätte ihr etwas passiert sein können!«

»Zunächst hatten wir das selbstverständlich, aber dann rückte eines der Mädchen nach eindringlicher Befragung durch die damalige Leiterin damit heraus, dass Eveline ›gewisse Probleme‹ hatte und deshalb für eine Weile wegbleiben wollte, um das in Ruhe zu regeln. Da haben wir das vorerst auf sich beruhen lassen und ein paar Monate später wurde sie ohnehin volljährig, sodass wir keine Verfügungsgewalt mehr über sie hatten.«

»Sie vermuteten demnach bei ihr eine Schwangerschaft?«, vergewissert sich Denise Malowski vorsorglich. Bis hierhin passt alles perfekt zusammen!

»Davon gingen wir in der Tat aus«, nickt Eleonore Fuchs. »Wir fanden nämlich einige Tage später einen positiven Schwangerschaftstest in einem der Abfallkörbe auf dem Hof. Außerdem hatte es den Anschein, dass ihre Zimmergenossin darüber Bescheid wusste und sich auch nach ihrem Weggang noch heimlich außerhalb der Einrichtung mit ihr traf. Wir haben es dann wie gesagt nicht weiter verfolgt.«

Weil ihr den Ruf eurer ach so schönen Jugend-WG nicht beschädigen wolltet, habt ihr das einfach unter den Tisch gekehrt, fügt Tobias Heller in Gedanken sarkastisch hinzu. »Wir wären an dem Namen und falls möglich auch an der letzten bekannten Adresse dieser Zimmergenossin interessiert«, äußert er sich dann laut. »Wenn Sie uns diese bitte heraussuchen würden?«

»Die Leiterin des Kinderheims sagte uns, dass vor einigen Monaten ein etwas zwielichtiger Mann bei ihr auftauchte, und sich so wie wir jetzt nach Eveline Berger erkundigte«, hält Denise die Frau zurück, die sich soeben erheben wollte, um dem Wunsch Hellers nachzukommen. »War so einer im letzten halben Jahr auch bei Ihnen?«

Eleonore Fuchs lässt sich sofort wieder auf ihren Drehstuhl zurückfallen. »Jetzt, wo Sie es erwähnen, Frau Kommissarin ... Da war tatsächlich einer hier, das muss etwa um diese Zeit herum gewesen sein. Er stellte ähnliche Fragen wie Sie heute, aber ich habe dem Kerl selbstverständlich keine Auskunft gegeben! Wo habe ich es denn bloß ...?«

Sie sucht einige Minuten auf ihrem mit Akten und sonstigem Kram überfüllten Schreibtisch herum und wird schließlich in einem Zettelkasten neben dem Telefonapparat fündig. Triumphierend hält sie den Kommissaren ein Stück Papier entgegen: »Hier! Der Kerl kam mir gleich so suspekt vor, deshalb habe ich das Kennzeichen seines Autos notiert, in das er beim Wegfahren eingestiegen ist. Das war so eine alte Schrottkiste, ein Honda glaube ich. Hilft Ihnen das?«

* * *

Horst Weiland macht auf dem Heimweg spontan einen kleinen Schlenker und lenkt seinen Wagen in das heruntergekommene und verrufene Viertel, wo die Kollegen am Tag zuvor einen Müllcontainer vergeblich nach dem verschwundenen Handy abgesucht hatten. An dem Bordell sind wie immer die Rollläden herabgelassen, aber die mehr oder weniger zufällig entstandenen Aufnahmen von den beiden rauchenden Prostituierten belegen eindeutig, dass hier nach wie vor Betrieb herrscht.

Und genau aus diesem Grund ist er jetzt hier. Auf den Bildern, die Wolfgang ihm vorhin gezeigt hatte, ist zwar trotz der fantastischen Auflösung bei keiner der Frauen ein Tattoo am Hals zu erkennen, aber das muss ja nichts bedeuten. Erstens trugen beide das Haar lang bis auf den Rücken und zweitens könnte es ja durchaus weitere ›Mitarbeiterinnen‹ in diesem Etablissement geben! Und wenn die alle vor die Tür zum Rauchen gehen, wie er vermutet, wird er mit etwas Glück eine größere Anzahl von Zigarettenkippen dort vorfinden!

Seine Überlegung stützt sich dabei auf die von Amara Jones unumstößlich belegte Tatsache, dass Oliver Paschkes Handy sich laut Peilung nur wenige Meter von dem Puff entfernt befunden haben muss, als die gefälschte Nachricht an dessen Kumpel Thomas Krause verschickt wurde. Einen Beschluss zur Durchsuchung des Bordells werden sie zwar dennoch nicht erhalten, aber die Kippen vor der Tür liegen sämtlich im öffentlichen Raum und außerdem in direkter Nachbarschaft eines möglichen Tatortes, wenn man die Funkpeilung so nennen will. Und sie enthalten jede Menge DNA, die in diesem Fall sogar verwertet werden darf!

Die Anrufe, die sie zu dritt bisher getätigt hatten, waren nämlich allesamt erfolglos. Entweder stellten die Mitarbeiter der kontaktierten Behörden sich von vornherein stur und verlangten einen richterlichen Beschluss zur Herausgabe der gewünschten Information, oder es war in den vergangenen Monaten nachweislich keine Anfrage zu einer Adoption bezüglich Eveline Berger zu verzeichnen gewesen. Eine weitere, wenn auch zugegebenermaßen äußerst vage Spur zu verfolgen, erscheint dem Oberkommissar daher in diesem Stadium der Ermittlungen nicht verkehrt.

Er stellt den Wagen der Einfachheit halber vor dem Container ab und geht vorsichtig die wenigen Schritte zu Fuß, wobei er den Blick ständig zu Boden gerichtet hält. Vor der im Augenblick verwaisten Tür findet er tatsächlich wie erhofft eine ganze Reihe weggeworfener Zigarettenkippen, die er sorgfältig in einen Spurensicherungsbeutel eintütet, nachdem er sich zuvor vorsorglich Handschuhe übergestreift hat. Jetzt besteht die einzige Herausforderung für ihn nur noch darin, den Chef von der Notwendigkeit eines guten Dutzends kostenpflichtiger DNA-Analysen zu überzeugen!

Kapitel 13

Peter Donner blickt zum dritten Mal innerhalb der letzten Minute ungeduldig auf die Uhr. »Wo bleiben die beiden denn bloß wieder?«, wendet er sich ungehalten an die restlichen Mitarbeiter im Raum, erntet jedoch wie erwartet nur ein dreimaliges Schulterzucken. »Zeit ist momentan wirklich nicht gerade im Überfluss vorhanden. Wir ermitteln jetzt seit vierzehn Tagen mit fünf Beamten und kommen trotzdem keinen einzigen Schritt weiter!«

Denise und Tobias sind normalerweise nach ihm die Ersten im Besprechungsraum. Ist dies einmal nicht der Fall, kann man allerdings davon ausgehen, dass es einen zwingenden Grund für die Verspätung gibt, meist können sie anschließend mit einem überraschenden Ermittlungserfolg aufwarten. »Sie haben sicher wieder etwas herausgefunden und wollen das erst verifizieren«, vermutet Horst Weiland daher.

»So wie deine gestrige Aktion mit den Zigarettenkippen?«, ätzt Donner. »Weißt du eigentlich, was die Analysen so vieler Proben kosten? Auf einen bloßen Verdacht hin ist mir das einfach zu teuer, und ich habe ehrlich gesagt auch keine Lust, mir eine einigermaßen glaubhafte Begründung für die

Rechnungsstelle aus den Fingern zu saugen. Schließlich bleibt der Papierkram letzten Endes an mir hängen!«

»Leider hat die Telefonaktion bisher kein befriedigendes Ergebnis gebracht«, ergreift Wolfgang Partei für den Freund. »Und da wir mit den Jugendämtern der näheren Umgebung jetzt durch sind, wird wohl auch nicht mehr mit einem Erfolg zu rechnen sein. Die stellen sich entweder allesamt stur und verweigern ohne Beschluss komplett die Auskunft, oder sie behaupten, keine Unterlagen zu einer Adoption mit dem Namen Berger als Kindsmutter zu haben. Das Bordell wäre aber immerhin ein Ansatz, da dort das Handy zuletzt in Betrieb gewesen ist!«

»Wir haben Sie!«, tönt es in diesem Augenblick lautstark vom Eingang her, was den Chef zunächst einer Antwort enthebt. Tobias schwenkt triumphierend ein Blatt Papier, während er zu seinem Sitzplatz eilt. Denise folgt ihm wegen ihres immer noch schmerzenden Rückens bedeutend langsamer.

»Wen oder was habt ihr?«, hebt Donner fragend die Augenbrauen. Er hasst es, seinen Ermittlern jedes Wort einzeln aus der Nase ziehen zu müssen, aber so sind sie nun mal!

»Na, die Täterin!«, verkündet Tobias im Brustton der Überzeugung, während Denise behutsam den Sitzplatz neben ihm einnimmt. »Na ja, fast jedenfalls!«

»Ich hoffe, dieses ›fast‹ bezieht sich nicht auf eine ähnliche Situation wie in einem zugegebenermaßen wenig geistreichen Witz, wo einer am Bahnhof den Dienstmann 123 trifft, er aber eigentlich den mit der Nummer 124 gesucht hatte und somit beinahe einen Erfolg zu verzeichnen hatte«, lacht Chrissie über die Wortwahl des Kollegen.

»Nein, es bezieht sich darauf, dass wir den Namen nicht kennen«, gibt Tobias trocken zurück. »Was sich aber im Laufe des heutigen Tages ändern wird. Wir konnten nämlich vor wenigen Minuten den Privatdetektiv ermitteln, der im Kinderheim und auch in der Jugend-WG herumgeschnüffelt hat!«

»Das Kennzeichen, das die Leiterin der Einrichtung uns gestern nannte, war zwar leider falsch, wie sich herausgestellt hat«, fährt seine Partnerin fort, »aber wir haben heute Morgen einfach sämtliche Permutationen von Buchstaben und Ziffern durchprobiert und sind fündig geworden! Offenbar hatte die Frau da nur etwas vertauscht. Das Führerscheinbild eines der infrage kommenden Fahrzeughalter stimmt mit der Personenbeschreibung überein, und wir haben auch schon die Adresse seiner Detektei ermittelt!«

»Die ist in Lohmar, also ganz hier in der Nähe. Wir müssen nur noch dorthin fahren und den Namen seiner Auftraggeberin aus ihm herauskitzeln«, nickt Tobias zufrieden. »Ein Kinderspiel!«

»Welches diesmal aber nicht ihr spielen werdet!«, bremst Donner ihn lächelnd. »Natürlich möchte ich die Frau umgehend vernehmen, sobald uns der Name bekannt ist. Diesen Privatschnüffler werden jedoch Horst und Wolfgang nachher aufsuchen und auch direkt im Anschluss die Dame festnehmen, sofern sie kein absolut wasserdichtes Alibi für wenigstens eine der beiden Taten vorweisen kann! Die Auskunft der Jugendämter hat sich damit wohl ebenso erledigt wie die DNA-Analyse deiner Kippen«, nickt er in Richtung Weiland.

»Warum denn jetzt ausgerechnet *diese* zwei?«, wundert sich Chrissie, weil sie sich bei der Einteilung übergangen fühlt. Schließlich ist *sie* Wolfgangs Partnerin und nicht Horst!

»Ganz einfach: Falls es sich bei der Zielperson um die Mörderin handelt, soll sie nicht gleich erfahren, dass der Anschlag auf das ›dynamische Duo‹ misslungen ist. Das wird dann später im Verhör so eine Art Trumpfkarte für uns sein! Außerdem ist Denise noch nicht fit genug für sowas und bei einer Festnahme kann es ja immer mal Komplikationen geben. Und bevor du fragst: Horst fährt mit Wolfgang raus, weil er auch mal vor die Tür kommen muss. Er sitzt den ganzen Tag im Kommissariat und rostet mir sonst womöglich noch ein. Und jetzt ist Schluss mit der Diskussion, wir haben einen Mordfall zu lösen und keine Zeit für solche Kindereien!«

»Der Detektiv wird uns die Auskunft zu seiner Mandantin bestimmt nicht freiwillig geben. Benötigen wir dafür nicht sowieso einen richterlichen Beschluss?«, erkundigt sich Wolfgang Müller. Neben ihm schmollt seine Partnerin, weil sie diesmal nicht mitfahren soll und zudem soeben vom Chef einen Dämpfer verpasst bekommen hat.

»Ich werde sofort einen beantragen. Im Gegensatz zu Geistlichen, Rechtsanwälten und Ärzten haben Privatdetektive zwar keine Schweigepflicht bezüglich ihrer Klienten, aber zur Aussage zwingen können wir ihn nur dann, wenn er im Rahmen seiner Tätigkeit Kenntnis von einer Straftat erlangte. In diesem Fall wäre er nur ein Zeuge, der ganz normal vernommen werden kann. Wir benötigen jedoch nicht nur den Namen der Auftraggeberin, sondern auch die Ermittlungsakte, von der er hoffentlich eine Kopie behalten hat und dafür braucht ihr definitiv einen Beschluss!«

* * *

Einige Stunden später

»Eine Rechtsanwaltskanzlei!«, liest Horst Weiland überrascht das große Messingschild an der Fassade des fünfstöckigen Geschäftshauses. »*Rechtsanwälte Gerber & Frohn, Strafrecht und Wirtschaftsrecht*‹. Der Privatschnüffler sagte zwar, er kenne lediglich die Geschäftsadresse seiner Klientin, dass es sich um eine Anwältin handelt, vergaß er aber, zu erwähnen. Oder es erschien ihm nicht so wichtig.«

»Was es im Grunde ja auch nicht ist«, bemerkt Wolfgang Müller völlig zutreffend. »Komm, lass uns hineingehen und schauen, ob *Rechtsanwältin* Elena Frohn ohne vorherige Anmeldung für einen kleinen Plausch zu haben ist!«

Franz Wohlfarth, ein gebürtiger Österreicher, der in Lohmar eine Detektei betreibt, war sofort bereit, die gewünschten Auskünfte zu erteilen und auch eine tatsächlich vorhandene Kopie der Ermittlungsakte an die Polizei weiterzugeben. Auf den

vorsorglich mitgebrachten Beschluss warf der vier-
schrötige Mann nur einen flüchtigen, eher gelangweilten Blick.

Elena Frohn habe ihn im Sommer kontaktiert, so
der ungewöhnlich auskunftsfreudige Privatermitt-
ler, weil sie Kenntnis über den Verbleib ihrer leiblichen Mutter zu erlangen wünschte, von deren Existenz sie erst kurz zuvor erfahren habe. Leider konnte er nach wochenlanger Recherche nur noch vom
bereits zehn Jahre zurückliegenden Suizid der Frau
berichten, die sich in ihrer Wohnung erhängt hatte.
Die Rechnung über einen hohen vierstelligen Be-
trag habe seine Klientin jedoch widerspruchslos be-
glichen.

Die äußerst detaillierte und umfangreiche Ermittlungsakte wird man sich später im Kommissariat mit den Kollegen zusammen in aller Ruhe anschauen, jetzt ist es zunächst einmal an der Zeit, die
allererste Verdächtige in diesem Fall zu befragen.

* * *

Elena Frohn ist recht jung für eine Anwältin, mit
einem geschätzten Alter von etwa sechsundzwanzig oder siebenundzwanzig Jahren dürfte es zudem
nicht allzu lange her sein, dass sie ihr zweites
Staatsexamen ablegte. *Wahrscheinlich ist die Tinte
auf ihrer Urkunde noch gar nicht trocken*, vermutet
Wolfgang Müller. In der Kanzlei wird sie als Juniorpartnerin geführt und sie war sogleich ohne Diskussion bereit, die Polizisten zu empfangen.

Das in einem Mahagoniton gefärbte Haar trägt
die äußerst attraktive und selbstbewusst wirkende
Frau modisch kurz, was einen freien Blick auf ihren

Hals zulässt, der keinen Schmuck benötigt. *Kein Tattoo!*, stellt Horst Weiland enttäuscht fest, bevor er sich neben seinem Partner in einen der bequemen Sessel der Besucherecke fallen lässt.

»Sollte es um einen Mandanten gehen, haben Sie den Weg hierher umsonst gemacht«, verkündet sie mit einer angenehmen, offenbar geschulten Stimme, nachdem sie sich zu ihnen gesellt hat. »Es sein denn, sie haben einen richterlichen Beschluss dabei, den Sie mir dann aber sicher längst gezeigt hätten, richtig?«

Weiland stellt sie sich in Anwaltsrobe bei Gericht vor und gelangt zu der Ansicht, dass die couragierte Rechtsanwältin den Status einer Juniorpartnerin in einer, wenn man die äußerst erlesene Einrichtung als Maßstab nehmen kann, florierenden Anwaltspraxis wie dieser trotz ihrer jungen Jahre durchaus verdient haben könnte.

Jedenfalls scheint sie in der Anwesenheit zweier Kriminalpolizisten keine Bedrohung für sich selbst zu sehen. Sein Blick sucht die hinter ihr hängende Urkunde und ist über das ›*summa cum laude*‹ nicht sonderlich überrascht. *Vermutlich hat sie eine oder zwei Klassen übersprungen, das Abitur demzufolge mit siebzehn beziehungsweise achtzehn gemacht, und sofort einen Studienplatz erhalten*, nickt er anerkennend vor sich hin. *Solch eine Intelligenzbestie möchte ich nicht zum Gegner haben!*

»Herr Kommissar?«, holt ihn die jetzt hörbar ungehaltene Stimme der Anwältin aus seinen Gedanken. Sie schaut auf die teuer aussehende Designeruhr an der Wand: »Meine Zeit ist ebenso begrenzt wie meine Geduld, dürfte ich also endlich erfahren, weshalb sie hier sind?«

»Äh, ja. Es geht um Ihre leibliche Mutter«, kommt er umgehend zur Sache und schaut ihr gleichzeitig aufmerksam ins Gesicht, in dem sich jedoch kein einziger Muskel regt, als sie seinen Blick erwidert. »Wir wissen, dass Sie in den vergangenen Monaten Nachforschungen diesbezüglich anstellen ließen.«

»Und? Ich wollte diese Frau endlich kennenlernen. Das ist schließlich nicht strafbar«, zuckt sie gleichgültig mit den Schultern.

»Das nicht, aber die an ihrer Vergewaltigung beteiligten Männer zu töten, schon! Sagen Sie uns bitte, wo sie am achten Januar zwischen 10:00 und 11:00 waren, und am Vierzehnten in der Zeit von 15:00 bis 17:00 Uhr!«

»Ach, waren das diese beiden?«, wölbt sie erstaunt die Brauen. »Ich las davon in der Zeitung … Sie benötigen also Alibis von mir, wie aufregend. Warten Sie einen kleinen Augenblick!« Sie geht gemessenen Schrittes zu ihrem Schreibtisch und holt ihr Portfolio, in dem sie anschließend einige Sekunden lang herumblättert.

»Am 8. Januar hatte ich einen Tag freigenommen und habe ganz allein die Wohnung geputzt«, zitiert sie die Kalendereinträge emotionslos. »Aber für den zweiten Zeitraum kann ich etwas vorweisen: Unsere Kanzlei hatte einen Termin bei einem extrem wichtigen Klienten, weshalb auch der Seniorpartner teilnahm. Herr Gerber ist auf Wirtschaftsrecht spezialisiert, müssen Sie wissen. Das Meeting dauerte den ganzen Tag, und ich kann Ihnen mindestens zehn Zeugen dafür nennen!«

»Es wäre für unsere weiteren Ermittlungen von Vorteil, wenn wir Ihre DNA mit der von den Tatorten vergleichen könnten«, ergreift Wolfgang Müller erstmals das Wort. Wohl wissend, dass die Abgabe einer Speichelprobe freiwillig wäre, da sie einen Gerichtsbeschluss, sofern ihr Alibi bestätigt würde, nicht ausgestellt bekämen. Er greift in die Tasche und holt das vorsorglich mitgebrachte Röhrchen mit dem steril verpackten Wattestäbchen hervor. »Ich würde daher jetzt gerne eine Probe von Ihnen nehmen.«

»Sie haben also DNA an den Tatorten gefunden«, nickt sie mit versteinertem Gesicht. »Gehe ich recht in der Annahme, dass es sich in beiden Fällen um dieselbe handelt? Dann hören Sie mir jetzt gut zu: Ich bin nicht der Bilokation fähig und kann demnach nicht an zwei Orten gleichzeitig sein. Und wenn ich für den einen Tag nicht infrage komme, benötige ich für den anderen ebenfalls kein Alibi. Sie wollen eine Speichelprobe? Dann legen Sie mir einen Gerichtsbeschluss vor! Wir wissen aber doch im Grunde alle, dass Sie einen solchen niemals bekommen werden!«

Kapitel 14

»Dieser Privatschnüffler ist wirklich unglaublich fähig, Tobi!«, nickt Denise Malowski anerkennend, nachdem sie die von Müller und Weiland ›erbeutete‹ Ermittlungsakte des Detektivs vollständig durchgesehen hat. Sie nimmt einen Schluck aus ihrer Tasse und verzieht angewidert das Gesicht, weil der Kaffee mittlerweile kalt geworden ist. »Was der über Eveline Berger nach all den Jahren noch herausgefunden hat, ist einfach genial!«

»Wenn der Name der Mörderin nicht darunter ist, interessiert mich das eigentlich herzlich wenig!«, brummt Tobias Heller missgelaunt, während er, ohne eine Sekunde den Blick vom Bildschirm zu nehmen, weiter konzentriert in den Ermittlungsberichten der letzten Tage liest. Obwohl es eher unwahrscheinlich ist, hofft er dennoch, auf diese Weise auf irgendeine Kleinigkeit zu stoßen, die bisher übersehen wurde.

»Wenn es diese Anwältin nicht ist, steht der Name tatsächlich nicht drin. Deren Alibi ist aber absolut wasserdicht, wie wir mittlerweile wissen. Und da Elena Frohn den einen Mord nicht verübt haben kann, war sie es bei dem anderen auch nicht, da die genetischen Spuren an beiden Tatorten zu hundert Prozent identisch sind. Es muss also noch jemanden geben! Vielleicht hat sie sich ja geirrt und ist gar nicht die leibliche Tochter von Eveline Berger? Dann wäre für sie der ganze Aufwand mit den Nachforschungen umsonst gewesen und wir stünden mal wieder mit leeren Händen da!«

»Unsere Grundlage ist immer noch der wissenschaftlich nachgewiesene Verwandtschaftsgrad der mutmaßlichen Täterin zu Eveline Berger!«, schüttelt Tobias den Kopf. Die Lektüre der Ermittlungsberichte hat er in der Zwischenzeit aufgegeben, da Denise ihn ohnehin nicht in Ruhe lesen lässt. »Außerdem passen die Mordopfer und wohl auch der Anschlag auf uns in dieses Schema! Was wissen wir über Verwandtschaftskoeffizienten von 50 %?«

»Soweit ich weiß, ist es der größtmögliche Koeffizient überhaupt. Er kommt nur bei Geschwistern vor und zwischen einem Elternteil und den Kindern.«

»Korrekt, ein höherer Wert ist nur unter eineiigen Zwillingen vorhanden! Daraus ergeben sich für uns insgesamt drei Möglichkeiten. Erstens: Eveline Berger hatte eine Schwester, die dann prinzipiell als Täterin infrage käme. Das ist jedoch eher unwahrscheinlich, zumal es sich bei ihr um eine Vollwaise handelte und wir noch nicht einmal die Eltern kennen. Zweitens: Es gab gegen jede Wahrscheinlichkeit tatsächlich eine Schwester, und zwar eine Zwillingsschwester. *Deren* Tochter würde nämlich ebenfalls einen Koeffizienten von 50 % aufweisen, da die Gene von Mutter und Tante in diesem Fall identisch wären. Was hätte diese hypothetische Nichte aber für ein Motiv gehabt, die Morde zu begehen? Drittens besteht noch die Möglichkeit, dass Eveline

Berger *selbst* eineiige Zwillinge zur Welt brachte. Und das würde einfach alles erklären! Die müssten nicht einmal etwas voneinander wissen, hätten jedoch beide ein starkes Motiv! Was sagt denn deine Akte dazu?«

»Leider nicht allzu viel. Wohlfarth begann seine Recherche genau wie wir in dem Kinderheim in Bonn, wo ihn die Leiterin zwar hinauswarf, er aber einen Hinweis auf die betreute Jugend-WG erhielt. Ein Bild dieses Gebäudes hing über dem Schreibtisch an der Wand, du erinnerst dich? Die dazugehörige Adresse herauszufinden, war für ihn nicht sonderlich schwer, da es sich um ein ehemaliges Schulgebäude handelte, und so war dies seine zweite Anlaufstelle.«

»Wo ihm jedoch ebenfalls die Auskunft komplett verweigert wurde, wie wir von Frau Fuchs gestern erst erfahren haben!«

»Das stimmt, aber er konnte eine frühere Mitarbeiterin ausfindig machen, die vor kurzem in den Ruhestand gegangen war. Ihren Namen las er unter einem Gruppenbild im Büro der Leiterin. Dieser Mensch muss Augen wie ein Luchs haben! Jedenfalls suchte er die Frau zu Hause auf und quetschte sie aus. Seine Ausbeute bestand aus dem Namen der damaligen Zimmergenossin des Mädchens, die er nach längerer Recherche schließlich auch fand. Und die wiederum wusste von der Schwangerschaft der Freundin und dass diese vorhatte, ihr Baby auszutragen und dann zur Adoption freizugeben. Über das Jugendamt und ganz offiziell! Sie selbst war nämlich einfach in einem Korb vor einer Kirche abgelegt worden, was sie ihrem Kind auf jeden Fall ersparen wollte. Wo sie während dieser Monate kampiert hatte, ist nicht bekannt. An dieser Stelle enden die Recherchen zur Person der Eveline Berger. Was Wohlfarth aber noch herausfand, waren die Vergewaltigung und die Namen der Beteiligten sowie der spätere Suizid.«

»Womit wir allerdings wieder bei seiner Auftraggeberin angelangt wären, die jedoch einerseits ein wasserdichtes Alibi vorweisen kann, und uns zudem bisher eine Speichelprobe verweigerte. Wir müssen demnach einen anderen Weg finden, ihr eine mögliche Tatbeteiligung nachzuweisen!«

* * *

»Zwillinge mit identischen Genen, die jahrzehntelang nichts voneinander gewusst haben sollen und jetzt zufällig zusammenfanden?«, runzelt Donner im Anschluss an den etwas längeren Vortrag der Hauptkommissarin zum Ermittlungsbericht des Detektivs ungläubig die Stirn. »Wie wahrscheinlich ist das denn?«

»Falls Eveline Berger damals zwei Töchter bekam, müssten diese heute etwa sechsundzwanzig Jahre alt sein«, widerspricht Denise. »Bettina und ich fanden uns bekanntlich nach über drei Jahrzehnten wieder, wobei Betty allerdings im Gegensatz zu mir die ganze Zeit wusste, dass sie einen Zwilling hatte. Es könnte sich hier ähnlich zugetragen haben!«

»Wir benötigen zuallererst dringend eine DNA-Probe dieser Anwältin! Alibi hin oder her, sie ist leider derzeit unsere einzige brauchbare Spur! Ich werde daher trotz der äußerst geringen Aussicht auf Erfolg gleich im Anschluss an die Besprechung einen richterlichen Beschluss zu erwirken versuchen. Hat sonst noch jemand irgendwelche Vorschläge zum weiteren Vorgehen? Abgesehen von deinen Zigarettenkippen«, lächelt er in Richtung Horst Weiland, der soeben den Mund geöffnet hat und ihn nun wieder zuklappt.

»Niemand? Nun gut, dann hören wir uns jetzt den Bericht der Forensik an«, wendet sich der Kommissariatsleiter an Jürgen Vogel, der eine recht umfangreiche Dokumentenmappe mit in die Besprechung gebracht hat. »Du hast doch einen?«

»Wie man's nimmt ... Eigentlich wollte ich heute nur die forensischen Untersuchungen zu den beiden Mordfällen zum Abschluss bringen. Wir haben alles exakt dokumentiert und das meiste davon liegt euch ja auch schon in Form detaillierter Abhandlungen vor. In diesem Zusammenhang weise ich darauf hin, dass sämtliche Gegenstände selbstverständlich für eine eventuell später notwendige Nachprüfung steril verpackt sind und sicher aufbewahrt werden.«

»Wie ich dich kenne, war das aber noch nicht alles, nehme ich an?«, vermutet Donner, weil der Wissenschaftler eine seiner – allerdings nur bei ihm selbst – äußerst beliebten Kunstpausen einlegt.

»Was bisher noch fehlt, ist der Bericht zur mikrobiologischen Analyse der Kleidung, die uns von der Rechtsmedizin jetzt überstellt wurde. Es waren aber jeweils nur die üblichen Spuren ihrer Träger daran zu finden, lediglich im zweiten Fall gab es ein einsames, exakt fünfundvierzig Zentimeter langes, blondes Haar am Pullover des Opfers, welches dort wahrscheinlich haften blieb, als die Täterin den Mann aus dem Stuhl wuchtete, an den er zuvor gefesselt war. Es handelt sich dabei jedoch um ein Kunsthaar, vermutlich aus einer Perücke!«

»Wenn ich mich recht erinnere, traf der Zeuge Gruber unmittelbar vor dem Mord an Oliver Paschke im Treppenhaus auf eine Frau mit langen blonden Haaren, die sie zu einem Pferdeschwanz gebunden hatte«, ruft Tobias Heller sich die Aussage des Rentners ins Gedächtnis zurück. »Und die aus dem Video hatte die gleiche Haarfarbe!«

»Die Rechtsanwältin, bei der Horst und ich gestern waren, trug das Haar aber kurz, und die Farbe war so eine Art Mahagoni!«, kontert Wolfgang Müller sofort und ohne lange nachzudenken.

»An welcher Stelle bist du nicht mitgekommen?«, spottet Chrissie Ohlsen. »Das war eine *Perücke*, die kann ja nun wirklich jede beliebige Person getragen haben!«

»Ich darf doch um ein bisschen mehr Ernsthaftigkeit bitten, Leute!«, geht Donner resolut dazwischen. »Leider hilft uns dieses Haar ohnehin nicht weiter, da eine DNA-Analyse bei Kunsthaaren nun einmal nicht möglich ist. Und wie Chrissie zutreffend bemerkte, kann es buchstäblich von jedem stammen!«

»Das Handy wurde wieder eingeschaltet!«, ruft eine markante Stimme vom Eingang her, bevor jemand auf die Worte des Kommissariatsleiters angemessen reagieren kann. Alle Köpfe rucken synchron zu der unerwarteten Besucherin herum. Amara Jones steht in der Tür und hält einen kleinen Zettel in der Hand, den sie aufgeregt schwenkt, während sie den Raum vollends betritt und zügig den leeren Platz neben ihrem Vorgesetzten einnimmt.

* * *

»Nachdem das Telefon an den von mir vor einigen Tagen ermittelten Koordinaten nicht mehr gefunden werden konnte, habe ich eine stille SMS an das Gerät gesendet«, eröffnet die IT-Spezialistin den gebannt lauschenden Kommissaren. »Da das Handy Gegenstand einer Mordermittlung ist und sein Eigentümer nachweislich nicht mehr lebt, war dazu glücklicherweise kein richterlicher Beschluss erforderlich.«

Donner verdreht unwillkürlich die Augen. *Daran* hätten sie durchaus selber denken können! »Ist es jetzt noch in Betrieb?«, erkundigt er sich bei Amara Jones nach dem Naheliegenden.

»Leider nein. Es wurde vor etwa zehn Minuten eingeschaltet und verschwand nur wenige Sekunden später gleich wieder von der Peilung. Die Aktivierung war vielleicht nur ein Versehen. Durch die Nachricht, die ich aufgrund der stillen SMS erhielt, kennen wir jedoch dieses Mal die exakten GPS-Koordinaten, und diese haben sich gegenüber dem bisher bekannten Standort um wenige Meter verändert, was aber auch an der Ungenauigkeit der Funkpeilung liegen kann.«

»Würdest du uns das auf der Karte zeigen?«, bittet Tobias die Spezialistin und betätigt gleichzeitig die Fernbedienungen für Beamer und Motorleinwand, die sich leise surrend herabsenkt. Eine Minute später ist der Projektor einsatzbereit und auf der Leinwand ist ein Ausschnitt des infrage kommenden Gebietes aus *Google Maps* zu sehen.

Amara Jones setzt sich an den mit der Videoanlage gekoppelten Computer und tippt einige Augenblicke auf der Tastatur herum, worauf ein etwas größerer Kreis mit einer gelben Markierung im Mittelpunkt erscheint. »Das ist die Funkpeilung, die ich euch am Dienstag nannte«, kommentiert sie das Bild. »Der Kreis symbolisiert den von mir genannten Unsicherheitsfaktor mit einem Radius von fünfzehn Metern.«

Es erfolgen erneut einige Tastenanschläge, und eine blaue Markierung erscheint direkt an der Peripherie der besagten Kreislinie. »Und dies sind die GPS-Koordinaten von heute mit einer Ungenauigkeit von weniger als *einem* Meter!«, schließt Amara ihre Vorführung ab und lehnt sich entspannt zurück.

»Ich mag mich ja irren, aber für *mich* sieht das so aus, als befände sich die blaue Markierung *innerhalb* der Mauern von diesem Bordell!«, kann es sich Horst Weiland nicht verkneifen, wobei es ihm nur unvollständig gelingt, sein impertinentes Grinsen zu unterdrücken.

»Verdammt, du hast recht!«, stimmt Donner ihm fassungslos zu. »Ich hätte wohl doch auf dich hören sollen und deine Zigarettenstummel sofort untersuchen lassen ... Bisher fehlte uns jedoch die rechtliche Grundlage, auf einen bloßen Verdacht in die Grundrechte von Bürgern einzugreifen. Schließlich ist dies die Realität und kein drittklassiger Kriminalroman! Wir werden die DNA-Analysen jedoch jetzt selbstverständlich umgehend nachholen!«

»Das kann aber dauern, Chef! Außerdem steht das Wochenende vor der Tür«, wendet Weiland ein.

»Ach was! Du fährst heute noch zum humangenetischen Institut nach Bonn und lieferst die Kippen höchstpersönlich ab. Die sollen erstmal nur Schnelltests machen. Das ist billiger und geht, wie der Name schon sagt, auch schneller, sodass wir die Ergebnisse bis Montag haben dürften.«

»Die sind aber nur zu 80 % genau und somit nicht gerichtsfest!«, erinnert Denise Malowski ihn.

»In diesem Fall reicht mir das zunächst, um tätig werden zu können, da bei einer Übereinstimmung der direkte Zusammenhang mit den Morden gegeben ist und wir somit berechtigt sind, die Räumlichkeiten zu betreten. Zur Not nehmen wir eben *alle* Nutten fest und knöpfen sie uns einzeln vor! Eine gerichtsfeste DNA-Probe zu bekommen, stellt dann sowieso kein Problem mehr dar, da diese zur erkennungsdienstlichen Behandlung gehört!«

Kapitel 15

Es ist dann schließlich doch ein etwas größerer
Einsatz geworden, als von Peter Donner ursprünglich vorgesehen. Wie überall, wo Menschen ihrer
täglichen Arbeit nachgehen, funktioniert der alt-
hergebrachte ›Flurfunk‹ auch im Gebäude der Kriminalpolizei besser und zuverlässiger als jedes
Kommunikationssystem, und sei es noch so modern.

Und das kam so: Tobias Heller erzählte am Freitag beim Abendessen seiner Frau Melanie beiläufig
von der geplanten Razzia. Die wiederum – selbst
Leiterin des Kommissariats 2 – sprach gleich heute
Morgen in der Cafeteria mit Thomas Kunze, dem
Leiter des Kriminalkommissariats 4 darüber, und
dieser hatte natürlich nichts Besseres zu tun, als
sofort Reiner Bachmann zu informieren, der das
Kommissariat 3 leitet.

Da sie bis auf Melanie Heller alle auf die eine
oder andere Weise noch eine Rechnung mit dem
Betreiber offen haben, versammelten sich jetzt zu
fortgeschrittener Stunde die Vertreter dreier Kom-
missariate auf einem Parkplatz in der Nähe des ma-
roden Gebäudes am Rande des Industriegebietes, in
dem mit einiger Berechtigung ein illegales Bordell

vermutet wird. Insgesamt mussten dafür drei verschiedene Durchsuchungsbeschlüsse ausgestellt werden.

Donner verzichtete wegen der regen Beteiligung spontan darauf, seine eigenen Leute hinzuzuziehen, da sich hier, ihn selbst mitgerechnet, immerhin fünf Kriminalbeamte, ein Drogenspürhund und sechs Kollegen und Kolleginnen der Schutzpolizei eingefunden haben. Dieses enorme Aufgebot an Einsatzkräften sollte für das geplante Vorhaben seiner Meinung nach mehr als ausreichend sein. Zumal seine Ermittler eine kleine Verschnaufpause redlich verdient haben, weshalb er sie bis auf Denise und Tobias, die zumindest für die nächsten zwei Stunden als stille Einsatzreserve dienen sollen, schon in den Feierabend entlassen hat.

Der Leiter des KK 1 betrachtet diesen Alleingang nämlich in erster Linie als eine Art Wiedergutmachung für seine Launen, die seine Kommissare in den vergangenen Tagen erdulden mussten, und gelobt im Stillen Besserung. Allen voran muss er Horst Weiland dringend Abbitte leisten, der sich in dieser Sache ja nun wirklich nichts vorzuwerfen hat, das hat er ganz allein zu verantworten. Dafür darf der Kollege dann morgen mit ihm gemeinsam die Vernehmung durchführen, sofern dieser Einsatz überhaupt zu einem Erfolg führt.

»Wir gehen in fünf Minuten da rein!«, ruft Hauptkommissar Bachmann laut in die Runde, als habe er hier das Sagen. »Die machen ihre Bude um 17:00 Uhr auf, wir haben also noch genügend Zeit. Anschließend wird Thomas den Laden ohnehin schließen, schätze ich!« Er wendet sich in normalem Tonfall an Donner: »Ich vermisse deine Leute, Peter. Wo hast du denn das berühmte *dynamische Duo* gelassen?«

»Ich will sie noch was schonen«, weicht der Erste Hauptkommissar aus. »Immerhin ist es erst eine gute Woche her, dass auf die beiden geschossen wurde. Außerdem dürften wir auch ohne sie genügend Leute zusammenhaben, um den Laden ordentlich aufzumischen. Warum bist du mit Kirsten eigentlich mit von der Partie? Glaubst du, da drinnen Drogen zu finden? Dass Kunze sich eine Razzia in einem Bordell nicht entgehen lässt, kann ich ja noch verstehen, aber wie hast *du* den Richter davon überzeugen können, einen Beschluss zur Beschlagnahme von Betäubungsmitteln auszustellen?«

»Den hat er bestimmt nur herausgerückt, weil ihr auch einen habt und wir ihm schon seit Jahren damit auf die Nerven gehen, dass wir den Schuppen gerne mal gründlich auf links drehen würden. Wir haben es bisher leider nie beweisen können, aber es gibt deutliche Hinweise, dass da Drogen vertickt werden. Das ist jetzt *die* Gelegenheit für uns!«

»Nachdem wir nachweisen konnten, dass da drin ein Handy versteckt wird, das zuvor einem Mordopfer gestohlen wurde, war es für uns kein Problem mehr, Richter Biber zu überzeugen«, informiert Donner den Kollegen. »Zumal an Zigarettenkippen, die von einer ›Bediensteten‹ dieses Etablissements zurückgelassen wurden, dieselbe DNA sichergestellt wurde, die von der mutmaßlichen Täterin am Tatort hinterlassen wurde. Leider liegt uns diese Information erst seit wenigen Stunden vor.«

Genauer gesagt, war lediglich an sieben der insgesamt elf Zigarettenstummel, die sein Mitarbeiter an der Hintertür des Bordells aufgesammelt hatte, überhaupt verwertbare DNA zu finden. An zweien davon stimmte die Signatur genügend mit der vom Tatort überein, sodass der Richter widerspruchslos einen Durchsuchungsbeschluss ausstellte. Donner ist sich durchaus darüber im Klaren, dass er diesbezüglich anfangs falsch reagiert hatte und Weiland wie so oft auch dieses Mal wieder einmal richtig lag.

»Ich störe euch zwei Plaudertaschen ja nur höchst ungern bei eurem Kaffeekränzchen«, mischt sich eine sarkastische Stimme in ihr Gespräch ein. Sie gehört Kriminalhauptkommissar Thomas Kunze, der sich wie immer auf leisen Sohlen herangeschlichen hat. »Aber ich wäre den Herrschaften unendlich dankbar, wenn es jetzt endlich langsam mal losgehen könnte, meine Leute und ich sind jedenfalls so weit!«

* * *

Nachdem die uniformierten Kollegen ihre Posten an den möglichen Fluchtwegen vor und hinter dem Haus bezogen haben, hämmert Hauptkommissar Bachmann mehrmals kräftig mit der Faust gegen die Eingangstür. Einrichtungen wie diese öffnen zwar meist nur auf ein vorher verabredetes Klopfzeichen, aber der Drogenfahnder hat eine Art Universalcode.

»Aufmachen! Polizei!«, ruft er in einer Lautstärke, dass es weithin schallt. An einigen Häusern in der Nachbarschaft erscheinen nur wenige Augenblicke später die ersten Schaulustigen in den Fenstern. »Wir haben Durchsuchungsbeschlüsse dabei! Falls Sie nicht die Tür öffnen, verschaffen wir uns gewaltsam Zutritt! Ich gebe Ihnen genau zehn Sekunden Bedenkzeit!«

»Na bitte, das klappt doch immer!«, grinst Kirsten Schultz in die Runde, als von drinnen das hektische Umdrehen eines Schlüssels und das Geräusch eines zurückgeschobenen Riegels zu hören ist. Die Oberkommissarin ist die dienstälteste Mitarbeiterin in Bachmanns Kommissariat und vornehmlich für Drogenrazzien zuständig, weshalb sie auch den Hund an der Leine mitführt. Obwohl nur 1,65 Meter groß, verfügt sie über extrem breite Schultern und einen Oberarmumfang, der bei anderen zum Schenkel gereichen würde. Durch ihre quadratische Erscheinung wirkt sie fast wie eine abgebrochene Version von Wolfgang Müller.

Die massive Eingangstür wird verdächtig langsam geöffnet. Gleichzeitig entsteht hinter dem Haus ein kleiner Tumult, als dort offenbar einige ›Bewohner‹ dieses Etablissements den davor stehenden Polizisten geradewegs in die Arme laufen. Kirsten Schultz hält dem Kleiderschrank, der in der Türöffnung erscheint, den Durchsuchungsbeschluss vor die Nase: »Drogenfahndung!«, informiert sie den reichlich dümmlich dreinblickenden Mann mit ihrer unverwechselbaren kehligen Stimme. »Treten Sie bitte zur Seite!«

»Sitte!«, fügt Tamara Kuhnert, die Begleiterin von KHK Kunze hinzu, wobei sie der Einfachheit halber die zwar veraltete, aber immer noch gebräuchliche Bezeichnung für ihre Dienststelle benutzt. Auch sie hält ihm einen Beschluss hin. »Sie können schon mal ihre ›Mitarbeiterinnen‹ zusammentrommeln. Ich hoffe doch sehr für Ihren Boss, dass die alle im Besitz gültiger Papiere sind!«

»Mordkommission!« Donner betritt als Letzter das Gebäude und zeigt dem verwirrten Türsteher ebenfalls seinen Beschluss. »Wir haben Kenntnis darüber erlangt, dass Sie einer gesuchten Straftäterin Unterschlupf gewähren!«, fügt er erklärend hinzu. Nicht, dass diese Information auf fruchtbaren Boden fallen würde!

»Ja, was denn jetzt?«, grunzt der Kleiderschrank dann auch wie erwartet verständnislos und schaut verwirrt von einem zum anderen. Wie es scheint, ist er von der ungewohnten Situation geistig total überfordert.

»Na, alles zusammen!«, informiert Kirsten Schultz ihn, wobei sie betont langsam und deutlich spricht und ihm jovial auf die Schulter klopft. »Sie haben heute das ganz große Los gezogen, mein Herr!« Sie ist zunächst mit dem Spürhund am Eingang stehengeblieben und blockiert somit wirksam den Ausgang. »Sie dürfen jetzt ihren Boss rufen!«, raunt sie ihm noch zu, bevor auch sie den Kollegen ins Innere folgt. Zwei der insgesamt sechs Streifenpolizisten kommen mit hinein, während die anderen weiterhin draußen vor der Tür und hinter dem Haus darauf achten, dass ihnen niemand durch die Lappen geht.

* * *

Wenige Minuten zuvor

Unten wummert es an der Tür. Ich schrecke aus einem unruhigen Schlummer auf und sitze sofort senkrecht im Bett. »Aufmachen! Polizei!«, tönt es in einer Lautstärke, die selbst Tote aufwecken würde. Der Vordereingang dieser Bruchbude liegt nämlich günstigerweise direkt unter meinem Zimmer. Unsere ›Schicht‹ beginnt zwar erst in frühestens einer Stunde, aber an Schlaf ist jetzt natürlich nicht mehr zu denken. Er ist zurzeit bei mir ohnehin nicht sonderlich tief, weil ständig damit zu rechnen ist, dass genau das passieren wird, was nun offenbar eingetreten ist, und ich dann sofort reagieren muss. Immerhin gehört das alles mit zum Spiel, und die gelegte Spur konnte selbst der dümmste Bulle auf die Dauer kaum übersehen. Trotzdem darf ich jetzt nicht den allerkleinsten Fehler machen!

Die zwei Gestalten, die ich vor ein paar Tagen in dem Abfallcontainer hinter dem Haus wühlen sah, waren ganz sicher auf der Suche nach diesem Handy! Gut, dass ich es noch nicht fortgeworfen hatte! Und dann musste diese blöde Schlampe in meinen Sachen herumwühlen und es einschalten! Die kann einfach nie ihre Flossen bei sich behalten. Ob alle Russen klauen wie die Raben? Egal, die werden sie sowieso einkassieren, denn sie ist ebenso wie ihre Busenfreundin Irina illegal hier!

Ich hatte zwar gehofft, gerade noch rechtzeitig den Akku herausgerissen zu haben, bevor man es anpeilen konnte, aber das war dann wohl doch schon zu spät! Offenbar hat es trotz des schlechten Empfangs hier drinnen für eine Peilung ausgereicht, da die Bullen jetzt vor der Tür stehen. Der Zusammenhang dürfte selbst dem größten Vollpfosten sonnenklar sein! Ich muss das verräterische Teil sofort loswerden, denn wenn es bei mir gefunden wird, ist das ganz und gar nicht gut!

Ich werde das Handy am besten einfach in Swetlanas Zimmer deponieren. Sollen die mir erstmal nachweisen, dass ich es in meinem Besitz hatte, und diese Schlampe wollte es ja sowieso unbedingt haben! Doch zuallererst ist dringend noch etwas anderes zu erledigen, aber dazu muss ich kurz hinaus vor die Tür und dort wartet man garantiert schon auf mich!

* * *

Einer der uniformierten Beamten führt eine Frau herein. »Die hier haben wir am Hintereingang abgefangen«, erklärt er einsilbig und drückt Donner ein Smartphone in die Hand. »Dieses Handy haben wir ihr abgenommen. Wollte wohl telefonieren.« Die langbeinige Blondine trägt, ebenso wie ihre beiden vor dem Tresen versammelten ›Kolleginnen‹, ihre Berufskleidung, die aus einem schwarzen BH, einem ebensolchen Minirock, kaum breiter als ein Gürtel, und den üblichen Highheels besteht.

»Sind das jetzt alle?«, erkundigt sich Donner bei dem ›Inhaber‹ des Puffs, einem etwa fünfzigjährigen Kerl mit leicht angegrauten Schläfen. Gekleidet ist er stilgerecht in sündhaft teure Designerklamotten, mit dazu passender Rolex und dem obligatorischen Goldkettchen. Von der Polizei ist außer Donner und zwei Streifenpolizisten nur noch

Hauptkommissar Kunze anwesend, der Rest hat sich im Haus verteilt, wo man nach weiteren Frauen und/oder Drogen sucht.

»Das sind alle meine Mitarbeiterinnen«, nickt der Geschniegelte mit versteinerter Miene. Er wirkt auf Donner hypernervös und schaut immer wieder auf seine protzige Armbanduhr. Wahrscheinlich hat er mehr als eine Leiche im Keller und wartet händeringend auf einen Anwalt, den er garantiert umgehend herbeizitierte, noch bevor die Beamten seinen Laden überhaupt betreten hatten. Sobald es um ihren kostbaren Hals geht, sind diese zwielichtigen Gestalten meist besonders fix bei der Sache.

Donner richtet sein Augenmerk auf die neu hinzugekommene Frau. Ihr Alter schätzt er auf etwa Mitte bis Ende zwanzig, obwohl ihre Gesichtszüge unter der großzügig aufgetragenen Schminke kaum zu erkennen sind. Dies lässt ihn in ihr seine Zielperson vermuten, sofern bei der Durchsuchung der Räume keine weiteren Frauen mehr gefunden werden. Die wenigen Worte, die ihre ›Kolleginnen‹ zuvor in gebrochenem Deutsch von sich gaben, weisen nämlich eher auf eine osteuropäische Abstammung hin.

Ausweisen konnten sich die beiden mutmaßlichen Russinnen bislang nicht, da sie ihre Pässe ›verloren‹ hätten, wie sie sagten. Es ist jedoch zu vermuten, dass ihr ›Arbeitgeber‹, dem Akzent nach ebenfalls ein Russe, die Papiere in Gewahrsam hat, damit seine sich höchstwahrscheinlich illegal in Deutschland aufhaltenden ›Pferdchen‹ ihm nicht davongaloppieren. Mit dieser Problematik wird sich

Kollege Kunze auseinanderzusetzen haben, dessen Mitarbeiterin Tamara Kuhnert sich soeben zu ihm gesellt.

»Wen haben Sie vorhin angerufen?«, will Donner von der Wasserstoffblonden in strengem Ton wissen, erntet jedoch statt einer Antwort nur eisiges Schweigen. Als die Frau jetzt aber in einer trotzig anmutenden Kopfbewegung die lange blonde Mähne über die Schulter wirft, wird für wenige Augenblicke ein Tattoo in Form eines Schmetterlings an ihrer linken Halsseite sichtbar. Der Erste Hauptkommissar nickt mehrmals zufrieden vor sich hin. *Na also, geht doch! Da soll mal einer sagen, so ein alter Haudegen wie ich brächte ohne seine Leute keine vernünftige Festnahme zustande!*

Nachdem die Personalien sämtlicher Personen einschließlich des Türstehers genauestens notiert wurden, kommen die beiden Drogenfahnder ebenfalls die Treppe herunter. Ihre Ausbeute ist gering und besteht lediglich aus einigen Briefchen Kokain, die wahrscheinlich den ›Damen‹ gehören, und etlichen Packungen verschreibungspflichtiger Potenzmittel. Insgesamt ist das zwar reichlich unbefriedigend, aber ausreichend für eine dauerhafte Schließung dieser Einrichtung und die Festnahme aller Beteiligten. Weitere Frauen wurden nicht gefunden.

Oberkommissarin Schultz überreicht Donner ein teuer aussehendes Handy der neuesten Generation. »Hier, das war im Zimmer einer gewissen Swetlana unter der Matratze versteckt. Könnte das von euch gesuchte Smartphone sein«, nickt sie ihm zu und wendet sich dann mit erhobener Stimme an die drei Frauen: »Sie sind alle wegen Verstößen gegen das Betäubungsmittelgesetz festgenommen. Führen Sie die Damen ab!«, fordert sie die Kollegen von der Schutzpolizei auf.

»Und ich schließe mich bezüglich *Ihrer* Person wegen des Verdachts auf Zuhälterei und Menschenhandel an«, verkündet Hauptkommissar Kunze dem Besitzer, dessen Namen sich Donner gar nicht erst gemerkt hat. Diese Nebenschauplätze interessieren ihn um Grunde ohnehin nicht. Er hat seine Beute im Netz und kann endlich auch in den Feierabend. Sogar die erkennungsdienstlichen Maßnahmen werden die Kollegen der Sitte für ihn übernehmen, er braucht ›seine‹ Kandidatin morgen früh nur noch abzuholen.

»Und was Sie betrifft«, wendet sich Donner an die Wasserstoffblonde, ihrem Ausweis gemäß eine sechsundzwanzigjährige deutsche Staatsbürgerin namens Rita Brunner, »spreche ich Ihnen hiermit zusätzlich die Festnahme wegen des Verdachts auf zweifachen Mord aus. Wir sehen uns morgen früh zum Verhör!«

Er zieht sein eigenes Telefon aus der Tasche, um Denise und Tobias zu informieren. Auf dem Display ist jedoch lediglich ein einsamer Empfangsbalken zu sehen, der sich zudem sporadisch verabschiedet. *Die werden ohnehin auf dem Heimweg sein*, denkt er mit einem Blick zur Uhr achselzuckend und steckt es wieder ein. *Jetzt weiß ich aber wenigstens, weshalb Rita Brunner vorhin zum Telefonieren nach draußen ging, obwohl sie damit eine Festnahme riskierte!*

* * *

»Herr Erster Hauptkommissar?«, hält der Mann an der Empfangstheke im Foyer ihn zurück, als er wie gewohnt im Laufschritt zu den Aufzügen eilt. Zeit ist ein kostbares Gut und sich mit Nebensächlichkeiten aufzuhalten, war noch nie sein Ding.

»Ich soll Ihnen von Herrn Hauptkommissar Heller ausrichten, dass er und Frau Hauptkommissarin Malowski schon in den Feierabend sind«, informiert ihn der ältere Beamte in der gewohnten gestelzten Sprechweise, nachdem Donner sich ihm innerlich seufzend zugewendet hat. Ausgerechnet diese wandelnde Litfaßsäule Jens Lehmann muss heute Dienst an der Theke haben, mit Abstand einer der geschwätzigsten Kollegen hier im Haus.

»Außerdem wartet eine Dame auf Sie«, fährt der Polizeihauptmeister ungerührt fort, als er sich schon wieder abwenden will. »Die Besucherin hat ausdrücklich nach Ihnen persönlich verlangt. Herr Heller meinte, Sie würden noch einmal ins Kommissariat kommen, daher habe ich die Dame gebeten, zu warten. Es ist die elegant gekleidete Frau dort vorne«, fügt der extrem redselige Mann überflüssigerweise hinzu, da die anderen Stühle im Wartebereich derzeit sämtlich unbesetzt sind.

»Herr Donner?«, spricht sie ihn selbstbewusst an, wobei sie sich bei seiner Annäherung geschmeidig erhebt und ihm gleichzeitig eine Visitenkarte reicht. ›*Rechtsanwältin Elena Frohn, Strafverteidigerin*‹ steht neben den üblichen Kontaktdaten da zu lesen. »Wie ich hörte, haben Sie heute eine Mandantin von mir in Gewahrsam genommen.

Darf man fragen, was Sie ihr vorwerfen? Ich muss außerdem darauf bestehen, dass sie nicht ohne mein Beisein befragt wird!«

Jetzt wissen wir also auch, wo *Frau Brunner vorhin so dringend anrufen musste,* konstatiert Donner, ohne sonderlich überrascht zu sein. *Na, die lässt so schnell aber nichts anbrennen! Elena Frohn … Wenn das mal Zufall ist! Bin ja mal gespannt, was meine Leute morgen dazu sagen werden!*

»Frau Brunner befindet sich derzeit auf dem Weg hierher und wird zunächst erkennungsdienstlich behandelt. Ich selbst bin auf dem Sprung zum Staatsanwalt, der aufgrund der Beweislage mit ziemlich großer Wahrscheinlichkeit umgehend einen Haftbefehl ausstellen wird. Ich will Ihnen daher nicht verheimlichen, Frau Rechtsanwältin, dass die Lage Ihrer Mandantin äußerst ernst ist. Es werden ihr gleich zwei Tötungsdelikte zur Last gelegt oder zumindest eine Beteiligung an diesen. Sie wird jedoch wegen der doch schon sehr fortgeschrittenen Zeit heute ganz sicher nicht mehr vernommen. Wenn Sie mich jetzt bitte entschuldigen würden? Wir sehen uns morgen Vormittag zur Vernehmung!« Er überreicht ihr seinerseits eine Visitenkarte. »Rufen Sie um 09:00 Uhr an, dann kann ich Ihnen sicher schon Genaueres sagen.«

Kapitel 16

Rita Brunner sitzt in sichtbar angespannter Haltung neben Elena Frohn, die im Gegensatz zu ihr einen eher gelassenen Eindruck hinterlässt. Die Beschuldigte ist heute Morgen züchtig in Jeans und Pullover gekleidet, die ihr zuvor von der Rechtsanwältin nebst einigen erlaubten Utensilien mitgebracht wurden. Ungeschminkt und ohne die blonde Perücke ist die Ähnlichkeit zwischen den Frauen frappierend.

Im Nebenraum haben sich jetzt Donner und seine Ermittler eingefunden und schauen versonnen durch die einseitig verspiegelte Glasscheibe. »Wenn die Klamotten nicht wären und die andere Frisur, könnte man sie nicht voneinander unterscheiden!«, bemerkt Christina Ohlsen völlig zutreffend.

»Ja, die sehen sich wirklich unglaublich ähnlich«, nickt Denise Malowski. »Aber so sehr lange kennen die sich noch nicht, das sagt ihre Körpersprache! Als Bettina und ich nach über dreißig Jahren zusammenfanden, waren wir uns zunächst fremd und gleichzeitig vertraut. Den beiden geht es ebenso, vermute ich!«

»Wir werden die Damen auf jeden Fall ab sofort keinen Augenblick ohne Aufsicht lassen!«, bestimmt der Kommissariatsleiter. »Die brauchen nur in einem unbeobachteten Moment die Kleidung zu tauschen und schon sind wir unsere Verdächtige los, weil sie anstelle der Schwester einfach munter hier hinausmarschiert. Ich habe das mit Frau Frohn abgesprochen und sie ist damit einverstanden, solange sie sich ungestört mit ihrer Mandantin besprechen kann.«

»Wir benötigen demnach dringend ein sicheres Unterscheidungsmerkmal«, stimmt Tobias Heller ihm zu. »Aussehen und DNA sind bei eineiigen Zwillingen ja bekanntlich absolut identisch!«

»Oh, die Unterschiede gibt es sogar!«, widerspricht Wolfgang Müller. »Selbst bei gleichen Genen sind die Fingerabdrücke beispielsweise verschieden, da diese sich erst im Embryonalstadium entwickeln. Für die Gehirnströme gilt das übrigens ebenso!«

»Na toll!«, grinst Chrissie Ohlsen. »Dann müssen wir ja nur jedes Mal die Fingerabdrücke vergleichen oder ein EEG anfertigen lassen, bevor die Anwältin hier hinausspaziert!«

»Niemand spaziert hier hinaus, dessen Identität nicht einwandfrei geklärt ist!«, geht Donner dazwischen. »Zumal wir eine Tatbeteiligung der Schwester nicht völlig ausschließen können! Aber das binden wir ihr natürlich erstmal nicht auf die Nase, sonst kratzt sie uns am Ende noch die Kurve! Ich habe da nämlich so ein eigenartiges Gefühl, dass das alles mit zu diesem ›Spiel‹ gehört!«

»Welches wir jedoch am Ende gewinnen werden!«, gibt sich Horst Weiland zuversichtlich. »Eine der beiden Damen muss es ja schließlich gewesen sein, denn die Gene lügen nicht und damit werden wir sie letztendlich überführen!«

»Bis dahin ist es noch ein weiter Weg! Hast du die Untersuchungen in Auftrag gegeben, um die ich dich gebeten hatte?«, wendet Donner sich an Heller.

»Klar, Chef! Die Forensik arbeitet sozusagen mit Hochdruck daran und Jürgen will sogar schon heute Nachmittag erste Ergebnisse liefern!«

»Okay, ich gehe dann jetzt mit Horst da hinein und werde den Damen zunächst ein wenig auf den Zahn fühlen, um zu sehen, wie die so ticken. Ihr drei sucht in der Zwischenzeit alles zusammen, was mit ihren Adoptionen zusammenhängt. Es dürfte sich dabei nämlich um zwei getrennte Verfahren gehandelt haben, die wahrscheinlich gleich nach der Geburt durchgeführt wurden. Da wir somit nun das ungefähre Datum und auch die Familiennamen der Adoptiveltern kennen, wird es mit dem frisch ausgestellten richterlichen Beschluss kein Problem mehr sein, das zuständige Jugendamt zur Herausgabe der Akten zu bewegen. Versucht auch, ihre Lebensläufe zu rekonstruieren, soweit es euch in der verfügbaren Zeit möglich ist. Sobald uns diese Informationen und die Ergebnisse der Forensik vorliegen, ist endlich das *dynamische Duo* am Zug und beendet dieses dämliche Spiel hoffentlich endgültig!«

* * *

»So, Sie haben also die DNA meiner Mandantin an einem Tatort sichergestellt«, wiederholt Elena Frohn spöttisch die Worte Donners. »Ist das etwa schon alles, was Sie an ›Beweisen‹ vorzuweisen haben?« Die junge Rechtsanwältin malt mit den Fingern demonstrativ Anführungszeichen in die Luft. »Wie sieht es beispielsweise mit Fingerabdrücken aus? Was ist mit Zeugenaussagen, Beweisfotos oder gar Videos? Hat jemand meine Mandantin bei der Tat beobachtet und kann sie absolut *zweifelsfrei* identifizieren?«

»Es handelt sich um *zwei* Tatorte«, informiert Weiland sie in ruhigem Ton. Ihre Schwester sitzt stumm daneben und hat offenbar nicht vor, sich selbst zu den Tatvorwürfen zu äußern. »Wir haben tatsächlich einen Augenzeugen und verfügen zudem über eine Videoaufnahme, in der Ihre Mandantin eine Straftat vortäuscht. Das Tattoo auf ihrer linken Halsseite ist eindeutig zu erkennen. Sehen Sie?«

Er schiebt eine Vergrößerung des entsprechenden Standbildes zu ihr hinüber. »In der alten Fertigungshalle, wo das Video angefertigt wurde, haben unsere Forensiker ebenfalls DNA Ihrer Mandantin sichergestellt. Außerdem können wir beweisen, dass einige Tage nach dem Zustandekommen dieser Aufnahme dort ein weiterer Mensch getötet wurde. Wir haben es also insgesamt mit zwei Tatorten und derselben DNA zu tun!«

»Es gibt demnach eine plausible Erklärung für die Anwesenheit meiner Mandantin in dieser Halle! Nur zu, belangen Sie sie wegen groben Unfugs, sofern Sie tatsächlich in der Lage sind, die Videoaufnahme mit ihr in Verbindung zu bringen! Solche

Tattoos tragen eine Menge Leute, einen Mord werden sie ihr mit den dürftigen Beweisen aber nicht anhängen können!«

»Und wie erklären Sie sich und vor allem uns Frau Brunners DNA am ersten Tatort?«, fährt Donner mit der Vernehmung fort. »Dort verfügen wir außerdem über einen absolut glaubwürdigen Zeugen, der Ihre Mandantin nur wenige Minuten vor der Tat im Haus gesehen hat. Er wird sie bei einer Gegenüberstellung auf jeden Fall wiedererkennen!«

Elena Frohn beugt sich vor und blickt ihm direkt in die Augen. »Ihnen ist doch sicher der juristische Begriff ›berechtigte Zweifel‹ geläufig, Herr Erster Hauptkommissar? Er bedeutet, dass ein Gericht von der Schuld der Angeklagten überzeugt sein muss und sie ansonsten freizusprechen hat. Jetzt denken Sie sich einmal eine blonde Perücke bei mir und meiner Zwillingsschwester und gleiche Kleidung! Wer will uns da noch auseinanderhalten, wenn wir getrennt agieren? Unsere Gene sind zu einhundert Prozent identisch und solche Tattoos gibt es zum Aufkleben! Demzufolge könnte ebenso gut *ich* diese Taten oder zumindest eine davon begangen haben, und solange Sie das Gegenteil nicht beweisen können, wird kein Gericht eine von uns verurteilen können!«

»Im Rahmen der gestrigen Razzia wurde von den Kollegen der Drogenfahndung unter anderem ein Handy sichergestellt, welches nachweislich einem der Mordopfer gehörte und auf dem sich Ihre

Fingerabdrücke befanden«, wendet sich Donner jetzt direkt an die Beschuldigte. »Wie erklären Sie sich diesen Umstand, Frau Brunner?«

»Haben Sie das Telefon etwa in *ihrem* Zimmer gefunden? Meine Mandantin wird es in die Hand genommen haben, als eine Kollegin es ihr zeigte«, antwortet die Rechtsanwältin erneut an ihrer Stelle. »Die Frau namens Swetlana hatte es vor einigen Tagen hinter dem Haus bei den Mülltonnen liegen sehen und eingesteckt!«

Donner kann sich ein anerkennendes Kopfnicken zu dieser Antwort nicht ganz verkneifen. Alles, was Recht ist, aber die Abstimmung zwischen Mandantin und Anwältin ist absolut vorbildlich. Immerhin ist die Information über das Handy noch keine vierundzwanzig Stunden alt. Und das wiederum bedeutet, dass die beiden Frauen sich bis ins kleinste Detail abgesprochen haben müssen!

* * *

»Diese Anwältin hat ihre Hausaufgaben gemacht und sie hat leider vollkommen recht!«, entrüstet sich Donner. »Ich habe vorhin kurz mit dem Staatsanwalt gesprochen. Er sagte, wenn es uns nicht gelänge, *jeden* der Morde eindeutig einer *bestimmten* Person zuzuordnen, wäre nicht mit einer Verurteilung zu rechnen! In unserem Rechtssystem kann jemand nur für eine Tat bestraft werden, die er oder sie *nachweislich* verübt hat. Und da die DNA der Schwestern zu einhundert Prozent identisch ist und wir andere Beweise nicht haben, ist darüber eben keine eindeutige Zuordnung möglich. Selbst, wenn wir belegen könnten, dass *jede* der Frauen einen der Morde begangen hat, wäre längst nicht klar, wer wen umgebracht hat, was jedoch dringend erforderlich ist. Das Gericht würde beide aufgrund berechtigter Zweifel freisprechen!«

»Den perfekten Mord gibt es nicht, Chef! Die haben mit ihrer DNA wie mit Konfetti um sich geworfen, weil sie genau wussten, dass uns das nichts nützen würde! Das war alles von Anfang an so geplant, aber irgendeinen Fehler macht jeder! Wir benötigen nur noch einen klitzekleinen Nachweis, den uns Jürgens Hexenküche sicher bald liefern wird. Und spätestens dann ist Schluss mit lustig!«

»Ich hoffe, dass du recht behältst, Tobias! Kommen wir zu den von euch hoffentlich in der Zwischenzeit reichlich zusammengetragenen Fakten. Was habt ihr herausgefunden?«

»Laut Jugendamt Bonn wurden die Zwillinge noch vor ihrer Geburt zur Adoption freigegeben«, übernimmt es Denise Malowski, diesen Teil der Ermittlungen zu erläutern. »Eveline Berger war gerade volljährig geworden, sodass ihre Entscheidung rechtsgültig war. Da es jedoch keine Interessenten für *beide* Babys gab und die Mutter darauf bestand, dass diese sofort nach der Geburt in Pflegefamilien kommen, wurden sie an zwei verschiedene Ehepaare vermittelt. Das war der Grund dafür, dass die Zwillinge bis vor kurzem nichts voneinander wussten.«

»Hier konnten uns die Kollegen vom KK 3 weiterhelfen«, knüpft Tobias Heller an die Ausführungen seiner Partnerin an. »Laut Kirsten Schultz wurde Rita Brunner im vergangenen Jahr mit einer strafrechtlich relevanten Menge Gras erwischt. Ihre

Pflichtverteidigerin war ausgerechnet Elena Frohn, die vor Gericht eine Bewährungsstrafe für sie aushandeln konnte. Es ist stark davon auszugehen, dass die zwei sich bei dieser Gelegenheit erstmals über den Weg liefen. Das war im Mai letzten Jahres, würde also passen.«

»Wir wissen, dass Elena Frohn im August einen Privatdetektiv mit Recherchen zu ihrer leiblichen Mutter beauftragte«, nickt Donner. »Als Rechtsanwältin wird es ihr ein Leichtes gewesen sein, an die entsprechenden Informationen zu gelangen. Habt ihr sonst noch etwas herausgefunden, was uns in der Sache weiterhelfen könnte?«

»Nicht viel«, meldet sich Chrissie Ohlsen zu Wort. »Elena Frohn ist eine typische Überfliegerin. Mit einem enormen IQ ausgestattet, übersprang sie im Gymnasium eine Klasse und machte ihr Abitur mit achtzehn. Sie bekam mit ihrem erstklassigen Zeugnis sofort einen Studienplatz, legte im vergangenen Jahr ihr zweites Staatsexamen *summa cum laude* ab und wurde von der Kanzlei, für die sie jetzt arbeitet, mit Kusshand als Juniorpartnerin eingestellt. Das nenne ich mal eine Bilderbuchkarriere!«

»Das Leben ihrer Zwillingsschwester lief nahezu entgegengesetzt ab«, gibt als Letzter Wolfgang Müller seine Rechercheergebnisse zum Besten. »Die Schule hat sie mit sechzehn geschmissen, ist von zu Hause abgehauen, kam mit Drogen in Kontakt und rutschte in die Prostitution ab. Mit diesen wenigen Worten kann man ihre gesamte Existenz beschreiben. Dabei waren ihre Adoptiveltern und das soziale Umfeld in dieser Hinsicht absolut unauffällig. Mehr habe ich in der kurzen Zeit nicht herausbekommen.«

»Ihr wart ja alle richtig fleißig!«, lobt Donner das Engagement seiner Mannschaft nicht ohne einen gewissen Stolz in der Stimme. Diese umfangreichen Informationen in der verfügbaren Zeit zusammenzutragen, wird sicher nicht einfach gewesen sein. »Mit den Lebensläufen der Schwestern wird beweistechnisch allerdings nicht viel anzufangen sein, fürchte ich.«

»Aber dafür vielleicht mit den neuesten Erkenntnissen der Kriminaltechnik!«, ertönt eine bekannte Stimme hinter ihm. Die schleppende Sprechweise des Ankömmlings ist nahezu unverwechselbar.

Donner fährt erschrocken zu ihm herum und fasst sich theatralisch ans Herz. »Mensch, Jürgen! Musst du dich so an einen alten Mann heranschleichen?«, rügt er den nur vier Jahre jüngeren Wissenschaftler. »Darf ich deinen Worten wenigstens entnehmen, dass ihr tatsächlich noch etwas herausgefunden habt? Dann schieß mal los, wir sind ganz Ohr!«

* * *

Zwei Stunden später

Niemandem entgeht das synchrone Zusammenzucken der Frauen beim Eintreten von Tobias Heller und Denise Malowski, die mit den neuesten Erkenntnissen der Forensik im Gepäck das Verhör ab jetzt fortsetzen werden. Während die Hauptkommissare sich nichts anmerken lassen und nebeneinander am Vernehmungstisch Platz nehmen, klatscht ihr Vorgesetzter hinter dem venezianischen Spiegel im Beobachtungsraum begeistert in die Hände.

»Habt ihr das gerade mitgekriegt?«, wendet er sich zu seinen Leuten um, denen diese Reaktion natürlich ebenfalls nicht entgangen ist. »Die beiden sahen für einen kurzen Moment so aus, als wären ihnen soeben zwei Geister über den Weg gelaufen!«

»Mit den beiden hatten sie wohl nicht gerechnet«, nickt Chrissie Ohlsen. »Es war richtig, sie als Trumpfkarte sozusagen bis zum letzten Augenblick zurückzuhalten. Einen Strick werden wir den Damen aber nicht daraus drehen können, da bei Vernehmungen nur das gesprochene Wort gilt!«

»Das ist jetzt völlig egal! Wir sind auf dem richtigen Weg, und nur das zählt! Ich bin mir jedenfalls ziemlich sicher, dass wir heute noch ein Geständnis zu hören bekommen werden!«

* * *

»Sie schienen vorhin etwas überrascht zu sein. Kennen wir uns?«, bemerkt Tobias Heller beiläufig, während er in seinen Unterlagen blättert. Seine Partnerin spricht derweil die vorgeschriebenen Worte für das Protokoll in das Mikrofon. Seine eher rhetorische Frage bleibt erwartungsgemäß unbeantwortet. Rita Brunner sieht ihn weiterhin wie einen Geist an, ihre Schwester hingegen hat ein für Rechtsanwälte typisches Pokerface aufgesetzt.

»Sie sagten bei der ersten Vernehmung heute Vormittag, dass sie vor Gericht berechtigte Zweifel geltend zu machen gedenken«, wendet sich Tobias an die Anwältin, nachdem alle Vorbereitungen abgeschlossen sind. »Bleiben Sie dabei?«

»Selbstverständlich! Sie können nur eine Zeugenaussage, einen Videofilm und eine identische DNA an zwei Tatorten vorweisen. All diese ›Beweise‹ treffen jedoch nicht nur auf meine Mandantin zu, sondern ebenfalls auf mich, da wir dieselben Gene haben. Sie haben somit nichts in der Hand!«

»Gene sind nicht alles«, ergreift Denise Malowski das Wort. »Und das Aussehen ...? Sie wissen selbst, dass sich mit den Jahren auch eineiige Zwillinge diesbezüglich auseinanderentwickeln können. Aber reden wir von heute! Sie befinden sich nämlich im Irrtum, wenn Sie glauben, dass Ihre Gene Sie schützen. Es stimmt, dass Sie beide sich in fast allem extrem ähnlich sind, die moderne Wissenschaft erlaubt es uns aber trotzdem, zweifelsfrei zu beweisen, wer von Ihnen wann und wo gewesen ist!«

»Beginnen wir mit dem Mord an Thomas Krause«, übernimmt Tobias wieder, indem er sich direkt an Rita Brunner wendet. »Wir werden das Gericht davon überzeugen, dass Sie sich mindestens zweimal in der Halle aufgehalten haben, in der er von Ihnen getötet wurde. Nämlich, als sie das Video drehten, welches uns auf den Plan rufen sollte, und das zweite Mal am 14. Januar gegen 17:00 Uhr, wo Sie zuerst ihr wehrloses Opfer erhängten und danach mehrere Schüsse auf meine Kollegin und mich abgaben.«

»Wie ich schon sagte, sind Gene nicht alles«, fährt Denise fort. »Unsere Forensiker fanden an der

Leiche des Herrn Krause ein blondes Haar aus einer Perücke, das nur an seine Kleidung gelangt sein kann, als Sie ihn aus dem Stuhl wuchteten, um ihn aufzuhängen. Wussten Sie, dass man auch Kunsthaar mikrobiologisch untersuchen und eindeutig zuordnen kann? Ein Vergleich mit dem Haarteil, das Sie bei der Festnahme trugen, war diesbezüglich jedenfalls positiv, sodass uns eine Zuordnung zu Ihrer Person zweifelsfrei möglich ist. Ihre Schwester hingegen befand sich währenddessen gemeinsam mit ihrem Seniorpartner bei einem Klienten. Es wird leicht zu beweisen sein, dass ein Rollentausch bemerkt worden wäre! Sie sind somit aufgrund der Tatsache, dass Ihre DNA sich an dem Seil befand, mit dem Thomas Krause erhängt wurde, eindeutig des Mordes an diesem überführt!«

»Von dem auffälligen Tattoo ganz zu schweigen, das Sie voneinander unterscheidbar macht«, wendet Tobias sich an die Anwältin. »Kommen wir nun zum Mord an Oliver Paschke und somit zu Ihnen, Frau Frohn! Für diesen 8. Januar haben Sie Ihren eigenen Worten gemäß kein Alibi. Natürlich dachten Sie, dass Sie keines benötigen würden, da die wahrscheinlich absichtlich zurückgelassene DNA uns auf eine falsche Fährte locken sollte. Sie haben aber zwei schwerwiegende Fehler gemacht: Zum einen haben Sie, um uns auf diese Weise den genauen Tatzeitpunkt mitzuteilen, ›versehentlich‹ bei einem anderen Hausbewohner geklingelt und diesen sehr auffällig nach der Uhrzeit gefragt. Sie hätten sich dabei nicht nur eine blonde Perücke aufsetzen, sondern zusätzlich vorher eins dieser Klebetattoos anheften sollen, von denen Sie bei der ersten Vernehmung sprachen! Der zweite Fehler war aber wesentlich gravierender. Wussten Sie, dass Fingerabdrücke und Gehirnwellenmuster bei weitem nicht die einzigen unverwechselbaren Unterscheidungsmerkmale selbst bei eineiigen Zwillingen sind, sondern dass dies ebenfalls für Haare und Fingernägel gilt? Diese bestehen nämlich aus Proteinketten und es gibt keine zwei Menschen mit exakt derselben Zusammensetzung!«

»An dieser Stelle ist es meine Pflicht, Ihnen mitzuteilen, dass Sie hiermit wegen des Verdachts, Oliver Paschke getötet zu haben, festgenommen sind und weise vorsorglich darauf hin, dass Sie ab sofort als Beschuldigte vernommen werden!«, wirft Denise Malowski für das Protokoll ein. »Es steht Ihnen selbstverständlich frei, Ihrerseits einen Anwalt hinzuzuziehen, bevor wir die Vernehmung fortsetzen!«

»Das wird nicht nötig sein«, haucht Elena Frohn fassungslos. Verschwunden ist die bisher zur Schau gestellte Überheblichkeit, stattdessen hat ihr Gesicht jetzt eine wächserne Blässe angenommen. Mit dieser überraschenden Wendung zu ihren Ungunsten hatte sie nicht rechnen können. Ihre Schwester ist schluchzend in sich zusammengesunken.

»Aufgrund Ihrer vollmundigen Behauptung von heute Vormittag, dass wir Ihnen nichts nachweisen können, haben unsere Forensiker sich den Strick ein weiteres Mal vorgenommen, mit dem Sie Paschke erhängten und auf dem ebenfalls DNA sichergestellt wurde. Man hat ihn diesmal komplett auseinandergenommen und unter dem Mikroskop untersucht. Das war eine Heidenarbeit, sage ich Ihnen, aber sie hat sich gelohnt: Zwischen zwei Fasern fanden wir einen winzigen Splitter eines Fingernagels, den sich die Täterin abgebrochen haben muss, als sie das Seil spannte. Eine sofort durchgeführte mikrobiologische Untersuchung der Nägel Ihrer Schwester war negativ. Was glauben Sie, wird ein entsprechender Vergleich mit *Ihren* Fingernägeln ergeben, Frau Frohn? Sie sind nämlich die Einzige, die jetzt noch übrig bleibt, oder können Sie einen dritten ›Zwilling‹ aus dem Hut zaubern?«

»Zudem haben Sie ein starkes Mordmotiv gegenüber Ihren beiden Opfern, denen Sie den Selbstmord Ihrer leiblichen Mutter zur Last legten, so wie Sie meinen Kollegen und mich wegen angeblich schlampiger Ermittlungen in deren Vergewaltigungsfall zur Rechenschaft zu ziehen gedachten! Sie wollten mit uns spielen?« Denise Malowski sieht Rita Brunner und Elena Frohn nacheinander triumphierend an. »Ich sage Ihnen etwas: Das Mörderspiel ist hiermit zu Ende, und Sie haben es verloren! Oder mit anderen Worten: Schachmatt!«

Kapitel 17

Peter Donner schaut auf die Uhr und blickt seine Mitarbeiterinnen und Mitarbeiter der Reihe nach an. »Heute vor genau drei Wochen um diese Zeit standen wir wie die Blöden in einer Lagerhalle im Industriegebiet von Troisdorf und bestaunten die Elektrogeräte, die dort anstelle einer in Lebensgefahr schwebenden jungen Frau in großer Zahl gestapelt waren. Wir hatten das Signal eines entsprechenden Videostreams zwar in Rekordzeit bis dorthin verfolgen können, waren jedoch von uns damals unbekannten Drahtziehern bewusst in die Irre geführt worden!«

»Sie nannten es ein Spiel!«, wirft Tobias Heller ein.

»Welches wir bereitwillig mitgemacht haben und mit dem alles begann«, nickt Donner. »Müssen wir uns im Nachhinein nicht fragen, was denn eigentlich geschehen wäre, wenn wir dieses Video einfach ignoriert hätten? Würden die beiden Männer dann noch leben? Zumindest Thomas Krause wurde unseres Wissens erst getötet, *nachdem* die Täterin Kenntnis davon erlangt hatte, dass wir ihren Köder widerspruchslos geschluckt hatten. Spätestens bei Gericht wird man uns genau diese Frage ebenfalls stellen!«

»Wir hatten gar keine andere Wahl, Chef!«, schüttelt Christina Ohlsen den Kopf. »In dem Videostream wurden mindestens drei Straftaten gezeigt, nämlich Entführung, Folterung und Bedrohung. Als Strafverfolgungsbehörde sind wir zur Untersuchung solcher Tatbestände verpflichtet, sobald wir Kenntnis davon erlangen und auch nur der Hauch einer Wahrscheinlichkeit dafür besteht, dass es sich nicht bloß um einen schlechten Scherz handelt. Als Rechtsanwältin weiß man sowas natürlich!«

»Das ist richtig, wir konnten demnach gar nicht anders handeln! Außerdem ist davon auszugehen, dass die Morde auch ohne unsere Einmischung stattgefunden hätten, dazu war das Ganze einfach viel zu detailliert geplant. Ich gehe daher von einem Alternativplan aus, den uns die Damen jedoch bisher nicht verraten haben!«

»Womit wir beim Motiv für die beiden Morde und den Anschlag auf uns angelangt wären«, nickt Denise Malowski. »Vergeltung!«

»Die Beschuldigten haben zwar unter dem Druck der Beweise ein umfassendes Geständnis abgelegt, aber ganz so leicht dürfen wir es uns nicht machen. Ich war daher vorhin bei unserer Polizeipsychologin. Sie lässt dich übrigens schön grüßen und fände es wirklich ausgesprochen nett, wenn du den Termin für das psychologische Gespräch diesmal persönlich wahrnehmen würdest!«

Als Denise das letzte Mal zu Dr. Breidenbach zitiert wurde, schickte sie ihre Zwillingsschwester Bettina, weil sie selbst keine Lust auf die ›Psychotante‹ hatte, wie die Psychologin meist hinter vorgehaltener Hand genannt wird. Werden Polizeibeamte in Ausübung ihres Dienstes in bewaffnete Auseinandersetzungen verwickelt, sind diese Gespräche Vorschrift, um posttraumatischen Belastungsstörungen vorzubeugen. Schließlich ist niemandem damit gedient, wenn ein Polizist in einer brenzligen Situation die Nerven verliert.

»Ich bat Frau Breidenbach also um ein psychologisches Profil zu Elena Frohn und Rita Brunner«, fährt Donner fort. »Es sei eine zutiefst menschliche Eigenschaft, seine eigenen Wurzeln kennen zu wollen, sagte die Psychologin. Die Zwillinge waren aber von den Adoptiveltern zu keiner Zeit über ihren Status informiert worden, sodass sie wie aus allen Wolken gefallen sein müssen, als sie die Wahrheit erkannten. Nachdem sie sich Anfang letzten Jahres bei Gericht zufällig über den Weg gelaufen waren, ließen sie anonym einen Genvergleich durchführen, der ihnen die notwendige Gewissheit verschaffte. Statt die Eltern zur Rede zu stellen, beauftragte Elena Frohn einen Privatdetektiv damit, die leibliche Mutter ausfindig zu machen, nachdem sie vom Jugendamt ihren Namen erfahren hatte. Als dieser ihr nur noch deren Tod mitteilen konnte, fühlten sich die Schwestern vom Schicksal betrogen und beschlossen, jeden Einzelnen zur Verantwortung zu ziehen, der irgendetwas mit ihrem Ableben zu tun hatte.«

»Das waren die beiden Täter, weil Eveline Berger sich aus Scham über die erlittene Vergewaltigung später das Leben nahm, aber natürlich auch die damals ermittelnden Beamten, die ihrer Meinung nach die Schuld daran trugen, dass Oliver Paschke und Thomas Krause praktisch ungestraft mit ihrem Verbrechen davongekommen waren. So steht es auch in ihrem Geständnis, Frau Doktor Breidenbach sagt uns also im Grunde nichts Neues. Dem Detektiv ist bei seinen Recherchen nur ein kleiner Fehler unterlaufen, weshalb ich mit auf die Abschussliste kam!«, führt Tobias Heller den Gedanken zu Ende.

»Richtig! Die jeweiligen Todesarten sollten dabei an die Gegebenheiten angepasst sein: Erhängen wie bei der Mutter für die Vergewaltiger, und erschießen bei den Polizisten. Euer Glück war, dass Rita Brunner entweder eine lausige Schützin ist oder bei eurem Auftauchen die Nerven verlor. Die Pistole, mit der sie auf euch geschossen hat, wurde übrigens bislang noch nicht gefunden. Sie will die Waffe am nächsten Morgen eigenhändig in den Rotter See geworfen haben, der mit bis zu acht Metern Wassertiefe teilweise recht unübersichtlich ist. Unsere Polizeitaucher suchen zur Stunde noch den Grund des Gewässers danach ab.«

»Dafür wurde in der Wohnung von Elena Frohn unter anderem eine blonde Perücke gefunden, die der ihrer Schwester gleicht, wobei ein mikrobiologischer Vergleich mit dem Haar aus der Halle jedoch negativ ausgefallen ist«, weiß Wolfgang Müller zu berichten.

»Damit steht unumstößlich fest, wer namentlich den Tod von Thomas Krause zu verantworten hat«, schließt Donner die Beweisführung ab. »Die Täterschaft Elena Frohns bezüglich Oliver Paschke hat sich wie erwartet durch einen Abgleich ihrer Fingernägel mit dem am Tatort sichergestellten Nagelsplitter in vollem Umfang bestätigt. Somit hat die moderne Wissenschaft wieder einmal triumphiert, indem sie etwas ermöglicht hat, was die Mörderinnen in ihrer grenzenlosen Überheblichkeit für absolut unmöglich hielten, nämlich jeden der Morde einwandfrei und ohne Zweifel einer bestimmten Täterin zuzuordnen, obwohl beide über exakt die gleiche DNA verfügen!«

»Man kann ihnen diesbezüglich keinen Vorwurf machen, Chef!«, meldet sich Horst Weiland erstmals in dieser Runde zu Wort. »Es gab vor einigen Jahren schon einmal einen ähnlich gelagerten Fall, wo der Täter nicht nur von Zeugen erkannt wurde, sondern auch seine DNA am Tatort zurückgelassen hatte. Da er einen eineiigen Zwilling hatte, der für die Tatzeit ein wasserdichtes Alibi vorweisen konnte, kam es nicht zu einer Verurteilung, weil das Gericht einen Rollentausch der Brüder nicht ausschließen konnte. Frau Frohn wird von diesem ungewöhnlichen Fall als Anwältin bestimmt gewusst haben.«

»Ich verstehe nur nicht so ganz, weshalb die solch einen enormen Aufwand mit uns getrieben haben«, wundert sich Chrissie Ohlsen. »Die hätten doch bloß in aller Stille ihre Morde verüben und danach einfach wieder abtauchen müssen, und niemand wäre ihnen auf die Schliche gekommen. Stattdessen legen sie für uns mit ihrem ›Mörderspiel‹ eine Spur, so breit wir eine vierspurige Autobahn!«

»Man wollte Tobias und mich bekanntlich ebenfalls umbringen«, erklärt Denise Malowski diesen Teil der Geschichte. »Dazu diente das zugegebenermaßen beinahe genial ausgetüftelte Spiel. Alles war so arrangiert, dass wir den ausgelegten Ködern in der vorgesehenen Reihenfolge folgen und am Ende zu dieser Halle gelockt werden würden, wo dann nach Plan der Showdown stattfinden sollte. Durch das präparierte Notebook in Thomas Krauses Haus wussten sie nicht nur, *wann* wir dort auftauchen würden, sondern auch, dass *wir* es waren, denn auf uns speziell hatten die ›mörderischen Schwestern‹ es ja abgesehen! Zu diesem Zweck brachen sie bei ihm ein, nachdem sie ihn zuvor zu dieser Halle gelockt hatten, und deponierten den Computer so, dass wir ihn gar nicht übersehen konnten. Vermutlich hätte man dazu einfach seinen Schlüssel benutzen können, aber es sollte ja echt aussehen!«

»Bleibt noch abschließend zu erwähnen, dass der elektronische Klapparatismus, der zu Beginn zum Einsatz kam, von einem ehemaligen Studienkollegen der Frau Frohn zusammengebaut wurde«, informiert Donner seine Leute über die letzten Erkenntnisse. »Die Ermittlungen dauern zwar noch an, aber laut Staatsanwalt Stein wird man dem Mann keine Tatbeteiligung nachweisen können. So bleibt mir abschließend nur zu sagen, dass ihr fünf wie immer hervorragende Arbeit geleistet habt. Ohne euren unermüdlichen Einsatz und der Bereitschaft, auch einmal um die Ecke zu denken, wäre dieser Fall nicht zu lösen gewesen!« Dem ist nichts mehr hinzuzufügen.

Malowski und Heller **ermitteln weiter!**

Ich hoffe, der vorliegende Fall für Denise Malowski und Tobias Heller und ihres Ermittlerteams hat Ihnen gefallen und ich konnte Ihnen spannende und unterhaltsame Stunden damit verschaffen, denn zu diesem Zweck wurde das Buch ja geschrieben!

Wenn dies der Fall ist, habe ich eine persönliche Bitte an Sie: Ich würde mich freuen, wenn Sie den Krimi auf der Produktseite von Amazon bewerten und dort ein kurzes Feedback hinterlassen. Sie müssen sich gar nicht in epischer Breite über den Inhalt auslassen, einige wenige Sätze reichen vollkommen aus.

Falls Sie auf Leserplattformen wie *Lovelybooks*, *Goodreads* usw. aktiv sind, einen Buchblog betreiben oder Ihre Leidenschaft für Bücher auf *Facebook*, *Instagram* oder *Twitter* teilen, würde ich mich auch hier über eine Rezension freuen und bedanke mich schon jetzt herzlich für Ihre Unterstützung.

Im Anschluss an diese Seite finden Sie Kurzbeschreibungen der Protagonisten, soweit sie aus Gründen der Vermeidung von Wiederholungen für Stammleser im Text nicht erwähnt wurden.

Ihr René Falk

Das Ermittlerteam

Denise Malowski, Jg. 1981, begann ihre Laufbahn als Kriminalkommissarin bei der Kripo Köln und wechselte später zur Siegburger Kriminalpolizei. Dort ist sie seit 2009 die Partnerin von Tobias Heller. In ihrer kargen Freizeit übt Denise den Kampfsport Taekwondo aus und besitzt den schwarzen Gürtel für den 3. Dan. Sie ist 1,70 Meter groß, schlank und hat grasgrüne Augen, deren Farbe je nach Stimmung oder Lichteinfall in ein helles Braun zu wechseln scheint. Das lange, hellbraune Haar ist meist aus Bequemlichkeit zu einem Pferdeschwanz gebunden. Ihr ganzer Stolz ist ein himmelblaues Smart Cabrio, von ihrem Partner oft als Spielzeugauto bespöttelt. Verheiratet ist sie seit 2015 mit dem Steuerberater Sven Leuchner, die gemeinsame Tochter Leonie wurde 2016 geboren.

Tobias Heller, Jg. 1979, studierte nach dem Abitur einige Semester Kriminalpsychologie an der Universität Bonn, brach dann aber bald das Studium ab und bewarb sich bei der Kriminalpolizei. Dort bildete er zunächst ein Ermittlungsteam mit der damaligen Kriminalkommissarin Melanie Klein, die er bald darauf heiratete. Die Ehe scheiterte jedoch zunächst, im Jahr 2016 wagte das Paar aber einen zweiten Anlauf. Heller ist 1,85 Meter groß und hat eine sportliche Figur. Das dunkelblonde lockige Haar trägt er schulterlang. Seine bevorzugte Kleidung besteht aus Jeans, Turnschuhen und Lederjacke, was einen krassen Gegensatz zur immer modisch korrekt gekleideten Kollegin Malowski darstellt.

Horst Weiland, Jg. 1988, besuchte das Gymnasium in Troisdorf, wo er im Alter von zehn Jahren seinen Klassenkameraden Wolfgang Müller kennenlernte. Die Freunde sind seit ihrer Schulzeit beinahe unzertrennlich und gingen nach dem Abitur gemeinsam zur Polizei. Seit 2013 bildet er mit Müller ein Ermittlungsteam beim Kriminalkommissariat 1 in Siegburg, wo sie den Hauptkommissaren Malowski und Heller unmittelbar unterstellt sind. Horst Weiland ist 1,80 Meter groß und sportlich. In der Freizeit nimmt er oft an Marathonläufen teil. Er ist seit 2012 verheiratet und hat mit der Grundschullehrerin Birgit Weiland einen gemeinsamen Sohn, der 2014 geboren wurde.

Wolfgang Müller, Jg. 1988, hinterlässt mit seinen knapp hundert Kilogramm Gewicht, einer Körpergröße von 1,89 Metern, breiten Schultern und einer tiefen Bassstimme auf den ersten Blick einen eher behäbigen Eindruck, weswegen seine Freundin ihn liebevoll Brummbär nennt. Mit einer hohen Intelligenz, einer raschen Auffassungsgabe und einem Abiturzeugnis mit Bestnoten punktet er aber in jeder Hinsicht. Seit 2016 ist der bis dahin als überzeugter Junggeselle bekannte Ermittler mit Kriminalkommissarin Christina Ohlsen liiert, mit der er fest zusammenlebt und auf Wunsch seines Vorgesetzten seit dem Jahr 2019 auch beruflich ein Ermittlungsteam bildet.

Christina Ohlsen, Jg. 1991, ist seit 2016 im Team, wo sie zunächst die Stelle einer Kommissaranwärterin bekleidete und aufgrund überragender Leistungen schon ein Jahr später zur Kommissarin befördert wurde. Ebenso wie Tobias Heller studierte sie nach dem Schulabschluss an der Universität in Bonn, wo sie Rechtswissenschaften belegte, aber schon nach kurzer Zeit aus einer inneren Überzeugung zur Polizei ging. Die nur 1,62 Meter große, zierliche Christina wird von den Kollegen meist Chrissie gerufen und hält sich zwei zahme Frettchen mit den Namen Quasimodo und Esmeralda als Haustiere. Sie ist Ju-Jutsu Meisterin mit schwarzem Gürtel für den 2. Dan und eine ausgezeichnete Schützin mit einer konstanten Trefferquote von 100 %.

Peter Donner, Jg. 1967, ist der Leiter des Kriminalkommissariats 1. Der Erste Hauptkommissar regiert das Kommissariat mit strenger, aber gerechter Hand. Er ist bei allen Mitarbeitern beliebt und überlässt die Ermittlungsarbeit meist seinen Leuten. Verheiratet ist er seit 1994 mit Adelheid Donner. Er ist 1,77 Meter groß und von untersetzter Gestalt, was ihn kleiner erscheinen lässt. Sein schütteres Haar besteht im Wesentlichen aus einem dunkelblonden, leicht angegrauten Kranz. Seine Laufbahn begann er bei der uniformierten Polizei, wo er während einer Tatortsicherung dem leitenden Ermittler durch eine ausgezeichnete Beobachtungsgabe und einen analytischen Verstand auffiel. Wegen akuter Personalknappheit wurde er daraufhin kurzerhand zur Kriminalpolizei versetzt.

Amara Jones, Jg. 1990, ist die Tochter nigerianischer Einwanderer. Die gebürtige Münchnerin studierte Mathematik und Informatik, bevor sie in der Forensik der Kripo Siegburg die Stelle der IT-Spezialistin als Nachfolge Klaus Dreyers übernahm. Sie hat in beiden Studienfächern einen Master und ebenso wie ihr Vorgänger ein untrügliches Gespür für alles Technische. Ihr unüberhörbarer bayrischer Akzent steht in einem lustigen Kontrast zu ihrer tiefschwarzen Hautfarbe.

Jürgen Vogel, Jg. 1971, leitet die forensische Abteilung der Kripo Siegburg seit vielen Jahren. Der meist kauzig wirkende Wissenschaftler liebt seinen Beruf und schwarze Zigarillos über alles. Mit einer Körpergröße von 1,92 Metern und einer extrem hageren Gestalt wirkt er in seinen Bewegungen oft unbeholfen, ist jedoch in seinem Fachgebiet der forensischen Spurenanalyse eine anerkannte Koryphäe und sowohl bei seinen Mitarbeitern als auch bei den polizeilichen Ermittlern sehr beliebt.